好姑娘
光芒万丈

小万工 著

清华大学出版社
北京

本书封面贴有清华大学出版社防伪标签，无标签者不得销售。
版权所有，侵权必究。举报：010-62782989，beiqinquan@tup.tsinghua.edu.cn。

图书在版编目（CIP）数据

好姑娘光芒万丈 / 小万工著. —北京：清华大学出版社，2020.8（2025.6重印）
ISBN 978-7-302-55330-4

Ⅰ.①好… Ⅱ.①小… Ⅲ.①长篇小说－中国－当代 Ⅳ.①I247.5

中国版本图书馆CIP数据核字(2020)第062739号

责任编辑：张立红
封面设计：丹　飞
版式设计：方加青
责任校对：周　珺
责任印制：杨　艳

出版发行：清华大学出版社
　　　网　　址：https://www.tup.com.cn，https://www.wqxuetang.com
　　　地　　址：北京清华大学学研大厦A座　　邮　　编：100084
　　　社 总 机：010-83470000　　邮　　购：010-62786544
　　　投稿与读者服务：010-62776969，c-service@tup.tsinghua.edu.cn
　　　质 量 反 馈：010-62772015，zhiliang@tup.tsinghua.edu.cn
印 装 者：三河市天利华印刷装订有限公司
经　　销：全国新华书店
开　　本：148mm×210mm　　印　　张：10.875　　字　　数：251千字
版　　次：2020年9月第1版　　印　　次：2025年6月第21次印刷
定　　价：48.00元

产品编号：081623-01

序一

少女筱雅之烦恼

刘 平

长篇小说《好姑娘光芒万丈》以16岁的筱雅为第一人称叙事主角，通过她（"我"）的眼睛，将高中最后两个学年以"一切为了高考"为绝对方针的高考校园文化一一铺展开来。在机械而高速运转的备考—迎考"工厂"中，鲜活的生命依然勃发：疯狂刷题，初恋的悸动与不安，班头（即班主任）的严厉与慈爱，校园霸凌，体育比赛，观看流星雨……虽然说铁打的校园、流水的学子，虽然"日光之下并无新事"，但是，作者以亲历者的身份将一股地气注入全篇小说，使之具有一种区别于在此之前甚至是在此之后的高考校园文化的质素。这部青春小说以清新的文字拓展出崭新的而又不脱离生活的想象世界。

这本小说以《雅歌》中的句子为章节标题，在《好姑娘光芒万丈》的小说所叙之事与《雅歌》之间形成一种互文关系。也就是说，《雅歌》概括小说的叙事内容，与此同时，小说反过来正好贴合《雅歌》的含义。作者将《雅歌》视为情诗，从而使之与小说彼此映射。举例而论，"不要惊动，不要叫醒我所亲爱的"作为整篇小说开篇的标题，其中的原因不言自明，刚刚分班进入高中二年级理科班的少女筱雅大胆地在心中称呼自己初恋和暗恋的男同学李理为"我所亲爱的"。这种才露尖尖角的爱情虽含蓄骚动却又蓄势待发，潜隐着一股执着的韧劲与汩汩的纯真。如此直抒胸臆的自我剖白为此后的叙事作了铺垫。读者可以预见筱雅会如《雅歌》中的书拉密女子一样主动追寻自己的良人。值得注意的是，第一章以此句为题，也因此确立了筱雅独特的基本的爱情法则，即真爱需要纯正、真实及正确的时间。就筱雅而言，虽然暗恋涌动，但是暗恋的对象对于"我"的情愫并无直接感知。即使如此，"我"也愿意等待，愿意让"我所亲爱的"自然而然生发出对我的爱恋。与此形成霄壤之别的是，后现代的爱情通常出于自我当下的私欲，而这种肉欲的爱情表达方式就是在情欲、虚构与虚假的时间演绎人间悲剧或杯水主义的离合游戏。李理虽然考上北京大学，但是不能选择自己理想的专业，而筱雅已经在水木清华工字厅旁的自清亭里苦恋苦等待"那个穿着白色衬衫的牧羊少年"。"爱情，众水不能熄灭，大水也不能淹没"将爱情推向高潮，成为经典的爱情宣言，也将小说推向叙事的制高点，向世俗主义宣告了一份属于筱雅、李理们也是小万工们的爱情宣言：我如果爱你，此爱无价。

  本书正是通过这种互文、映射关系，不断推进青春爱情叙事的进展，从而将当代青年独特的爱情哲思有张有弛地表达出来。这种巧妙的运思通过"我"的眼睛所捕捉到的经验进一步呈现出其独特性，作者在并无新事的庸常与年复一年的高考校园生活中发现了细小的美好事物。为了应付上级教育部门的检查与评估，"我"的学校也开展了素质教育实验月活动。因为每一门课都会有来自上级部门的巡视员听课，原来枯燥乏味的英语、数学、物理等主课老师们都绞尽脑汁将课程组织得新奇有趣，与以往的课堂截然不同。"跑票"是这部小说构建出的一个源自校园生活且颇具特色的文化现象。班头为了提高学生的身体素质，独出心裁地发明了跑票。跑票成为"官方发布的可以自由交易的新货币"。跑票制度规定,每节体育活动课男生需要跑20圈,女生跑10圈,可以分别获得20张、10张跑票。无法完成任务的同学之间不得不进行跑票交易,即多跑一圈而获得的一张跑票可以转给别的同学,后者则可以免跑一圈,从而自发出现了由跑票衍生出来的替跑现象。不过,"为了鼓励同学之间的互相帮助,圣上同意我们互借跑票"。这样充满师生情谊的校园生活给我们提供了一幅新的高考文化图景,一转一贯刻板、严肃的高考集训营形象。

作者在叙述"我"与他人所共同经历的校园青春故事中流露出难能可贵的反思意识。这种思想上的早熟、心智上的初熟抬高了"我"的视野,窥到了残酷的高考决战中暴露的社会"丛林法则"。她写道:"有些人就是天生坐在食物链的顶端,能成功得轻轻松松。"市教委为了配合素质教育实践活动,组织了一个全城中学生观星夏令营,"我"与"我所亲爱的"有机会一起走出校园观看流星雨。"我"在自然的伟大面前反观个人的小情小爱:"在这宇宙的奇观之间,我突然觉得自己的那些惺惺儿女情态是如此狭窄,如此卑微,人世间的种种忧虑又是如此微不足道,'寄蜉蝣于天地,渺沧海之一粟,哀吾生之须臾,羡长江之无穷'——世界之大,人生苦短,漫天星辰,筱雅又何苦执着于一人呢……"面对浩瀚的天宇,"我"的视野豁然开朗,心灵境界和情感疆域得到进一步的提升和扩张。个体小天地在造物大天地中得到升华,儿女情怀在浩大广博的受造宇宙中非但没有被消解,反而得以净化和拔高。真爱不是卿卿我我的小天地。卿卿我我的小天地只有在旷达广袤的宇宙大天地的背景下才可以获得新的意义与归宿。只是难得一次的素质教育实践月活动原计划延续到期末,但随着一对学生私自外出观看流星雨的风波戛然而止。作者对现有的中学教育体制是有看法的,她写道:"班级和课程恢复了原有的设置,短暂的逃离之后我们又回到了理科实验班,所有的课外活动就像烈日下的水滴一样迅速湮灭了。我们仿佛是一台戏,因为观众的消失而闭幕,演员飞快地卸妆完毕,甚至连舞台都被打扫干净,仿佛一切都没有改变过⋯⋯"

  这本小说将正处青春年华的莘莘学子之深爱、之浅恨、之重情、之轻愁(仇),痛快淋漓地跃然纸上。采用第一人称叙述,不以情节上的曲折唐突博人眼球,不刻意玩深沉、玩叙事技巧,也正因此,这部清华建筑学院出身的"红色工程师"的自传体处女作,中国版"少女筱雅之烦恼",更加青春,更加少女,也更加烦恼⋯⋯

(刘平,复旦大学哲学学院教授,哲学博士)

序二

以资深粉丝的名义

胡金辉

2001年,我就被小万工成功吸粉了。那时,她读高二,我是她的语文老师。在众多内容与形式都奇奇怪怪的学生周记中,读到小万工的文字,我心底自然欣喜。她的文字流畅细腻,说理带着感情,抒情也有分寸,有时故意用整句,也显出学生少有的丰富内涵。作为奖励,我经常在班上赏读她的作品,也曾顺手荐给校报。

除了发现她特别喜欢读书与背书,我对小万工更深的了解来自操场。当时,班主任喜欢长跑,认为长跑有益于身心健康,就专门安排了跑步课,并为男生女生规定了不同的圈数。小万工完全没把自己当女生,每次都和男生跑一样多的圈,后来似乎是跑上瘾了,比男生跑得更多。一个文静娇弱的小女子,将它虐变为自虐并升级为兴趣,让我领会了什么叫巾帼不让须眉。

高中毕业,小万工凭着自己强大的实力,如愿考入清华大学。她上大学后,先后寄给我书信、照片、欧洲杯文化衫等,我也就陆续知道她学画了、恋爱了、上班了、结婚了。直到2017年,这个理工科女生写下的《房子不是最重要的,爱才是》引发热烈讨论,竟一下成为红文。沉睡心底多年的对文字的热爱被唤醒，小万工开始了散文与小说的创作之旅。我喜欢读小万工的历史散文，不仅因为她功课做得细，史料翔实，更在于她清晰从容的叙述中渗入的情感和思考，富有深度，却不愤激，隔着屏幕都能感受到文字背后满怀悲悯的伤痛。

小万工的小说，虽是虚构，但真实的情节也不少，读着就像一个高中女生的成长日记。我是每周充满好奇与期待地逐章欣赏完的。它复活了我的许多记忆。阅读时我会不自觉地想，是这样？可以这样？原来这样？有时还会居心叵测地想，看你怎么编？相信每个读者都能从这个爱与奋斗的故事中读到会心会意之处，小读者将无比神往高中生活，过来人重温过去生活中的那些美好，会生出对人生更多的热爱与留恋。

小万工本来就是老师口中的"往届生"，如今她的小说即将出版，我觉得又多了一件"念经"神器。想知道长跑与分数的关系吗？想知道怎么面对心中的萌动吗？想知道写好作文的秘诀吗？想知道如何考入名校吗？去，读小说《好姑娘光芒万丈》。

（胡金辉，鄂南高中语文老师，小万工的授业恩师）

序三

这才是青春

丹 飞

　　清华素有聚天下通才而育之的传统，远非时人"工科老大"的"偏见"。不谦虚地说，科技、人文、道统"半国出清华"，多半也是成立的。"通"之一义即不拘本业，诸般会通。如果了解到1952年院系调整，北大工学院并入清华，清华文、理、法学院并入北大，就不会惊讶于被今人传为"红色工程师摇篮"的清华何以文脉如此兴盛——清华一度是举国"文宗"。或者说，清华人血管里流着"不务正业"的基因，比如创业大潮中涌现的诸多领军人物可以出自理工文史哲艺医各院系，比如音乐才子宋柯、名嘴高晓松、"水木年华"卢庚戌分别是来自环境系、电子系、建筑系的"理工男"。曾是"水木年华"的一员，如今已成优质音乐偶像的李健也毕业于电子系。清华文学之盛比之音乐有过之而无不及——清华出歌手，也出作家和诗人。音乐风格有人大爱也有人不屑的"幸福大街"吴虹飞也是诗人和小说家。以《北京折叠》摘得雨果奖的郝景芳则先后毕业于物理系、天体物理中心和经管学院。音乐、文学、体育是这所日渐综合、国际化、全科化大学的三翼。音乐与文学又有互哺、互补的意味——谁敢说以音乐立身的清华人宋柯、高晓松、李健等人不是诗人？

如今，建筑系毕业的奇幻小说大拿潘海天的同门师妹中也出了一位作家。当然，她也是我鄂南高中和清华的师妹。万静雅习惯以初登职场的称谓"小万工"示人。潘海天、郝景芳、小万工等人以各自的方式承继了梁启超、王国维、陈寅恪、赵元任、钱锺书、季羡林、闻一多、朱自清等文宗鼎定的清华文脉的一端。以小万工论，她所执者乃浩然正气，私以为其文之所以吸睛走心，根即在此。也是出于这个原因，人民日报、新华社公众号才会点赞称小万工为"理想的化身，时代的清流"。这个评价稍嫌肉麻，但也恰如其分——小万工身上有着某种程度的"不合时宜"。一方面，她在本职工作中颇有建树，"盖房"无数；另一方面，她始终醉心于表达，捕捉思想的火花，在键盘上撒野、定格。一方面，她是不断编写10万+爆款文章的网红，俗世意义上的成功不言而喻；另一方面，她的精神世界与文字呈现存在所指与能指的撕扯、撕裂。某种意义上，这种现实与理想、此岸与彼岸的反差和落差，造就了她的个性魅力。这是她吸粉的一个重要理由，也吸引了曾拍摄过我五部纪录片的"南派纪录片"领军人马志丹导演摄制关于她的纪录片《小万工，好姑娘光芒万丈》。该片列入纪念改革开放40年、恢复高考40年《四十年，美好生活》系列，2018年11月9日在广东卫视及多个视频平台播出，创马志丹工作室近两年纪录片收视纪录。

这部小说从文学性、艺术性、美学上来讲水准如何，读者将有自己的判断。这里单说本小说写实的一面：长期以来，通行市面的"青春文学"离不开打架、堕胎、多角恋，这样的青春文学在曾经历过、正经历着青春的人们看来，无异于经过了多个棱镜的层层折射，早已失去了青春的本来面目，无论是甜到齁的糖果青春，还是混子气或草莽气横生的残酷青春，抑或是颓废无聊、了无生气的灰色青春，都是别人的青春、不真实的青春。真实的高考青春就是拼、比、领跑、逆袭、进击着守成、彷徨着奋斗，焦灼而明媚、躁动而坚持，那时的动心还不是爱情本来的样子，只能算是"类似爱情"或"疑似爱情"。是的，这一部《好姑娘光芒万丈》就是青春本来的样子。是否可以说，小万工在借这部小说给青春正名？《好姑娘光芒万丈》还具备某种未来性：对于未经青春但日后必经青春的"代有才人"们，厘清势必败坏来者口味及心性的五色五音五味，还其本色本音本味——还原青春的本来面目，实在具有去芜存菁的意义。正是在这个意义上，我说小万工是好姑娘。

与我一样欣赏本书的，可以认为小万工有创见，当然，认为小万工是生活的"摹写师"也未尝不可——本书实在就是真实的青春写照——她的粉丝可不止当下的青春男女、小花、"小奶狗"、宝妈、宝爸，目前已知最年长的粉丝是八字班（1948年入校）的清华老学长。在创作的同时她也善于兼收众"长"，比如，她会将她认同的校友、粉丝的诗文习作不着痕迹地化用到小说人物身上。不仅如此，我还被她调皮地写进文末，跑了回超级大龙套。

对于以"学渣"自嘲的小万工，学渣言者，不过是赢家的话语策略：赢家的逻辑是，过去越不堪，赢面越大，赢得越漂亮。她执着于自己起的原名《我如果爱你》，她的理由是一点都不觉得自己是好姑娘光芒万丈，而是灰姑娘灰头土脸。小万工如果是灰姑娘，是"理老师"（小说中考上清华的筱雅的北大恋人李理，也是生活中小万工的北大毕业之后选择做中学教师的丈夫）给她穿上了水晶鞋吗？显然不是，她走的每一步，靠的都是自己的双脚。如果说"理老师"在其中有什么贡献的话，那就是与小万工相互撑持的爱情婚姻和爱意融融的家。

小万工出差途中，在万米高空重看小说，给我发了条微信："深刻体会了理老师说的，'你写的不是小说，是犯花痴。'"小万工说想不通自己当时（其实才新鲜出炉没几天）怎么能写出这么花痴的文字。想想我们每个人的青春萌动，对于"爱情"，对于大学,对于世界的想象何尝不是在犯花痴?那个以为一生只能牵一双手的少年傻得可爱,唯其纯粹,唯其只有一次,唯其无法重头,才值得我们用一生的时光去追忆。约1200年前,李商隐就已"预知"到了我们今天的后知后觉:"此情可待成追忆,只是当时已惘然。"好在现在有一卷小说,不偏不倚,映照了我们最初的样子,那时的我们干净,纯真,光芒万丈。

(丹飞,编剧、IP操盘人、制片人,也是词人、诗人、小说家。以总编辑身份操作过《明朝那些事儿》《盗墓笔记》《后宫——甄嬛传》《吹灯录》等畅销书。独立操作过《甄嬛传》《王阳明传》《张伸景传》《白泽图》等近80个IP。小万工的高中、大学师兄)

目录

第一章	不要惊动，不要叫醒我所亲爱的	1
第二章	求你掉转眼目不看我，因你的眼目使我惊乱	7
第三章	良人哪，求你快来，如羚羊或小鹿在香草山上	12
第四章	给我苹果畅快我心，因我思爱成病	18
第五章	我所亲爱的，请喝	24
第六章	我寻找他，却寻不见	28
第七章	我以我的良人为一袋没药，常在我的怀中	33
第八章	你的母亲在那里劬劳，生养你的在那里为你劬劳	37
第九章	我虽然黑，却是秀美	42
第十章	北风啊，兴起	49
第十一章	你的名如倒出来的香膏，所以众童女都爱你	54
第十二章	给我葡萄干增补我力	59
第十三章	不要因日头把我晒黑了就轻看我	63

第十四章	不知不觉,我的心将我安置在我尊长的车中………	68
第十五章	我的佳偶,我的美人,起来,与我同去………	76
第十六章	你的声音柔和,你的面貌秀美………	81
第十七章	冬天已往,雨水止住过去了………	86
第十八章	我属我的良人,他也恋慕我………	90
第十九章	你这女子中极美丽的,你的良人往何处去了………	96
第二十章	王女啊,你的脚在鞋中何其美好………	101
第二十一章	我们要称赞你的爱情,胜似称赞美酒………	106
第二十二章	看哪,他穿山越岭而来………	114
第二十三章	他站在我们墙壁后,从窗户往里观看………	121
第二十四章	你的良人比别的良人有何强处………	126
第二十五章	我的良人在男子中,如同苹果树在树林中………	131
第二十六章	愿你吸引我,我就快跑跟随你………	137
第二十七章	他的左手在我头下,他的右手将我抱住………	142
第二十八章	我们必因你欢喜快乐………	147
第二十九章	我们早晨起来往葡萄园去,看看葡萄开花没有………	152
第三十章	听哪,是我良人的声音………	157
第三十一章	求你与我一同离开黎巴嫩………	163
第三十二章	我心所爱的啊,求你告诉我………	168
第三十三章	所罗门的歌………	175
第三十四章	因你的爱情比酒更美………	181
第三十五章	我夜间躺卧在床上,寻找我心所爱的………	186
第三十六章	百花齐放,百鸟鸣叫的时候已经来到………	193
第三十七章	你我可以往田间去,你我可以在村庄住宿………	199
第三十八章	良人属我,我也属他, 他在百合花中牧放群羊………	204
第三十九章	将我放在你心上如印记, 带在你手臂上如戳记………	210

第四十章	我身睡卧，我心却醒	215
第四十一章	关锁的园，禁闭的井	220
第四十二章	你回来，你回来，使我们得观看你	225
第四十三章	天起凉风，日影飞去	230
第四十四章	那时，我在他眼中像得平安的人	236
第四十五章	他们爱你是理所当然的	241
第四十六章	我的良人白而且红，超乎万人之上	246
第四十七章	他说话的时候，我神不守舍	252
第四十八章	他带我入筵宴所，以爱为旗在我以上	257
第四十九章	我的佳偶在女子中，好像百合花在荆棘内	263
第五十章	你的良人转向何处去了	268
第五十一章	我的良人从门孔里伸进手来，我就因他动了心	273
第五十二章	领他入我母亲的家，到怀我者的内室	278
第五十三章	只有这一个是她母亲所独生的，是生养她者所爱的	283
第五十四章	我的佳偶，你全然美丽，毫无瑕疵	289
第五十五章	这是我的良人，这是我的朋友	295
第五十六章	要给我们擒拿狐狸，就是毁坏葡萄园的小狐狸	301
第五十七章	我问他们，看见我心所爱的没有	304
第五十八章	我要起来，游行城中，寻找我心所爱的	310
第五十九章	歌中的雅歌	316
第六十章	爱情，众水不能熄灭，大水也不能淹没	323

第一章
不要惊动，不要叫醒我所亲爱的

这年深秋，小城的冬天仿佛比以往任何时候都来得更早一些。校门口的桂花路一夜之间吹落了满地金黄，在这阴沉肃杀的天地之间显得越发灿烂地寂寥。

16岁的我，正在这所市级重点高中读高二，文理分科后被分到唯一的理科实验班，刚刚结束了第一次期中考试。

"秋花惨淡秋草黄，耿耿秋灯秋夜长。已觉秋窗秋不尽，那堪风雨助凄凉！"我坐在教室角落的窗前，心神不宁地拨弄着耳旁的长发，看着漫天飞舞的黄叶，无端就想起这几句诗来。

从萧瑟秋景中转过头来，我鼓起勇气定神看了看刚刚发下来的还散发着油墨清香的排名表，发现自己的名字被印成铅字，纤纤弱弱地排在最后一个——刺眼的倒数第一，却没有意外也没有停留，习惯性地去寻找排名表中他的名字。哦，他也考得不好啊。

　　我没有时间悲伤，甚至都来不及思考，因为还有很多试卷、作业堆积如山，仿佛城墙般围在我的课桌上，《高考冲刺》《龙门专题》《王后雄重难点手册》……这些高中学生的必选项目都在张牙舞爪地召唤着我，同时也保护我远离想象中的众人讶异的目光。咳！事实上也许根本没有人注意到我吧。

　　我机械地抽出一本《三十八套》，就开始做数学模拟题，做着做着发现试卷湿了，蓝色的墨水就着泪水在纸上洇开来，我没办法再写下去，干脆放弃，趴在桌上就开始哭，默默地，埋在围城中，埋在众多试卷、模拟题当中，埋在晚自习大家安静运笔的沙沙声当中。

　　哭着哭着，我又有点怨恨自己，怨恨自己为什么当初非要选理科。

　　想起去年的这个时候，高一入学的第一次期中考试，我总分全班第五名，语文和政治都是年级第一，班头笑着说，筱雅真是学文科的料啊！我却没有喜悦，反而有些怅然，他那次考试是全班第一，数学和物理几乎是满分，我知道他肯定会选理科。

　　我太了解他了。

　　我们初中三年都是同班同学，到了初三，年级第一总是我们两个人中的一个，不是他就是我。他热爱理科，我长于文科，所以每次数学、物理难的时候他就是第一名，语文、英语难的时候就轮到了我。

　　他是我唯一的对手，也是我的同桌。

　　我到现在都记得初三下学期我们初次坐到一桌时的情景。

　　我费力地将课桌搬到他的身边，并到一起，刚刚坐定，就看到他递过来一张纸条。我好奇地打开，发现是一道用角平分线求电阻的题，会心一笑："你也有不会的物理题跑来问我啊？！"

来不及收拾刚搬完还乱糟糟的书本，我就开始铺开草稿纸演算。各种方法用尽，转眼一节晚自习就过去了，下课铃声响起，他看出了我的穷途末路，凑过来："你还没做出来呢？"

"嗯，太难了。"我轻轻应声。

他把稿纸拿过去，快速地写出了过程，又塞给我，轻描淡写地说："喏，你看，这么做就很简单。"

想到他竟然明明知道怎么做还跑来问我，我不由得又羞又恼，站起身就拿着稿纸想打他的头："原来你不是不会跑来问我，是示威啊，浪费了我整整一节晚自习呢。"

他一边抱头求饶，一边解释说："我只是觉得这个解法很妙，想跟你分享一下。没想到你物理这么弱啊。别急，以后坐一桌了，我帮你补补吧。"

我看着他清亮的眼眸，澄澈得像矿泉水一样，不像是成心逗我的样子，就心一软，把已经高高举起的稿纸放在了桌上，顺便看了一眼他写的那道题的解法，确实巧妙，便说："那说好了，你得帮我补物理啊。"

后来的日子他真的开始帮我补习物理，方法就是晚自习时常常递给我一些不知从哪搜罗来的莫名其妙的题目来考我。如果我做不出来，他就再给我发几个提示的要点；如果我还做不出来，他就摇摇头，炫耀式地将我面前的稿纸拿过去，写完解法，还给我时还冲我灿烂一笑，意思是"你懂了吗？"，我只得又好笑又好气地照单全收。

不得不说他确实很有做老师的天分，原来对我来说有些艰深的物理，那段时间通过一系列要点的串联都变得清晰起来，在接下来的小测验中，我的物理竟然破天荒地考了年级第一，反而他因为粗心错了一道选择题，比我低一分。物理老师表扬我时，我嘚瑟地冲他一笑，意思是"你看第一名是我呢"，他有些尴尬地挠挠头，一副"教会徒弟饿死师傅"的无奈模样……

"筱雅，别睡了，班头叫你去一趟他的办公室。"

有人轻轻推了我一把，猛然打断了我苦涩中已经开始有些许甜蜜的回忆。

唉，要是还能和他坐同桌就好了，说不定我也可以像初中时那样学好理科呢。我一边悻悻地想着，一边忙不迭地擦拭着眼泪，装作确实是刚刚睡醒的样子，从书堆中抬起头来。

站在眼前的是班长"达摩"——这次考试的年级第一，他本名并不叫达摩，只是因为成绩特别好，从高一起就蝉联年级第一，是神一般的人物，所以我们都这么称呼他。

"谢谢达摩，我这就过去。"

"啊，你哭了啊，没事的，就一次没考好，也不是高考，这种期中考试都不重要的……"他明显有些慌乱地絮絮叨叨地安慰我。我却特别尴尬：他都看出来了，这下糟了，眼睛肯定肿了，一会儿去见班头，班头也会知道我刚刚哭过。

我来不及，或者说根本没有心情应和他，就急匆匆地夺门而出，先去了楼道旁边的卫生间。我打开水龙头洗了把脸，看到了对面镜子当中略显落魄的自己：齐肩的长发略有些蓬乱，刘海湿湿地耷拉在脑门上，分不清是水还是泪了，眼睛确实有些红，但还不算肿，脸色苍白。我勉强地挤出笑容，对着镜子里的自己打气说："筱雅，你要坚强，就一次没考好，还好不是高考啊，继续努力就行了，加油！"然后转身，义无反顾地走向了楼上的教师办公室。

班头早就坐在那里等我了。我礼貌又无力地冲他笑了笑，他先寒暄了几句，之后就说："你和李理都是我当年亲自去咱们县城里招来的学生，高一我就是你们的班主任，高二校长让我带咱们学校的第一届理科实验班，我又亲自推荐你们到了这个班。这次你们俩都考得不太好，我看了一下，差距最大的是数学。李理，其实我不担心他，我们高一那个班数学本来就比较弱，他理科底子不错，应该很快能赶上，倒是你，我一直在想，你是不是更适合学文科。现在才刚刚文理分科一个学期，这会儿转还来得及，女孩子学文科其实挺好的。"

我愣了，心里翻江倒海，真的没有想到班头会主动提起这件事。我迟疑了片刻就开始倔强地摇头，坚定地说："不，我要学理科，我想上清华建筑系，他们只招理科生。"

话一出口，我就后悔了，倒数第一，清华建筑，差得也太远了吧，真不知道自己是哪里迸发出来的勇气，编出这一套没有逻辑的瞎话来，心里却是在默默地想着："李理肯定能考上清华，所以我也要努力才行。"

班头笑了，又说了很多鼓励我的话，嘱咐我不要气馁、好好学习之类，我都没有仔细听，只记得最后一句，他说："你先回教室吧，帮我把李理叫过来。"

我答应着就赶紧离开了，心里小鹿乱撞——自从高一开学那次收团费之后，我好像已经有一年多没有单独和李理说过话了。上一次还是高一的时候，刚开学，我作为临时的代理团支书，在班上收团费。前面还好，收到他那里时，他看到我过来就打趣说："我家里穷，交不起团费，能不能退团啊？"好奇怪，我当时就莫名其妙地脸红了，仿佛全身的血液都往脸上涌，羞报得说不出话来。后来他有没有交团费，我都记不清楚了，只是从那以后我就开始刻意回避他,不想再和他说话,或者说不敢。

但今天无论如何是避不开了,不知道为什么我甚至都有些期待去看看他,也不知道他怎么样了,同样考得不好的他是不是像我一样落魄?

第二章
求你掉转眼目不看我，因你的眼目使我惊乱

快到班级门口的时候，我特意停留在教室最后面的窗外——他就坐在最后一排靠窗的位置。

我躲在教室的侧墙那里，偷看他俊俏的侧影，如我记忆中一般轮廓分明的侧影。

他正在整理试卷，一丝不苟地用我特别熟悉的那款最便宜的英雄牌钢笔将错题抄在本子上，表情沉静得仿佛就是在写平常的练习，让我不由得忆起初中时在我的稿纸上快速写下物理题答案的那个神采飞扬的男孩——面对挫折，他终究还是比我更加冷静。

我若无其事地加快脚步，走进教室，穿过前排所有同学的桌椅，满有底气地径直走到他的桌前，唤道："李理，班头让你去一趟他的办公室。"

他停住笔,抬头望着我,他略显疲惫的眼睛看到我的时候闪过一丝有些意外又有些欣喜的神情,但它就像流星一样转瞬即逝,天空复归平静。

"哦,好的,我这就去。"他的声音明显低沉,甚至在我听来有些沙哑。

我赶紧转过身去,长舒一口气,默默为自己沉着冷静地顺利完成任务而庆幸,却意外听到了身后那熟悉的声音:"这次我俩都没考好,下次一起加油吧。"

顿时,我觉得自己后背被他的目光灼烧,又是那种全身的血液往上涌的可怕感觉。我连头也不敢回就如受惊的小鹿一样迅速逃回了自己的座位。

该死,怎么还这样啊?!一边懊恼,一边心里却莫名地升起一种异常温暖的情愫——他既然说下次一起加油吧,不管怎么说,我确实要加油才行。我默默收起面前已经被泪水糊成一片的数学试卷,重新撕下另一套卷子,努力振奋精神,开始做了起来。

认真做题的时候,我心里异常平静,仿佛忘记了那个刺眼的排名表,原来学习才是疗伤的绝佳方法。时间过得飞快,很快晚自习结束。和下课铃声一起传进教室的,还有班主任的脚步声。

"同学们,先留一下,期中考试完了,这是我们理科实验班组班以来的第一次考试,有的同学考得很好,有的同学考得不好,这都没有关系,因为咱们的目标是备战高考。我给大家布置一个小任务,根据自己的实际情况估一个高考的目标分数,每一科都要有,明早统一上交学习委员。"班头总是最后来摊派作业。

我默默地收拾好眼前的书本,目标分数?好吧,是得好好想想。

"筱雅，走，一起回宿舍吧。"同桌以琳叫我，不知道为什么我看到她就又想起了那张已经被我塞进桌子里的排名表。以琳这次考得不错，班级第15名，英语年级第一，在女生中已经相当靠前了。好奇怪，这会儿再看以琳的时候我总觉得她头顶仿佛顶着一个大大的发光的数字"15"。我被自己的想法吓得浑身冷汗，是不是其他同学看我的时候也是一样，头顶上顶着闪闪发光的"倒数第一"四个字？想到这，刚才做题时积累出来的一点点愉悦心情又烟消云散，我瞬间被打回原形，情绪跌到谷底。

"你先回去吧，我想一个人去操场跑步。"我有些无力地对以琳说。

"那好吧，你一个人小心一点，别太难过，我先回去了。"以琳一边安慰我，一边善解人意地先行离开。

我独自一人穿过教学楼门口的大花坛，爬上行政楼广场前高高的平台，然后又穿过了一层的长廊，就看到大台阶下方已经几乎漆黑一片的操场，我并没有下去跑步，而是径直在冰冷的台阶上坐了下来。只是还没有来得及悲伤，就吓了一大跳——有人从背后用力地拍了一下我的肩膀："筱雅吗？"

我有些愠怒地转过头，看到一个高高瘦瘦的穿着篮球服的大男孩，原来是我高一时的同桌何为，他正用一惊一乍的夸张表情欣喜地看着我，一边将书包别在侧面，一边毫不客气地就在我的身边坐下。

我还没有来得及责怪他吓到我，耳边就灌满了他那滔滔不绝的浑厚男中音："大晚上一个人坐在这儿干吗？期中考试你考得好差啊！我都打听完了，还想今天去你们班看看你呢。没想到一出门就看到你了，真是天助我也，你那小身板，我一眼就认出来了。话说，我真的想不通你为什么会选理科啊，你文科那么好！高一的时候我就以为你一定会学文的，我才去了文科班，当然主要是因为我的理科太差了。哈哈……"

他语速很快，我完全插不上话，事实上我也有些懒得说话。他仿佛看出了我的不耐烦和低落，话锋一转，收起之前那种玩世不恭的语调，略带关切地认真说："你真的不考虑一下转到文科班来吗？文科很好学，我原来在咱们班成绩那么烂，这次在文科班都进了班级前十呢。你文章写得那么好，转过来碾压我们。"

"求求你别烦我了，好吗？我就是想一个人安静一下。"我听得出来他话中的真诚，这建议确实也打动我了，可我越是心动，嘴里说出来的话就越是决绝。

他叹了一口气，还想说什么最后却没有说，拿起书包就默默离开了。

我也起身，向操场跑了过去，黑暗中开始绕着操场一圈又一圈地不停奔跑，跑到第5圈的时候，我感到自己身边有一阵风，一个高挑清瘦的背影就在眼前飞速掠过——是李理，他也来跑步了。我看着他的背影渐渐跑远，没有去追，反而故意放慢了自己的脚步，原本因为跑步开始加速跳动的心脏却跳得更加厉害——既然等到他，我就决定回宿舍了。

操场和宿舍楼之间隔着两个篮球场，我刚一迈上篮球场的台阶，就看到场地中间站着的何为。

"我等你半天了，知道你跑完步肯定会走这条路过来。"

"哦，有事吗？"我冷冷地说。

"没什么，想送你一本书，很好看的。"他一边说，一边神秘兮兮地打开自己的书包，掏出一本白色封面的书递了过来。

球场太黑，我看不清书名，只得勉强收下，毕竟不想在这里和他纠缠太久，心想如果其他老师和同学看到，就不太好了。

"谢谢。"我一边礼貌应和，一边抱着书就开始继续奔跑，跑到宿舍两棵桂花树当中的昏黄路灯下，就着灯光才看清了封面上的字：

香草山

余杰 宁萱 著

书里还夹着一个薄薄的信封。

此时熄灯的铃声响了第二遍，我来不及细看，就急匆匆地走进了宿舍，将书塞到了被子底下。

第三章
良人哪，求你快来，如羚羊或小鹿在香草山上

再次打开这本书已经是三天后的周日黄昏。

在这个高考大省的封闭式管理的市级重点寄宿高中，学习时间排得非常紧张，从早上6点半开始早操、早自习直到晚上10点半结束最后一节晚自习，除了早中晚各一个小时的吃饭时间，其他时间学生们几乎都是在教室里度过的。每周只有周日下午我们能放半天假，可以和朋友们去操场运动，也可以走出校门放松放松。

但我其实最喜欢把这奢侈的半天用来做自己最爱的事情——睡觉。

我想，只有每天都需要6点钟起床的高中生才知道能满足地睡上一觉是多么幸福的一件事情吧。

这天，我睡得并不安稳，总是在做梦，梦中我并没有在现

在的理科实验班,而是在文科班;也没有考倒数第一,而是像达摩那样考了年级第一,但很奇怪,我看到自己是年级第一的时候并没有想象中那么兴奋,而是若有所失,总觉得丢掉了什么,永远都找不回来。睡梦中我忍不住摇头辗转,却硌到了枕边一个很硬的角,不自觉地惊醒了。原来是那本我几乎已经快要忘掉的书——何为送的《香草山》。

打开扉页,我看到一句很莫名其妙的话。

"良人哪,求你快来,如羚羊或小鹿在香草山上。"
(《圣经·旧约·雅歌》)

薄薄的信封从书中滑落,我从枕边拾起打开,就看到里面是一张照片——我的照片,我也不知道什么时候自己有这样一张照片。照片中的女孩站在主席台上领奖,穿着白T恤和牛仔裤,傻傻的齐刘海和学生头,笑容绽放得好像盛开的玫瑰——是我高一期中考试语文和政治得年级第一那次。照片的背面只有一行潇洒俊逸的钢笔字:"我在文科班等你啊。何为。"

我被击败了,真不知道他从哪找来这么一张照片,难道那天他特意带了相机?我有些无奈地笑了,心里却一点都没有被他的处心积虑感动,那股叛逆反而一下子升腾了出来,才不去文科班呢,我可不想那么快认输。

再说,谁是你的良人啊。

我并没有心情继续翻这本看起来好厚的书,仿佛是一部爱情小说,在这种情况下是多么不合时宜。毕竟眼下我还有更重要的事等着做呢,于是我迅速起床,梳洗完毕后就径直往教室走去。

教室目前只有我一个人。

我一眼就看到了教室右侧墙上挂着的"高考目标分"红榜——这就是班头上次说的每个人自己编出来的高考目标分数，班头的效率特别高，学委收集完大家目标分数的第二天，这个3米宽的大红榜就被挂在了教室里。

挂出来的第一天，场面着实混乱了一阵子，下课后大家都一拥而上，站到红榜跟前开始评头论足，仿佛那就是大家的高考成绩。我远远地扫了一眼，就敏感地发现这个名字的排序就是按照期中考试的排名来的——因为我在最后一个，懊恼至极，也不知道这个排名会跟随我到什么时候，难道一直会到高考结束吗？于是以后的几天里，我虽然也有诸多好奇，却并没有往前凑。

这下好了，只有我一个人，终于可以好好地研究一下这张表了。下意识地，我还是去找那个熟悉的名字，很快就看到了：

李理　总分700
语文120　数学150　英语130　理综300

这小子还真是有自信啊！数学和理综都是满分呢，我又忍不住去对比了一下自己的那行。

筱雅　总分666
语文130　数学130　英语130　理综276

我之所以写这个数字，就是因为去年以琳的亲姐姐就是以666分从我们学校考到清华建筑系的，恰好去年清华的录取分数线就是666，我很喜欢这个数字，特地凑了一下，写下来的时候心里还默默祈祷：我想要的并不多，只要足够就好了，只要足够跟上他的脚步就好了。

我又饶有趣味地看了一眼其他人的目标分数，男生普遍都上了700分，女生则都比较保守和现实。我突然有一点小小的期待，期待这张榜要是最后的高考成绩就好了——大家都上了清华、北大，有梦的都遂了心愿，有情的终成了眷属。想到这儿，我嘴角就忍不住上扬，笑容自由地荡漾开来。

"雅哥，你这么早就来啦！"一句不合时宜的招呼让我从美好的幻想瞬间跌落回冷冰冰的现实，原来是坐我后桌的张齐。

他从高一起就和我称兄道弟，总是叫我雅哥。我其实很不喜欢这个称呼，难道我就那么像个男孩子吗？

初中时我确实一度是非常奔放、不拘小节的，和李理同桌时我俩课间疯疯打打，就像两个男生一样。但是自从进入这所重点高中，我就沉静了很多，头发也渐渐留长，都快齐肩了，我觉得自己还挺淑女的啊。

无奈张齐就是这么理直气壮，他个子高，嗓门大，每天咋咋呼呼地雅哥雅哥地叫，这个称呼就在男生中扩散开来，很快全班男生都开始这么称呼我了，我虽然恼火却也无计可施。

"别看那个破榜啦，都是700多分，怎么可能嘛？！大家都是表决心，忽悠班头的。你看得那么认真，我都想笑了。有这工夫，不如好好做《三十八套》《四十五套》呢，话说你做到第几套了？"张齐忙不迭地大声说。教室明明只有两个人，但不知道为什么，他一开口，我就觉得仿佛已经热闹到挤满了人。

张齐是个刷题高手，《三十八套》《四十五套》他早就刷完了。闲不住又开始到处搜罗卷子做，实在搜罗不到了，又把原来的《三十八套》《四十五套》再翻出来重做一遍，美其名曰温故而知新。有一次理综小测验，题目颇难，我考得特别惨淡，他却考了满分，我吓得下巴都要掉了，跑去问他经验，结果他得意地说那张卷子就是《三十八套》上的原题，他几乎是默写完的呢。我那时才知道除了各种参考资料，还有《三十八套》这种奇葩的存在，于是朝圣般地从学校门口的小书店买来，开始如他一般的刷题之旅。自从张齐那次对我推荐成功，他就颇为得意，以后一见面就问我的刷题进度。

"没做几套呢，我才刚刚做到第五套。"我喃喃说着，离开了红榜，垂着头回到自己的座位，就很心虚地伸手去把放在最表面的《三十八套》拿了过来。

"雅哥，你也太弱了，你看一下丑人李理，也是我推荐他买的，和你几乎同时，他都快刷完啦。"张齐一边说着一边不由分说地从李理的桌上抽出一本和我手上同样封面的模拟试卷，直接扔到了我的桌子上。

我一愣，就忍不住将那本卷子翻开——好久好久，我都没有看到过他写的物理题了。

依然像初中时那样严谨，先列出所有公式，然后开始列方程求解，详细运算，得出答案。每个步骤都清清楚楚、无懈可击，只是墨蓝色的字迹比少年时显得更加刚劲有力了。

"黑色墨水笔容易堵，蓝色墨水写一段时间之后字迹就淡了，所以我一直用墨蓝，你也值得拥有。"我端详着他做完的试卷，不知怎的就想起这段话来，那时说这话的少年意气风发，拿着一支英雄钢笔天天在我耳边滔滔不绝、眉飞色舞。

"怎么啦？被李理震住了吧？我跟你说，他最近可拼了，宿舍熄灯了，他都点着蜡烛刷题。小伙子太有前途了，快追上我了。"张齐以为我是看呆了，忙不迭地补充。

"呃，我没时间跟你贫了，你赶紧放回去吧。"我暗暗想，原来他这么努力，那我也得加油了。我刚想把试卷给张齐，让他放回去，就迟疑地收了回来，自己拿着向最后一排窗边那个熟悉又陌生的位置走了过去。

他桌上的书像初中时候一样摆成了L形，那时的我就坐在刚好没有摆书的那一头。我认真看了一下他桌上的资料——《龙门专题》《王后雄重难点手册》《高考冲刺》……和我桌上的那些组合几乎一模一样，但明显都比我的旧一些，显然翻得更勤，完成比例更高，所有书堆得高高的，仿佛一座小山。我笑了，莫非这就是传说中的"书山有路勤为径"？突然想到"香草山"，不由得哑然失笑，呵呵，我看这些堆积成山的教辅才是属于我们的香草山吧。

那好吧，我来了，我的良人。

第四章
给我苹果畅快我心,因我思爱成病

南方的冬天冰冷刺骨,今年尤甚,小雨裹挟着绵绵密密的雪花稀稀拉拉地下着,仿佛永远都没有穷尽。教室内甚至比室外更加阴冷,我已经穿上了自己最厚的棉袄,还用书将有些漏风的窗户挡住,仍然觉得握笔的手已经冻到没有知觉,只是机械地顺着题目一道一道地写下去。

自从那天看了李理做的试卷后,我就给自己排了一个魔鬼式的训练计划。

从清早起来到深夜躺卧,把每一格清醒的时间都塞得满满当当的——用来做题。早中晚各一个小时的吃饭时间被我精简到了15分钟一餐,晚自习结束之后还会留在教室里继续自习直到宿舍熄灯,反正黑暗中摸索着回去也是可以洗脸刷牙的。《三十八套》的进度果然快了很多,不到一个月就快要将数学卷子做完了，奇怪的是错误率并没有明显减少，每次对答案的时候都心惊胆战，不是这里审题不清就是那里概念不明，看着成片成片的待更正问题，真是觉得有点气馁了，却又像上了发条的节拍器一样，做完一套又忍不住打开下一套，想迎接一个新的机会。

这天傍晚，终于做完了《三十八套》的最后一套数学卷，我正想翻到最后一篇核对答案，却发现完全没有办法集中精神，整个头都昏昏沉沉的，胃里翻江倒海，胸口憋闷，喉咙也难受得发紧，不由得苦笑：难道这就是传说中做题做到想吐的感觉吗？

于是，我两手握拳放在脑后，闭上眼睛低下头，双拳从脖子开始一直锤到头顶——这还是初中时李理教我的方法，他说脑子不清醒的时候特别管用，平时确实还挺管用的，来回几次再睁开眼睛的时候往往神清气爽。但今天重复了好多次都不行，反而觉得头越发疼了。我无奈地把冰凉的手放到额头上，这才觉得滚烫，好像是生病了。我想站起来，却觉得双脚绵软无力，没有办法，索性趴在桌上昏睡了过去。

醒来的时候晚自习已经开始，同桌以琳急切地推醒我，小声在耳边呼唤："筱雅，你快醒醒，数学小测验，卷子发下来啦。"我迷迷糊糊地起来，看到手上已经枕出了红红的印子，刚刚发下来的数学试卷盖在我的头上，抬头的时候正好顺着后背滑落下去，我下意识地伸手去捡，却一下子失去平衡，连人带凳子都栽倒在地。以琳慌忙来扶我，后桌的张齐见状也赶紧把自己的课桌往后撤了一步，弯下腰从课桌底下帮我捡起试卷。我用手肘撑着地想站起来，但怎么努力都感觉有点力不从心，只得紧紧抓住以琳伸过来的手，勉强挣扎着坐起来。

数学老师注意到这边的骚动，从讲台上走了下来，关切地询问："怎么了？"

以琳这时候已经发现了我的不对劲,一边用手试着我的额头,一边说:"好像发高烧了,我带她去医务室吧。"我刚想推辞,她已经站起身,把凳子让开,就来扶我,我顺从地起来,毕竟现在的情形确实是需要去瞧瞧大夫了。

后桌的张齐也站了起来,说:"外面正下雨呢,我送你们去吧,可以帮忙撑伞。"数学老师也点头示意,我已经无力拒绝,他们俩就手忙脚乱地把我架出了教室。出教室之前,我向那个熟悉的角落望了一眼,发现他正在奋笔疾书,似乎并没有注意到我,我心里隐隐失落。

一出教室,凉风吹到脸上,我就清醒了,仿佛有了一些力气。以琳扶着我,张齐在后面撑着伞,他刻意和我们保持了一些距离以避免身体的接触,显得很绅士。

到了医务室,以琳对张齐说:"你可以先回去继续测验了,我在这儿就行。"张齐望着以琳,明显有些犹豫,但还是顺从地离开,转身的时候我看到他后背的衣服上一片深蓝,隐约可见白色的雪花,应该就是刚才帮我们撑伞的时候淋湿了,我心里一阵温暖,没想到这个平时大大咧咧的男生还挺细心。

"重感冒啊,估计是着凉了,给你开个吊瓶吧。"大夫给我量完体温后就挂上了水。

我劝以琳回去继续小测验,我自己就可以,她却怎么也不肯走。她说出去买点东西,过了一会儿竟然变戏法一样地端来了一碗热乎乎的蛋花姜汤。她一边吹着,一边温柔满满地注视着我:"趁热喝,这可是我找医务室阿姨讨了鸡蛋,在小厨房做的。"

我喝着这碗热乎乎的蛋花汤,心里暖暖的,眼泪几乎要流到碗里了,想说谢谢都有点说不出口,担心自己一开口就哭出来。

自从上次期中考试过后,我和以琳的关系就有些疏远,因为我要执行自己的所谓的魔鬼计划，就没办法像以前一样和以琳形影不离了，晚自习结束也让她一个人先回去。而且说不清楚为什么，我总觉得我们之间有了距离，也许是我心里那种隐隐的嫉妒吧，在高中这样的氛围当中，我觉得如果两个人的成绩差距太大，连朋友都没法做了似的。

以琳却没有什么异样，始终对我又耐心又温柔，每天晚自习结束的时候仍然会来问我要不要一起走。即使被拒绝了好多次，她也没有生气。

"以前我们姐妹生病的时候，我妈妈每次就给我煮这个喝，我觉得比药都管用呢。"以琳笑眯眯地说。她笑的时候，上扬的嘴角两侧就会挂上两个煞是好看的小梨涡，大眼睛也越发灵动了起来。

以琳的家在农村，家里有五个姐妹，她是最小的一个。湖北农村，重男轻女还是挺严重的，所以家里备受压力，乡亲们总取笑她们家"五朵金花"，但以琳的父母一点都不以为意，尽力送每个女儿上学。她们姐妹也特别争气，以琳的几个姐姐都考上了不错的大学，尤其是四姐以诺，去年以全市第三的成绩从我们学校考上了清华建筑系。而以琳当年也以县中考状元的身份进入我们这所市重点高中。

"真好喝，以琳，我都不知道怎么谢谢你。"

"没事的，其实我特别会做吃的，来这边念书，没机会表现。不过，我说你你别生气啊，我觉得你最近有点太着急了，总是抱着题做，学习时间长，效果其实不一定好，毕竟身体是革命的本钱啊。还是要劳逸结合才行。"她一边接过我刚刚喝完的空碗，一边关切地说。

"嗯哪 。"我服气地点点头，心想可能确实得调整一下战术了，老是泡题海貌似不行。

打完吊瓶，以琳就送我回宿舍休息，我一直睡到第二天上午，眼看着第一节课都上完了，我才觉得身体和精神都渐渐恢复，简单吃了一点早餐，就回到了教室。

到座位的时候，却发现桌子正中放了一个苹果。

心里一热——"定心果"？

初中同桌的时候，李理每天黄昏累了，就会说，我们来吃一个"定心果"吧，然后变戏法似的从课桌里掏出一个已经洗干净的苹果来，用力一掰，脆生生地分成两半。我第一次见到有人徒手将苹果分开，崇拜得不得了。他就说："我可以教你呀，这要利用杠杆原理……"我学了半天都没有学会，却每天心安理得地吃掉他的半个苹果。后来我礼尚往来，也往学校带各种水果和他分享，葡萄、香蕉、橘子、甜橙。但他一直只带苹果，我以为是他特别喜欢吃苹果，于是后来也慢慢地只带苹果了。

直到初三的暑假，我和舒文逛街时路过市场，正好看到一个轮廓熟悉的少年坐在喧闹的摊贩中间安静地写作业，前头摆着一担苹果——竟然是李理。舒文惊喜地和他打招呼，说："你怎么在这儿写作业啊？"

他见到我们，有些不好意思，挠着头说："我在这儿卖苹果啊，正好放暑假了，帮妈妈看看摊子，让她能休息一下。"

我这才恍然大悟——难怪他只带苹果。

想到这里，我就拿起了桌上的这个苹果仔细端详，红彤彤的，仿佛少女羞红的脸。我望向他的方向，结果还没看到李理，眼前的视线就被一个高大身影结结实实地挡住了，张齐手里正拿着一个苹果笑嘻嘻地望向我："筱雅，你怎么光看不吃啊？味道很好，隔壁班何为送来的，他说他家里有一箱，吃不完，让我给你们分着吃。"

"对啊,特别好吃,见者有份。"以琳一边说,一边也拿出了自己的苹果。

啊,原来是何为,并不是他。一箱苹果——确实像何为。

我咬了一口这个熟透了的苹果,就想起来何为送的书,我还没有来得及看,总觉得有点对不起他。

"君知妾有夫,赠妾双月珠。"何为真好,可是为什么我就是喜欢有些木讷的李理呢?

第五章
我所亲爱的，请喝

第二天早自习结束，在去食堂的路上，何为拦住了我，问道："送你的书，看了吗？好看吗？"

我只得坦白："没空看呢。"

说完了又觉得不太好意思，补了一句："谢谢，谢谢你昨天的苹果。"

他明显很失望，道："今天傍晚我们班和你们班足球比赛，你可一定要来给我加油啊。"

我笑了："我们班跟你们班比赛，我给你加油，你是我什么人啊？"

他被我问得一时语塞，只是挠头傻笑说："反正你一定要来，我是前锋，肯定能赢你们班。"

我无奈，绕过他径直向食堂走去，扔给他一句："看情况吧，罗纳尔多。"

所谓的看情况其实就是敷衍，其实我想的是自己应该是没时间也没心情去看何为踢球了，真是有点亏欠他。

何为是那种特别阳光的大男孩，家境殷实，成绩一般，很会玩。我们高一同桌的时候，他每天都琢磨着鼓捣一下这个，折腾一下那个。有一次，我说有个物理实验怎么也不太懂，他竟然偷偷钻到物理实验室去偷了那一课的实验器材。一个小球实验的大坡道放到我桌子上的时候，我都快吓死了，让他赶紧还回去。结果这小子不以为意，说："你也太紧张了吧，有事爷担着呢，放心吧。"

所以我还真是挺羡慕他这样无忧无虑的性格，跟他无话不谈。我知道他喜欢我，明确和他说过我高中不想谈恋爱，而且他不是我喜欢的类型，可是他竟然特别大方地说："我爱你，与你何干？我知道自己很优秀，你不用有太大压力哈。"我拿他没办法，心安理得地享受着他那如哥哥一般的关爱，有时候甚至觉得自己要是真的有一个这样疼我的哥哥就好了。

只是不知道为什么，我就是喜欢李理。

李理和何为的共同点就是都很喜欢踢球，李理踢后卫，何为踢前锋，两人技术都还不错。何为是队长，常常自称"罗纳尔多"。高一的时候，他们双剑合璧，所向披靡，带领我们班得了高一年级足球联赛的冠军。当时我们一班女生都在观众席上看着何为左冲右突，尖叫加油，只有我一个人毫无顾忌地盯着后场不起眼的他——穿着AC米兰的红黑相间的球服，23号球衣，弓着身子，不停跑动，眼睛紧紧盯着前场——我花痴地想，真是做什么事情都像写物理题一样认真啊，哪怕是做个后卫。

记得最后决赛那场球，突然下起了暴雨，但比赛已经临近结束，所以仍然照常进行。女生们看到下雨都纷纷撤到了教学楼里，我却站起来默默在看台上撑起了伞——操场上的李理已经被雨淋透了，却丝毫不以为意，仍然专注地盯着前场。最后一点时间，落后一分的对方攻势异常猛烈，前锋带着球横冲直撞，想抓住最后的机会，眼看就要冲向李理了，我的心一紧，几乎要喊出来。只见他倒地一铲，球飞向天空，终场的哨声响起，我们赢了。

我顾不得高兴，有点担心他，却并不敢上前，冲着离得比较近的何为大喊："罗纳尔多，一会儿把大家都带到食堂来，班头说有庆功酒啊！"

当他们换好衣服来到食堂的时候，我已经托食堂师傅准备好了庆功酒——一大锅姜汤。队员们都笑了，每人端着一碗喝着，还互相"敬酒"，外加吆喝，说："小二，再给酒家来五斤牛肉……"满满一屋子梁山好汉的架势。

何为喝的时候还眼巴巴地看着我，打趣说："好多年都没有姑娘对爷这么好了，爷定不负你。"他说这话的时候我咯噔一下，装作若无其事地用眼神的余光扫了一眼坐在旁边的李理，发现他也在和众人一起没心没肺地笑，似乎什么都没听到，或者是听到了也不在意。

我有些失落，便编了个瞎话，假传圣旨："得了吧你，本团支书是奉班头之命来犒赏三军将士的，你别自作多情了。"心里却默默地想："便宜你们，我熬了这么一大锅姜汤，不过只是想名正言顺地分一碗给李理罢了。"

自从那次"送酒"之后，我就成了罗纳尔多御封的班级足球宝贝，每次比赛都负责他们的后勤。我虽然恼火"宝贝"这个称号，却也乐意效劳，毕竟可以见到李理，哪怕只是帮他看看衣服和书包，看他渴了就给他递一瓶水，也很满足了。当然为了堂而皇之地做这些事，我不得不看了12个队员的书包，在他们每个人渴了的时候都过去递水。

想到这儿的时候,我已经打好饭坐在食堂了,却突然听到后桌传来特别熟悉的声音。

"李理,今天跟7班踢球,你去吗?"说话的是周平——我们高二(6)班理科实验班足球队的队长。

"必须去啊,我不去踢,你们能行吗?那不是后方洞开,人家随便进啊。"回答的是那个我再熟悉不过的声音。

我这才突然意识到,是我们班和何为他们班踢球啊,李理参加,看来我今天下午是无论如何都得去看球了。

正想着,就听到后桌的两个男生吃完起身挪凳子的声音,我连忙低头开始认真吃饭,不料李理端着盘子路过我的时候却突然转头,满脸笑着望向我:"足球宝贝,今天下午我们对阵文科班,你可要来加油啊。"我完全没有防备,差点被饭噎着,嘴里塞满了食物又不好意思说话,只得勉强努力笑着点了点头。他这才转身,和周平一起心满意足地走了出去。

吃完饭我就快速地回了教室,也顾不上午休,想着傍晚要看球估计得花掉一个半小时,得抓紧时间提前把今天的任务赶完才行。这时李理也从教室门口进来了,他看来是提前换好了球服,白色运动外套的领口露出了熟悉的红黑相间的条纹。进来的时候,他竟然破天荒地看向我,笑容灿烂地冲我点头致意,那意思分明是:"你下午一定要来看我踢球啊,筱雅。"

我没有说话,只是微笑着点头回应,暗自欣慰:高一真是没有白当球场服务生呢。

寒冷的冬日午后,因为一个男孩难得的灿烂笑容,我的心就被阳光塞得满满的,写起作业来都觉得笔下生风。

筱雅,加油,快点做完啊,还要去看李理踢球呢!

第六章
我寻找他，却寻不见

　　南方的冬天难得如今天这么晴朗，湛蓝洁净得没有一丝云彩，确实是一个踢球的好天气。

　　只是当我傍晚好不容易写完作业，抱着沉甸甸的12瓶矿泉水赶到球场的时候，球赛的上半场已经过半了，我们班以0∶1落后。

　　更为尴尬的是，我发现看台上文科班来了30多个女孩子，而我们班只有我一个人。想一想就明白了，我们班女生本来就少，而且大家都忙着课业，哪有心思看球？这时就开始有些后悔自己怎么没有约上以琳。

　　不过既来之则安之，我在看台一侧找了一个空位坐了下来。可怜男生们，没有女生加油的球赛，想来应该踢得很没有意思吧！

坐在我旁边文科班的女孩子们花枝招展，热热闹闹地花痴评论着哪个球员动作最帅、哪个平时最幽默、哪个成绩好、哪个更绅士，好像没有人真的在看球。而她们提起最多的名字，就是何为。"看来他还真的挺受欢迎呢。"我这样想着，却没有在场上找何为，反而在找那个熟悉的23号，找那个红黑相间的身影。呵呵，其实我也不是来看球的呢。

竟然没有找到。

我又仔细地在场上的人群中找了好多遍。后卫、中场、前锋，甚至是门将，场上所有的球员都被我仔仔细细地筛查了好多遍，还是没有他，我心里升起了一种不太好的预感。

这时中场休息的哨声响起，我看到何为直接冲着看台跑了过来，旁边的女孩子们一阵骚动，纷纷站起来欢呼。有一个穿着白色长羽绒服的女孩迎上去给他递水，我这才注意到这个女孩好像就是上次在国旗下讲话的那个，期中考试的文科班第一名，传说中的高二年级校花——林晓，不由得多看了两眼，青黛色的长发平顺地垂到腰间，蓬松轻盈的齐刘海，眼波流转宛如秋水，表情灵动，声音清亮："刚才的进球好漂亮啊，罗纳尔多。"——连我这个女生看了都忍不住惊叹，真是个美丽的人儿。

何为礼貌地接过她的水，却径直跑到了我的跟前，兴奋地说："筱雅，你果然来看我踢球啦，怎么样？看到我刚才的一脚劲射了没有，是不是很帅？"女生们好像这才注意到看台角落里孤零零坐着的不起眼的我，好多双眼睛齐刷刷地看过来，有好奇，有敌意，有猜测。

我被这些复杂的目光弄得实在尴尬，只得敷衍说："我刚来，不是来看球的，有点事来找周平。"

然后就慌忙站起身离开看台，向周平跑去，一边把手中的一瓶矿泉水扔向周平,一边冲他喊道:"周平,我带了水,你们要不要喝?怎么就你们这些人,李理没有来吗?"

"来了,上半场刚开始的时候被何为铲伤了,扭了脚,没法踢,就让他先回去休息了。真倒霉啊,刚上场就损失一员大将,要不我们也不至于丢球。"周平回答完又接着补充,"还好你来了,李理跟我说,你高一就是他们班的足球宝贝,果然没错!你看对方呼啦啦地来了三十几个女生,我们班一个都没有,大家怎么能踢得起劲呢?!一个姑娘加油顶十个后卫呢,你不许走。"

我听得生气,转头去看何为,心想他不会是故意的吧,又马上否定了自己这个小气的想法。何为并不知道我喜欢李理,即便知道,以他的个性也不会这么做的,应该就是球场上正常的较量。

我好想去看看李理伤得怎么样了,但又被周平刚才的说法架住了,只得强打起精神留了下来,却完全没有心思看球,一直都在想李理。

初中时踢球,他也扭伤过一次脚,那会儿我还没有这么矜持,看到对方的前锋把他铲倒在地就马上冲了过去。发现他小腿有大块青肿,我就气不打一处来,冲着铲倒他的男孩大发脾气:"干什么呢,踢个球又不是打架,那么暴力干什么?!"

结果本来抱着腿疼得嗷嗷叫的李理竟然在后面大笑,他叫住我:"姑奶奶,踢球放倒一个人,很正常的,好不好?这是我们男人之间的游戏,你们女人就不用掺和了。"

然后李理对着那个人说:"兄弟,别介意啊!这姑娘是我同桌,脾气火爆,平时我也没少挨打。"那男孩笑着离开了,一副好男不和女斗的清高模样。

我当时真是气炸:"好心维护你,反而被嘲笑!"赌气地准备再也不和李理说话了。

可是接下来的几天,他腿脚不灵便,走路一瘸一拐,每次都可怜巴巴地央求我:"好妹妹,我腿好疼啊。""好妹妹,帮我去打个饭吧。""好妹妹,帮我去拿一下物理作业。""好妹妹,帮我接杯水啊……"

我心软照做,口头却硬气:"帮你可以啊,不许叫我妹妹了,你以后得叫我姐姐。姐姐以后找你的时候,弟弟啥都得做。"

"好啊,姐姐,没问题,我给你写个白条,签上我的名字。以后你要我干啥,就往上写,我就当圣旨,行吗?"说完他真的拿了张白纸,写了四个字递给我,我一看落款赫然是"李理贤弟",不禁笑得前仰后合……

时间在断断续续的回忆中飞速滑过,直到周平跑到我面前讨水喝的时候,我才意识到球赛已经结束了。我们明显是输了,周平貌似并不太介意,拿着我递过去的水就先给了身边的何为,说:"兄弟,技术不错,以后经常一起踢球啊。"

何为接过水却看着我说:"可惜我们高一班上的足球宝贝去你们班了,不然我还能再进十个。"

周平恼火地重重拍向何为的后背:"想啥呢,没见你们班看台上那么多姑娘啊,还惦记着我们碗里的,可怜我们就一个女生来加油,不然也不至于输给你。"

我心里有事,就将所有剩下的矿泉水都塞给了周平,急匆匆地走开了,说:"我先回去了,作业还没写完呢。"

告别操场,我就去学校的小卖部买了一瓶红花油,几乎是一路小跑回到了教室。一眼就看到了李理,他却不在自己的座位上,而是和张齐一起坐在前排中间,围在一个穿着红色羽绒服的女生身边，是"雅典娜"。

"雅典娜"本名柳娜，皮肤白皙，小巧漂亮，是班上的学习委员，也是我们班数学成绩最好的女孩子，虽然不是蝉联年级第一的那种，但几乎每次考试数学都在140分以上，稳定得令人"嫉妒"。有一次数学测验，出的题特别难，全年级一大片不及格，她却考了唯一的140分，张齐佩服得不行，就跑去找她要试卷，还咋咋呼呼地恭维说："姐姐，你简直就不是凡人啊，是智慧女神雅典娜！"这个称呼就这么传开了，以后大家都不叫柳娜真名，开始叫她雅典娜。多好听的外号啊，好听到我都有些嫉妒，真想不通为什么张齐这厮非要叫我雅哥呢？

此时李理和张齐正坐在雅典娜的身边，头凑在一起，三个人好像是在讨论一道不等式的数学题，张齐明显是在问，雅典娜就快速地在草稿纸上演算作答，李理在一侧观看，三个人有说有笑，特别热闹。他们那种亲密的状态就仿佛我们俩以前讨论物理题一样，李理的白色运动外套映衬着雅典娜红色的棉袄，在喧闹熙攘的教室中煞是好看，只是他身边的那个人不是我。

不知道为什么，看到这画面，我心里却难受得很，更多的是悔恨，悔恨自己怎么高一的时候没有好好学数学。

我并没有按计划去找李理，默默地将那瓶红花油藏在背后，走回了自己的座位。

我把红花油塞到课桌里之后，就赌气式地抽出了一本之前一直没有打开过的黄白相间封面的参考书——《龙门专题之不等式》。

第七章
我以我的良人为一袋没药,常在我的怀中

不等式还没做完,那瓶红花油最终还是送到了他的手里。

晚自习课间,我看他一瘸一拐地扶着墙去上厕所,就动了恻隐之心。在黑暗的走廊里我叫住他,拿出怀里已经有一些自己体温的红花油塞过去:"周平说你脚崴了,让我给你买的,以后踢球小心点。"说完我就赶紧转过身回教室了。他双手接过去,喜出望外的模样,在我身后连声说:"谢谢啦,筱雅姐姐"。

我没敢回头,尴尬得很,筱雅姐姐,总算比雅哥这个称呼要好一点。虽然我知道一直以来他可能认为我和男生也没什么区别吧。

初中的时候我头发很短,像个假小子一样,我一直觉得李理就把我当作男生看待。那次他踢球小腿受伤了,让我去帮他买了一瓶红花油,买回来又说自己腰也受伤了,弯下去特别疼,非让

我给他擦药。我愣了，完全没想到他会提出这么无理的要求，就嚷嚷："我才不呢，男女授受不亲，你小子怎么好意思有这种非分之想？！"

结果他大惊小怪地说："啊，原来你是女生啊，我一直以为你是男的呢。"旁边的同学听了哈哈大笑。

我那倔强劲儿上来，就说："擦药就擦药，谁怕谁啊。"

于是帮他把小腿抬到凳子上，将红花油倒出来，用棉球蘸上，说："哪里最疼啊？"他指了指小腿上那一片青肿。我就毫不客气地重重地把棉球按了上去，他疼得嗷嗷大叫，起来求饶，我得意扬扬……

这会儿想起那时候的自己，觉得还真是分外狂野呢。何时变成现在这么矜持又敏感，我也说不清，也许是对着镜子，挤掉自己第一个青春痘的时候；也许是在初三的那个暑假，惊慌失措地发现自己来了月经初潮的时候；也许是来念高中之前，妈妈特地带我去商场买文胸的时候；也许是在看到校门口那个高一年级的分班表，发现我和李理在一个班的时候……

总之，我进入高中之后就一夜之间长大了，不再是那个大大咧咧、不谙世事的假小子，出落成亭亭玉立的女孩。成长的烦恼就是我要应付自己每个月心情和身体都特别低沉的几天，在小腹隐隐坠胀的疼痛之中上早操、上自习、上课、考试；我要应付脸上时不时冒出来的青春痘，去超市找各种治痘痘的洗面奶，如安安芦荟、满婷；我要应付自己胸部发育时那种由乳腺传出来的酸胀感。洗澡的时候看着自己渐渐长成的身体，就生出一种莫名其妙的自怜的情愫。

在这样青春萌动的身体变化当中，行为和性子也渐渐改变。我开始留起了长发，开始注意自己穿什么衣服，开始变得沉静,不爱主动和别人说话,性子也由原来的火爆张扬变得顺从温柔了很多,至少是表面上的顺从温柔吧。大多数时候我不愿意和别人起冲突或争短长,更愿意在自己的世界里默默努力。

也许是因为高中的课业明显比初中要难好多,即使我天资不错,但也完全没有了初三和李理同桌时那种游刃有余的感觉,所以需要加倍努力。他们说女生到了高中就容易因为各种事情分心,成绩不会像以前好了,我不太相信,但自己的成绩确实下滑了。我有些不甘心,又觉得好像无能为力。

当然最大的变化还是我和李理的关系,我再也没有办法像初中那样毫无顾忌地和他谈笑,也许是在意旁人的目光,也许是在意他的目光。那时我们都是小小少年,没有烦恼,眼望四周阳光照,可是现在不一样,我们都开始过五四青年节了。

而李理,他好像就没有这些烦恼。

虽然我看他的个子蹿了好多,原来只比我高10厘米,过完高一明显比我高出一个头了,嘴角周围也好像慢慢地有了不整齐的胡须,嗓音由初中时的响亮渐渐变得低沉。但同龄的男生好像总是永远比女生要幼稚很多,在我眼里他依然开心地玩,努力地学,爽朗地笑,没心没肺地和人交往。对待我也是一样,完全没有像我一样矜持和怯场,每次和我说话总是大大方方的,还是如初三时那样矿泉水一般的澄澈眼眸,心地纯洁得让人仿佛可以从眼睛一直看到心底。只是他也可能感觉到我在刻意回避他,并不会主动来找我,估计也并不会像我心心念念想着他那样想着我吧。于他而言,我可能终究只是他众多同桌中很普通的一个,既然不坐在一桌了,就可以马上回到了普通同学的关系。有时候我好羡慕男生的这种状态,会想,要是自己不是女孩子,是个男生就好了,就像歌中唱的一样:小小少年,没有烦恼,但愿永远这样好。

其实被当作男生也没什么不好吧,至少不用回避他,可以去看他,还可以帮他擦药……

可是我又马上反应过来。哦,不,那我即使能和他考上同一所大学,以后也做不成他的妻子。

想到这里我又羞红了脸,被自己这个想法逗笑:李理的妻子,16岁的筱雅,你也想得太远了吧。

老实说,我也不知道自己高中的这些改变是好是坏,就是觉得我好像没有以前那么单纯开心了,但又觉得这样可能才是正常的状态。我只是长大了,不再是那个不谙世事、没有忧虑的小女孩,我有了自己的烦恼、自己的追求,还有自己的小秘密——我想当他再次遇见我的时候,看到的是我最美的样子。

那么为了这个心愿,我应该等待,就像童话里的公主等待自己的王子。

可是在此之前,我当然不会傻傻地等。我在桌前坐定,又打开了那本刚才已经开始练习的不等式。

毕竟我的生活中努力的理由不只有李理,我还有很多自己的梦想,还有远在家乡的父母。

可是此刻一想到父母,我就觉得很亏欠,我在做什么呢?不是说好了来市重点是为了好好学习吗?妈妈那么相信我,她说自己的女儿不管是留在县城的一中读书还是去市重点,以后都会很出色。可是我怎么就莫名其妙地选了理科,进了这个重点班,还第一次期中考试就考了倒数第一呢?妈妈说她这周末就来看我,我怎么面对她啊?

第八章
你的母亲在那里劬劳，生养你的在那里为你劬劳

妈妈每次来看我都带很多东西，主要是吃的。这次她带了一锅莲藕排骨汤，还有两斤她卤好晒干后切成薄片齐齐整整地放在饭盒里的牛肉干，几瓶维生素片、钙片和常用药品。还觉得不够，又带我去校门口的超市买了我平时爱吃的饼干、水果、营养麦片、黑芝麻糊、高中生奶粉。再次回到宿舍的时候，我的粮仓已经冒尖，感觉足以支撑接下来的好几个月了。

周日下午不用上课，我和宿舍的女生们一哄而上，把香味诱人的莲藕排骨汤喝了个干净——每次家长来探望都是宿舍的一个小小狂欢，总有各地妈妈做的特色食物可以一起分享。而我妈则独自在洗衣房给我洗了一下午衣服、被套、袜子，还想办法支了一根竹竿，趁着难得的太阳，把我的被子抱出去晒上了。

妈妈明天还要上班，傍晚张罗完就急匆匆地离开了。她走的

时候，我的宿舍已经焕然一新——床单、被套、枕套换了个遍，被子松软，桌子干净，粮仓充足，脏衣服都洗净挂在了阳台上，连宿舍洗手间的台面都被擦得干干净净。妈妈一点都没有提期中考试的事情，我也没有主动说，因为我不知道该怎么说。但我知道她肯定是知道考试结果的，因为她提到来看我之前，去见过班头，班头又跟她提了一下我要不要转文科的事情。她跟班头说："我们家孩子倔强，她从小就自己做主，我们做家长的，能做的也就是支持她了。"

如以往一样，妈妈并没有叮嘱我学习，只是絮絮叨叨地让我注意身体，不要着凉，反而提到让我不要学习太用功，差不多就好。

"我和你爸爸就你这么一个女儿，从小娇养惯了，本来是舍不得让你来寄宿高中的，像舒文一样在县里一中念书也挺好。不过你要强，非要来上重点高中，妈妈也尊重你的选择。一个人在外面一定要注意，照顾好自己，妈妈不指望你考多好的大学，在外面待不住了，随时回家就好。"临上车的时候，妈妈又忍不住说了这么一番话。

"放心吧，妈妈，我挺好的。"我一边推她上车，一边强忍着已经在眼眶里打转的泪水。

望着眼前远去的大巴，我就反复想着妈妈的话。是啊，像舒文一样在县里一中念书不也挺好吗？那样还能在父母身边多待三年，何必非要来这里呢？

舒文是我初中要好的朋友之一，我们所在的初中是县一中，为了保有生源，从各地小学通过语数联赛办了特招的初中班，一共只招了两届就被教委叫停了。在我们中考之前，县一中为了让尖子生能留在高中继续就读，出台了保送政策，让排名靠前的同学每个人都填一个自愿升入本校高中的申请表，就可以给我们发一个高中部理科重点班的录取通知书。

我和舒文都想留在本地念高中，就早早相约写好了申请表。其实我还有一个私心——希望高中还能继续和李理同班，显然直升是最稳妥的方式。

李理却迟迟没有写这个申请，我问他为什么不写啊，他说他不想直升，想去更好的市重点，去那才能考上清华。我着急了，说："那你也可以直升保底嘛，签这个承诺又不影响你考市重点，到时候考上还是可以去啊。"

结果这小子来劲了："是就说是，不是就说不是。男子汉大丈夫，我很看重自己的承诺，签了就不能反悔了，所以我不签。"

我心里暗暗叫苦，这孩子怎么这么轴啊！同时又有说不出来的欢喜——看重自己的承诺，要是哪一天我有幸是他的承诺就好了。

后来班头让我收申请的时候，我还是没有忍住，利用职务之便，偷偷模仿他的笔迹写了一个和我一模一样的申请书并上交了。所以中考之前，我们俩都收到了县一中重点班的烫金红底的录取通知。发下来的时候，他还颇为诧异："没有交申请也能发通知书啊。"我在旁边强忍着笑，默默地瞒下了这个秘密。

只是我的自作聪明最后貌似并没有起到作用，中考分数揭晓，我和李理虽然都不是县里的第一名，但都过了市重点的录取分数线。老师下来招生的时候，我一点没有犹豫就特别坚定地跟父母说想去市重点寄宿，我知道李理肯定不会甘心留在一中念书。

可是当以前班头拿着之前我签过的那份承诺书来找我，希望我留在母校的时候，我心里特别后悔，当时为什么要签这份履行不了的承诺呢？要是听李理的就好了。

同时我又有些担心，班头是不是也拿着我伪造的那份承诺书去找了李理？万一他发现了，会不会知道是我写的？

不管怎么说，我最后还是决心赴异地求学，而父母虽然舍不得，终究还是随了我。

妈妈第一次送我报到的时候，我们一起在学校食堂吃饭。两块钱一大份饭，平时吃饭还挺挑食的我为了不让她担心，狼吞虎咽地硬撑着把所有饭菜吃完了，边吃边说，这食堂的饭挺不错呢，比家里还好吃。妈妈看着就笑了。

寄宿生活并没有我想象中那么独立、那么美好。在家，我是什么家务活都不干的大小姐；在学校，我却开始自己提水，自己洗衣服，自己照顾自己的饮食起居——这些都是我不擅长的，但又不得不做。学校的住宿条件并不好，没有空调，夏天很热，冬天很冷，还有蚊子、老鼠和蟑螂。所以刚开始，我偶尔会躲在被窝里哭鼻子，怀念在父母身边的美好生活。

而幸运的舒文就不一样了，仍然在家里念书，可以走读。我们常常通信，了解彼此的生活，她在一中成绩特别好，尤其是高二选了文科之后，就是永远的年级第一且甩第二名几十分的那种传奇人物。每次她来信的时候，我看到她的各种成绩和奖学金记录以及和以前同学的那些快乐的轶事，心里总是有些矛盾，既为好朋友高兴，又有些为自己可惜——唉，也许留在父母身边念书，确实日子会容易很多吧。

不过自己选的路，流着泪也得走完。

何况，至少我还有李理。

多么难得啊，只招两届学生的初中，我和李理刚好就是最后一届。

　　初中时，我们年级三个班，每个学年都会打散，重新分班，我和舒文就被打散过。但奇怪的是，每一次我都和李理在同一个班，好像我们俩就应该在一起。

　　而我到现在都清晰记得高一报到的那天，在校门口张贴着高一年级分班的名单，找到自己的名字和班级后，赫然发现紧随其后的那个名字就是李理，我兴奋得差一点跳起来，心里就默默地想：看来命运就是希望我们俩在一起，怎么也不想把我们分开。

　　想到这儿，我原本因为妈妈离去而无比低落的心情又突然晴朗了起来，擦去泪水，转过身，向在灿烂晚霞中泛着红色光芒的学校快步走去。

第九章
我虽然黑,却是秀美

妈妈来过之后我就真的调整了自己,虽然仍然在学习上并不懈怠,但在心态上却没有那么焦躁了——只要走在正确的道路上,我想其他都只是时间问题。

一个最明显的改变就是我再也不会用语文早自习来做题了。

高中时,我最喜欢的课就是语文课,最喜欢的清晨就是有语文早自习的清晨。因为只有语文早自习可以堂而皇之地不用拿着课本背诵,可以读诗经,读《离骚》,读唐诗,读宋词,读元曲,一直能读到新诗……我有时候也爱在语文早自习上读《史记》,但更多的时间都用来读诗。应试教育的书山题海当中,我所能想起来的最快乐的事,没有能够胜过读诗的了。

也不知道为什么,我对于诗歌的热爱几乎是与生俱来的。妈妈说她怀我的时候很喜欢《诗经》,每次读到《小雅》,我就动个不停，所以才给我取了筱雅这个名字。

初中时李理不喜欢语文，以至于上语文早自习的时候他总是抱着一本物理奥赛书在啃。我特别不解，问他为什么不背诗，他说："看看就行啦，我记忆力很好的。"

我马上痛心疾首地说："看，看有什么用啊，诗是要读出来的。不读出来，你怎么知道它们有多么优美，多么好听。'劝君莫惜金缕衣，劝君惜取少年时。'小孩子天天做题，那么功利干什么？多无聊。"

结果李理回道："还要读出来好累，物理书就好多了，只用看就行。你看，那么多现象，背后就是几个简单优美的物理公式；那么宏大的宇宙，竟然都在按规律运行，简直太奇妙了！物理，物理，万物之理啊！就是太难了，不适合你这种不愿意动脑子的人。你还是读诗吧。"

我无语，看来这个糙人是永远无法理解我所爱的诗歌之美了。

我是真喜欢那种唇齿留香的韵律、掷地有声的节奏、惜字如金的短句，喜欢李白的豪放，欣赏清照的婉约，爱陶潜的淡远，也羡慕穆旦、海子和顾城……如果可以的话，真的好想把所有的清晨都换成语文早自习。

相比之下，英语早自习就无聊了，大家基本上都在背课文，而即使是蝉联英语年级第一的同桌以琳，也只是升级成《新概念英语3》和《新概念英语4》而已，感觉还差好远才能领略那种文字之美。

而且每逢语文早自习的时候是我最庆幸自己没有念文科的时候，想到如果选了文科还要从有限的清晨中拨出许多时间给历史和政治，就觉得不值。我委实不爱政治，又不喜欢被定义过的已经总结出一二三四若干要点的历史。

这么想来倒是宁可学自己不太擅长的物理和化学，至少客观又理性，不带有任何感情色彩。这么想来又觉得心情平复了好多——我之所以选择理科，其实真的不是因为李理。

我怎么舍得用无聊透顶的文字来浪费这难得的青春年少的早晨！

高一时和何为同桌，我就用有限的语文早自习背完了语文课本上所有的诗歌，觉得不过瘾，又背完了语文读本上所有的诗歌，再搜罗来《诗经》、唐诗、宋词、元曲、新诗，一一通读，遇到自己喜爱的，就抄下来，不求甚解地全文背诵。

何为看到我整篇整篇地背诵各类诗歌惊讶不已，后来就经常将我抄写诗歌的本子拿去背，然后在早自习的时候逗弄我。

我念："原来姹紫嫣红开遍，似这般都付与断井颓垣。良辰美景奈何天，赏心乐事谁家院？"

他就来一句："成对儿莺燕啊。"

我念："山有木兮木有枝，心悦君兮君不知。"

他就来一句："君知。"

我念："愿得一心人，白头不相离。"

他就来一句："君心似你心，定不负相思意。"

他这样无厘头地一唱一和，常常弄得我哭笑不得，难以继续。我只得恼他，让他不要插科打诨，耽误我背诗。

结果他说："疯了疯了，你读诗的声音太好听了，爷又不是柳下惠，把持不住，好不好？"

我无语，吓唬说再这么闹就不和他说话了，就真的一天都没有理他。

他迫于我的坚决，终于认怂，不再唱和。可是隔天早自习竟然开始在我身旁也读起诗来。

"北方有佳人,绝世而独立。一顾倾人城,再顾倾人国。宁不知倾城与倾国,佳人难再得。

"蒹葭苍苍,白露为霜。所谓伊人,在水一方。溯洄从之,道阻且长。溯游从之,宛在水中央。

"有美人兮,见之不忘,一日不见兮,思之如狂。"

……………

念诗的时候,他还时不时扭头,不怀好意地看看我。我又羞又恼,却也没法说他,只得随他去了。我读我的"大江东去",你背你的"你侬我侬"吧。

记得王国维在《人间词话》中说:"古今之成大事业、大学问者,必经过三种之境界。'昨夜西风凋碧树,独上高楼,望尽天涯路。'此第一境也。'衣带渐宽终不悔,为伊消得人憔悴。'此第二境也。'众里寻他千百度,蓦然回首,那人却在灯火阑珊处。'此第三境也。"

我想,对于诗歌,我始终都在"独上高楼,望尽天涯路"那一档,而何为嘛,直接跳到了"衣带渐宽终不悔,为伊消得人憔悴"——就是用来泡妞的那档。

或许就是因为囫囵吞枣地背诵诗歌,我的语文成绩就像同桌以琳的英语一样,是永远的年级第一,即使在我总分考倒数第一的那次也不例外。

后桌的张齐特别崇拜这点,因此尊称我为雅哥。他曾经特别好奇地跑来问:"雅哥,语文到底怎么学啊?我把《三十八套》《四十五套》翻来覆去地做了好多遍,其他各科都提升明显,只有语文一直岿然不动地在90分左右徘徊。"

我莞尔:"语文做什么题?多无聊啊,读书背诗很有趣呢。"他一脸不信地摇头,觉得我肯定是在忽悠他,之后又去买更多的语文参考习题集。

今天早自习,我来的时候,看到他还在默默努力,埋头苦干,做着语文题。我无奈地想:"那好吧,你和李理是一路,就是喜欢做题,而我可不想浪费这可以用来读诗的奢侈清晨。"

相信未来
食指

当蜘蛛网无情地查封了我的炉台,
当灰烬的余烟叹息着贫困的悲哀,
我依然固执地铺平失望的灰烬,
用美丽的雪花写下:相信未来。

当我的紫葡萄化为深秋的露水,
当我的鲜花依偎在别人的情怀,
我依然固执地用凝霜的枯藤,
在凄凉的大地上写下:相信未来。

我要用手指那涌向天边的排浪,
我要用手掌那托住太阳的大海,
摇曳着曙光那支温暖漂亮的笔杆,
用孩子的笔体写下:相信未来。

我之所以坚定地相信未来,
是我相信未来人们的眼睛——

她有拨开历史风尘的睫毛，
　　她有看透岁月篇章的瞳孔。

　　不管人们对于我们腐烂的皮肉，
　　那些迷途的惆怅、失败的苦痛，
　　是寄予感动的热泪、深切的同情，
　　还是给以轻蔑的微笑、辛辣的嘲讽。

　　我坚信人们对于我们的脊骨，
　　那无数次的探索、迷途、失败和成功，
　　一定会给予热情、客观、公正的评定，
　　是的，我焦急地等待着他们的评定。

　　朋友，坚定地相信未来吧，
　　相信不屈不挠的努力，
　　相信战胜死亡的年轻，
　　相信未来，热爱生命。

　　读着读着，我就感觉自己血脉偾张，仿佛全身的毛孔都被打开，前段时间一直压抑着的低落心情舒展开来。有那么一刻，我甚至想，哪怕我未来什么大学都考不上，做着卑微的工作，但只要我的生活中还有诗歌，我就觉得仍然有勇气可以很快乐地生活下去。当然，最好，还有李理。

　　我忍不住回头望去，欣喜地发现李理竟然没有在做题，他好像也在读诗。我竖起耳朵，努力从喧嚣中分辨他那低沉又有些沙哑的声音，断断续续地听到：

……
天生我材必有用,千金散尽还复来。
……
钟鼓馔玉不足贵,但愿长醉不复醒。
古来圣贤皆寂寞,惟有饮者留其名。
……
五花马,千金裘,呼儿将出换美酒,与尔同销万古愁。

  远远地看到窗边的他摇头晃脑,拿着语文书,大声朗诵着李白的《将进酒》,一副陶醉其中的模样,而身后清晨的阳光映衬着他轮廓清晰的脸庞,透出一种诗意的朦胧,显得格外动人。
  我笑了,他终究还是学会读诗了呢!这么说,年轻人,我还真的可以相信未来了!
  毕竟筱雅的生活不是只有眼前将要到来的期末考试,还有诗和远方的李理。

第十章
北风啊，兴起

按照学校的惯例，期末考试的座次是根据上一次考试成绩来排的，于是我坐到了教室最后一排的角落里。此时我已经适应了这个名次，座位的后面和侧面都是墙壁，没有退路，反而觉得分外安全。

意外之喜是，李理的座位竟然就在我的右手边——他还没有来，但我已经看到了桌子右上角白纸上打印的熟悉姓名：045号李理。45是他上次考试的名次，而我是第60名——060号 筱雅。

考试是单人单桌，虽然桌子没有并在一起，但这已经是我们高中阶段迄今为止彼此坐得最接近的一次了。所以尽管被排在了最后一桌，我仍然有一些莫名其妙的高兴——考试会持续两天时间，看起来这两天我都可以坐在李理身边，一如当初的我们。

以前初中的时候，也是按照考试成绩来排考试的位置，我们俩总是坐前后桌。他第一的时候，我就第二；他第二的时候，我就第一。不知道为什么，我考第一的时候，总是觉得很孤单，前面一个人都没有，有一种高处不胜寒的空落感。所以反而更喜欢坐在他的身后，考试的间隙，抬起头来，看到他的后背，看到他手中不停书写的英雄钢笔，看到他快速翻动的卷子，看到他仍在我的前面，又离我很近，我就觉得很安心。

想到当年坐在第一、第二的两个人，现在竟然都坐到教室的最后一排了，就不胜唏嘘。不过还好，还有很多机会，每考完一次，这个座位就会再换一次。下一次期中考试，我想我就不用坐在这个倒数第一的宝座上了吧。

经过一学期的刷题，我的数学成绩已经明显提高了很多。至少从原来看到题目无从下手，变得对各种题型都有了大致的思路和方法，虽然并不是特别熟练，但明显不是两眼一抹黑的抓瞎状态了。想到这里，我就对自己有了一点点的信心，开始期待还没有来的李理，开始期待即将发下来的试卷。

李理几乎是踩着考试开始的铃声进教室的，跑得气喘吁吁。在我的旁边坐定的时候，我都能感觉到他急促的呼吸和浑身散发出来的温热气息。第一堂考试是语文，我最擅长的科目，所以我写得从容又仔细。直到考试结束的时候，将卷子往前递，我才歪头看了看右手边的他。

好喜欢这个角度的他，以前坐同桌的时候，我也是这样，一歪头就看到右手边的他。他的侧影既熟悉又陌生，熟悉的是眼睛和神情，还是那样澄澈的眼睛、那样专注的神情；陌生的是轮廓，我也说不出来有哪里不一样，也许是鼻子更挺拔了，也许是颧骨更突出了，也许是下巴上影影绰绰的胡须，也许是脖子上明显突出的喉结，总之怎么看都更加清晰有力，仿佛时光之手已经将以前那个圆乎机灵的大男孩渐渐雕刻出一个成年男子的模样。我望着他收起手中的钢笔，望着他整理好答题纸，望着他抬起头来把试卷往前递，望着他转头看我……

我们四目交汇的时候，我完全傻掉，一时不知所措，无处躲藏。

"你在看什么呢，筱雅？好认真。"他好像丝毫都没有注意到我脸颊上升起的那两抹红晕，只是自顾自地问道。

"啊，没……没看什么，我在看北风，看外面的北风。"我语无伦次地回答。

他疑惑地回头，看到窗外静止的树——并没有风，连微风都没有。我尴尬得无地自容，心里默默念叨：北风，兴起吧，北风。此时竟然真的有一阵风吹过，本来在梧桐树顶仅存的几片黄叶就瑟缩在这呼啸的北风之中，轻轻地抖落下来，化到泥土里。天空中乌云开始翻滚，原本还清亮的日头也渐渐污浊了起来，山城冬日的雨就这样猝不及防地倾泻而下。

"是啊，好像下雨了，你带伞了吗？"窗外风云突变的景象仿佛解答了李理的困惑，他转过头来问我。我长舒一口气，感谢命运，真是救命的北风啊。

"我没有带伞，等等吧，应该下不了很久的，你考得怎么样啊？"我的心渐渐平复下来，开始没话找话。

"一般啦，语文嘛，你知道的，我一直语文成绩就很一般，跟你没法比。不过这次的诗词填空正好是我背过的诗啊，太巧了，'古来圣贤皆寂寞，惟有饮者留其名。'"李理说话间，就开始得意地背起考试中的诗句来。

他背诗时的陶醉神情，一下就让我回忆起了那天早自习看到他读《将进酒》的样子，忍不住说："以前你不是说诗歌麻烦，还是物理书好看吗?"

"我现在觉得诗歌挺有趣,和物理不一样,说不出来。看起来没什么意思,但读起来就有劲儿。其实初中的时候你在我旁边读诗,我都在听,跟你说物理书好看只是年少轻狂,不想示弱。后来自己再读,就总也没有那个味道。"他的话语冷静又诚恳,褪去了少年时的张狂和淘气。我听到他说的这番话,心里暖暖的。他说话的样子,坦荡得让我都不太忍心看他的眼睛,一下子觉得没有什么顾忌了。好希望雨一直下,我们就能在这喧嚷的风雨声的掩护下,一直安安静静地聊下去。

"语文还好,下午考数学我有点紧张。你数学复习得怎么样了?"我找了一个好像最不容易激发感情的话题来岔开。

"我觉得还不错吧,除了日常作业之外,我每天中午都额外花一个小时来刷《三十八套》,颇有心得。"说到数学,他的眼睛一下子亮了起来,又有了当年那个神采飞扬的男孩的样子,"其实《三十八套》里最好的还是黄冈的题,有深度。北京的题基本不用做,太简单太基础了,我一般都是受打击了用来找自信的时候才会做,就当练字吧。"他又挠挠头,露出那个我特别熟悉的有些得意又有些害羞的表情。

"我也在张齐的推荐下刷了《三十八套》啊,有点感觉了,但还是错误率很高,不知道为什么。"我回应。

"不能只刷题,一定要注意改错啊。要不给你看看我的数学秘籍吧。"他神秘兮兮地从抽屉里拿出一个本子,就是那种最普通的牛皮纸封面的备课本——他初中的时候就用这种本子,他说这种本子便宜实惠,纸质又好,他母亲特别会持家,就批发了一大箱给他们兄妹用。

我默默地接过来,看到本子封面上写着"六脉神剑"四个大字，不禁哑然失笑。我都差点忘记了，李理一直特别喜欢用金庸小说中的武功名字来给自己的本子命名，以前他的物理本子就叫"降龙十八掌"，数学本就叫"独孤九剑"，作文本就叫"乾坤大挪移"，英语本就叫"望穿秋水"。原本最普通的牛皮纸封面的备课本因着这些别致的命名被点石成金，成为初中时班级里大家争相传看的"武功秘籍"。我初中刚刚入学，还不认识他的时候就拜读过他的"独孤九剑"，墨蓝色的钢笔字写得俊秀整齐，旁边还有很多红笔勾出的错题要点，其中不乏令人啼笑皆非的自评——"这也能错，做这道题的时候大侠肯定睡着了。""又见欧阳克，又见欧阳克，正负号搞反了。""我怎么能忘了列方程这个如来神掌！"……

虽然我自以为初中的时候成绩与他相当，但他有一项特殊的技能是我永远无法望其项背的，就是帮同桌提升成绩的能力。几乎每一个跟他坐同桌的人在学习上都能取得特别显著的进步，初二时曾经有一个排名在中游开外的学生，在和他同桌一个学期之后期末竟然考了年级第一，甚至超过了他，令人叹为观止。我想这多半得益于他言传身教的那些自创的"武功秘籍"吧，想来唯一一个和他坐过同桌的成绩却不升反降的人，也许就是我了……

"筱雅，你愣什么神呢？不想看就还给我啊。"他的话突然打断了我的思绪，我这才意识到自己拿到这个本子盯着封面看了好久，还一直没有翻开这本神秘的"六脉神剑"呢。

确实想要看看，你又有什么新的秘籍呢？

第十一章
你的名如倒出来的香膏，所以众童女都爱你

我还没打开这本"六脉神剑"，就被张齐抢了过去。

他一边看一边啧啧赞叹："李理，你这个丑人，竟然还瞒着我，有秘籍啊，总结得还挺到位呢。亏我无偿跟你分享《三十八套》心得，你却藏了一本秘籍来泡姑娘，可真是重色轻友。"张齐正好坐在李理的右侧——030号 张齐。估计是看到我们聊得起劲儿，忍不住插过话来。

李理望向我，一脸无奈地笑了，有一点他拿张齐也没有办法的意思。我却因着他的这个会心一笑分外欢喜，好像我们之间多了一点点默契。我转头不甘示弱地迎向张齐："咱们讲究一下先来后到，好不好？明明是我先拿到的，怎么也应该女士优先，你这样抢过去看，也太不绅士了吧！"

张齐架不住我的伶俐攻势，这才恋恋不舍地把"六脉神剑"

还给了我。

"其实也没什么秘籍，我只是总结了一下自己的错误，发现都是有套路可循的。一类是概念类的，因为概念不明确或者有一些细微的点没有理解到位，解题就有了偏差。另一类是我经常忽略的，以为只是粗心的计算错误，其实也是在某些点上反复发生的，比如方程左侧挪到右侧的时候忘了转换正负号，忘了换分子和分母。以往可能错了就错了，觉得仔细一点就能对，但总结出来就发现并不是粗心那么简单，是计算习惯不够严谨。没有什么特别的，只是个人经验，说秘籍就太夸张了。"李理反而有些不好意思了，挠着头就开始解释，眼神仍然清澈得让人感动。

其实好多年过去了，我都说不清楚李理到底有哪里特别吸引我，好像不是因为他的成绩最好，或是特别聪明，而是因为他的坦诚。在我们这个高考大省升学竞争异常激烈的环境中，他从来没有把身边的同学当作过自己的对手而有所保留，总是将自己的心得和经验全盘托出，丝毫也不担心别人学了去就因此超过他。就好像他所在乎的，不是这一两场考试的得失，而是更大的一件事，他看到了而我并没有看到的事。

我仔细地看了一下手头的本子，确实，他把特别细小的哪怕是计算类的错误都认真地做了分类，列出一二三四，旁边用红笔批注出如何改变书写或者运算习惯来纠正这些错误，下面还会再列举几道类似的习题。我茅塞顿开，自己虽然也刷了很多题，但错误率居高不下，其实就是因为没有总结出那些反复发生的错误，也没有针对性地刻意练习。

"李理，你这招简直太有用了，你怎么没有早点跟我说这个秘诀啊，我感觉自己之前的《三十八套》都白刷了。"还没等我发话，张齐已经开始嚷嚷了。

"我也是在慢慢摸索呢，具体有没有效果，还是得这次考试完了才知道啊，但我还挺有信心的啦！这次数学再不及格，我真是可以卷铺盖回家了。考场没有喷子，还是要以成败论英雄。"李理面对张齐就有一些得意。

此时雨已经停了，刚才离开考场去吃午饭的同学们也纷纷归来。张齐邀请我们一起去吃饭，我却犹豫了，一方面有些不好意思和男生一起去吃饭，另一方面又有些舍不得去，还想再多一点时间看看这本秘籍，想着下午就要数学考试了，至少可以临时抱抱佛脚吧，于是就撒了个谎，说我让同学帮我带饭了。

当然并没有人给我带饭，我一边啃着早晨剩下的面包，一边如获至宝地看着李理的这本笔记，陌生又熟悉的感觉让我有些兴奋。这本笔记明显比我12岁时看到的那本"独孤九剑"更加严谨，没有了那些插科打诨的淘气批注，却增加了很多一丝不苟的条分缕析，而他特别标出来的许多问题竟然也是我常常会有但却忽略的问题，让我又回想起初三时打开他的纸条，上面标出物理题要点时那种任督二脉被打通的奇妙心情……

我贪婪地看着这本"六脉神剑"，记录着其中的要点，直到翻到最后一页，突然发现其中夹着的一张纸条，白色的作业纸，浅灰色的格子，对折起来只有一张银行卡大小，就像是一个简单的书签。忍不住打开，就看到了一行端正娟秀的字体：

有志者，事竟成，破釜沉舟，百二秦关终归楚；
苦心人，天不负，卧薪尝胆，三千越甲可吞吴。
生日快乐，李理，加油！

并没有落款，也不知道是谁，但明明白白是一个女生的字迹，而且应该是心思特别细腻的女生。我一直都记得李理的生日，就是前几天，1月14日。高一李理生日的时候我就纠结，是不是可以送给他一个生日礼物，想了好久，买了一支他最喜欢的英雄牌钢笔，又买了一瓶墨蓝色的墨水，还买了他最常用的那种牛皮纸封面的备课本，最终却一样都没有送出去。我也不知道为什么，何为生日的时候，我可以很坦然地送一沓信笺给何为，但是就是没有办法面对他——我所爱的李理。

就像我一直记得他们家的电话号码，却从来没有拨出过一样，我也一直记得他的生日，却从来没有为他庆祝过。

这世界上最遥远的距离，就是我在你身边，你却不知道我爱你。

可是这个姑娘又会是谁呢？她竟然也知道他的生日，而且应该是知道他期中考试的惨状，给他递了一个这样的纸条，却又没有留名字，也许是不想让李理知道她的名字，抑或是李理只要看到字迹就能知道她的名字。

我感觉后者的可能性似乎更大一点，因为明显能看出来李理很珍惜这张字条。不然，以他的个性，怎么会叠得整整齐齐地放在错题本里？我认识的李理可从来不是一个儿女情长的人，初中的时候我就知道班级里很多女孩子喜欢他，长得帅，长跑王子，成绩顶尖，乐于助人，这样的男生无论在哪个学校都是女生们花痴的重点对象。当年我作为他的同桌帮女生们传了不少纸条，李理都是不怎么看就默默收起来了。我知道他是很有原则的人，对女孩子有礼貌又保持必要的距离，而且不止一次跟我说过，小时候还是以学业为重，不想谈没有将来的恋情。

可是以学业为重的李理为什么会在错题本里夹一个女孩子写的字条呢？而且这个女孩子真的是很有心啊。她应该很了解他，甚至像我一样默默地爱慕他吧。我脑子里闪过了好多女孩子的名字，雅典娜、以琳、陆得，甚至是高一的同学、初中的同学，却始终一头雾水，不得其解。

到底会是谁呢？

第十二章
给我葡萄干增补我力

我并没有太多时间去猜想纸条的主人,毕竟下午的数学考试很快开始了。

每次考数学的时候总是我觉得时间和脑力都最不够用的时候,那些试卷上印着的题目就像一个个小小的时间粉碎机,一点一点地将分分秒秒连带我笨拙的脑细胞一同吞噬进去。尤其是我旁边还坐着做题速度飞快的李理,我刚刚做完选择题,开始做填空题的时候,就听到了他试卷翻页的声音,顿时紧张起来,一看表,其实还早啊,时间还够呢。于是我定住心神,告诉自己不要被李理打乱节奏,按照自己的思路来就好。

考试结束的铃声响起,我还剩最后一道大题的最后一问没有来得及解答,其实是不会,完全没有思路,不过前面的题目做得比较顺畅,整体而言已经比上次期中考试好太多了。最后核对了一遍姓名和考号,将试卷和答题卡往前递,就长舒一口气,整个人都放松了下来。

刚才考试的时候精神紧张,像打了鸡血一样兴奋,一考完才觉得饥肠辘辘,毕竟中午只吃了几片面包。想站起来,却隐隐觉得小腹坠胀,酸疼的感觉弥漫开来,一算日子就觉得不妙,貌似是大姨妈来袭。

这时李理也交完试卷,正在收拾桌面,而张齐则正拉着他核对答案。张齐是一个特别喜欢考完试就对答案的人,这时就听他在那里一题一题地回忆,做对了就欢天喜地,做错了就鬼哭狼嚎。我虽然并不喜欢一考完就对答案,但却没有力气起身,只得在一旁听着,心里默默回忆自己刚刚做过的那些题目。

几道题下来心里大概有了底,李理应该考得不错,好像和张齐有争议的题,最后在他的一番解释之下都是他对了。而我考得不好不坏,还是有一些意想不到的错误发生。可以说基本上张齐做错的题,我都错了,但已经很好了,至少比上次好,而且考前看的"六脉神剑"还真的挺有用,厘清了许多概念问题。

我到现在都记得上次期中考试交卷时末页的大片空白,茫然不知所措的空白,真是好可怕的空白,当时我就暗暗地想,自己以后再也不要陷入那种境地了。

这时李理仿佛想起了什么,转头看我:"考完试,我们约了何为他们班踢球。筱雅,你去看吗?"

我想到貌似即将不期然造访的大姨妈,也不知道是不是确实来了,还得尽快回宿舍才好,没有说话,只是无奈地摇了摇头。他看出了我的犹豫,以为我是因为没考好,就安慰说:"没事,筱雅,成绩还没出来,谁知道呢。你脸色有点差,是不是低血糖犯了,这个给你吧,我去踢球啦。"他说话间打开课桌,拿出了一包紫色包装的食物就直接放到了我桌子上。

是一包黑加仑葡萄干。

竟然是我初中时常常吃的那个牌子，没有想到他还记得我低血糖的事。我其实并没有低血糖，只是特别爱吃甜食。李理属于从来不吃零食的那种人，所以初中和我同桌的时候，我桌斗里面藏满了各种小零碎，葡萄干、山楂片、果丹皮，课间我就打开小包吃个不停，他特别不解，说："女孩子都像你这么贪吃吗？为什么你能一天到晚吃个不停呢？难道吃饭就吃不饱吗？"

我觉得他问得好笑，就吓唬他说："我低血糖啊，如果不经常吃一点甜食就会头晕，严重的时候还会休克，休克就会变笨。"

他竟然信以为真，后来再也没有数落过我贪吃，甚至有时发现我好久没有吃东西还会认真地提醒我："筱雅姐姐，你没事吧，要不要去给你买包葡萄干，你不会变笨吗？"

刚开始我每次吃零食的时候，分享给他，他就会推辞，不是说他已经吃饱了，就是说女生才爱吃零食，他一个大男人不感兴趣。我看到他那一本正经的样子，就觉得他特别像《天龙八部》里的那个傻和尚虚竹，在冰窟里宁肯饿着肚子念经打坐都不愿意吃鸡腿的那种正经。他越是这样正经，我就越发想要逗他，后来我晚自习问他题目的时候，就时不时地在纸条里夹带一些小吃，有时是几粒葡萄干，有时是山楂片，他有时解题解得开心了，也会来一颗，慢慢地就放开了，不像起初那般拘谨，开始接受我贿赂他的各种食物，就像一个破了戒的小和尚。

而这些食物里，我发现他最喜欢的就是葡萄干，因为葡萄干不需要剥皮，也不像山楂片那样弄脏手，小小的一粒，放在嘴里也不容易被发现，酸酸甜甜的，还提神，最适合上自习这种环境了。所以后来，我就再也不带其他食物，只带他最喜欢的葡萄干。慢慢地,我发现有时即使我不带,他有时也会主动带一包葡萄干。发现这样的小变化,我就心中暗笑——原来那个不沾荤腥的小和尚,总算被我拉下水了呢,同时心里莫名其妙地哼起一首当时热播的《西游记》里的曲子:"鸳鸯双栖蝶双飞,满园春色惹人醉,悄悄问圣僧,女儿美不美?女儿美不美……"

想到这些,再拆开眼前的这包葡萄干放到嘴里,嚼开来,就觉得异常甜蜜:他竟然还在买这个牌子的葡萄干,他竟然还记得我低血糖的事,也不知道他是特意为我买的,还是看我坐在旁边而顺手给我的。

不管怎么说,我都觉得很开心,至少他生命里确确实实地留下了我的印记。我又有点后悔自己当年骗他说自己低血糖的事,他原来是真的相信啊,并且还一直记得呢。我知道他是那种从来不说谎的人,就像我劝他写升学承诺的时候拒绝我时一样,"是就说是,不是就说不是"。所以他说的话,我每一句都当真,只是没想到,他也像我信赖他一样信赖我。

这么说,还真是辜负了他的信赖呢,我默默想:"以后我再也不会骗你了,开玩笑也不会了。"

可是笔记本里夹着的那张卡片又是怎么回事呢?他不是说年轻的时候要以学业为重吗?为什么又会把一张女孩子的字条放在笔记本里呢?他既然那么说了,就肯定不会在高中的时候谈恋爱,我太了解他了,他就是说一不二的那种人,一定是有什么误会吧,或者是我所不知道的原因。

不管怎么说,吃了几粒葡萄干,我觉得整个人都清醒了很多,不管是在精神上还是在身体上,仿佛力量都在渐渐复苏。接下来还有一天的考试呢,一切还没有结束,要加油啊,筱雅。

第十三章
不要因日头把我晒黑了就轻看我

第二天考试的时间安排得很是紧张,我和李理并没有再说话。考试结束时,雨又下了起来。

这场突如其来的冬雨一直淅淅沥沥地下了一天一夜,直到考完试的第二天傍晚,太阳才和晚霞共同升起。

市重点的老师阅卷奇快,此时除了最后一天下午考的理综以外,数学、语文和英语的成绩都已经出来了。以琳带我一起去教师办公室拿英语寒假作业的时候,教师办公室门口已经挤满了来打听分数的同学们。

熙熙攘攘的同学里三层外三层地拥堵着门口,我们根本没有办法进去。而人群的中心是我们班的语文老师——嵇老师。

嵇老师个头不高,穿着黑色风衣,围巾在肩头系成五四青年的模样,在这样的骚乱中仍然保持着和以往一样淡定的神情,只是微微笑着,用略有些沙哑的声音安抚着焦急的同学们:"分数还在统计当中,明天早上就会下发,大家不要着急,先回教室安心学习。"

看此情景,我和以琳只得在人群的最外圈张望,并没有勇气往里挤。

嵇老师却看见了人群外的我,突然露出特别灿烂的笑容,伸出大拇指放在胸前,赞赏地望着我说:"语文,全年级这次只有一个130分以上的,是筱雅。"说完就向圈外的我挥了挥手。

前排的同学这时都回头看我,我被他这句突如其来的赞赏弄得欢喜又羞涩,便鼓起勇气冲他喊道:"嵇老师,我和以琳是来取英语寒假作业的,进不去。"

嵇老师颔首,用手势示意身边的同学闪开一条道,我们就从人群中间穿了过去。

"谢谢老师。"路过他的时候,我低着头轻轻说了一句。

英语老师并不在,我和以琳取了寒假作业就匆匆离开了。

"还好你机灵。还有,嵇老师对你可真好。"回去的路上,以琳还不忘调侃我。

"英语老师——倪老师——对你才是真好呢,这是嵇老师第一次跟我说话。"我默默回应,心里还在想着他刚才的那句话以及笑起来的灿烂面容。

毕竟对于还贴着倒数第一的标签的我来说,老师每一句鼓励的话都弥足珍贵。

嵇老师个头不高,嗓音沙哑,面容却很是俊秀,鼻梁英挺,双目炯炯有神。高二刚教我们这个班的时候,还黑黄黑黄的,仿佛非洲人一样,过了一个学期竟然成了温文尔雅的白面书生。

后来我才听以琳讲,嵇老师和她是同一个村子里的,他每年暑假农忙的时候都会回老家田地里帮忙收割，才晒得那么黑。其实以琳也同样，她们家几个女儿，不管是念大学还是中学，每年暑假都会回家帮忙干农活。所以我高二刚认识以琳的时候，以琳也是黑得只看得见眼睛。

虽然我爷爷奶奶都是农民，但我自小在城市中长大，所以看到身边还有这么接近土地的老师和同学的时候，心里莫名地生出了许多敬畏。

而嵇老师在我眼里一直都是一个非常洒脱，甚至有些俏皮的男子，就像他的名字嵇不康，既影影绰绰地有些魏晋风度、竹林七贤的风骨，又有些玩世不恭、愤世嫉俗的味道。他好像并不在意分数，甚至他的语文课，大部分时间用来念与课本无关的自己搜罗来的各种篇章。每次念完之后都自我陶醉，意味深长地来一句："书中自有黄金屋，大家还是要多读书多动笔，要是你们跟我两年能养成读书写作的习惯，我就无憾了。"

当时我们唯一的语文作业就是周记，几乎我的每一篇，他都会在班上念，写给我的评语却永远是言简意赅的一个字——"好！"我高一的语文老师是他的妻子，温和又美丽，评语总是热情而有趣，和他的惜字如金截然不同。

所以我才总觉得他冷冷的，待人彬彬有礼又让人难以接近。

所以他跟我谈及成绩，我才特别意外。

但是也很奇怪，就在他这样无为而治的状态下，我们班的语文成绩反而越来越好，甚至慢慢地超过了文科实验班。也许嵇老师并不是不在意成绩，而是确实知道什么是对于我们来说最重要的事吧。

其实原来我也并不在意分数、排名这些东西，觉得很是无趣。但是自从上次考了倒数第一之后，心情就难免随着每次的分数和排名上下波动，跳脱不出来。这时我才觉得自己以前的那些不在意，不过是因为得来太轻易，所以看淡了。实际上怎么可能不在意呢？在这样的教育体制之下，寒窗十二年，仿佛只为了迎接最后那一场考试，所以每一次考试都像一次预演，当然会在意结果。

遥远的结果无从揭晓，但这次期末考试的结果却如嵇老师所说，在第二天一早快速地浮出水面。

我考得不算差，总分第40名，数学110分，虽然在班上仍然处于末流，但不管怎么说已经比上次的情况好太多了。李理却突飞猛进，华华丽丽地考了全班第2名，仅次于达摩，数学145分，理综满分。张齐仍然是不温不火的第30名，以琳上升到第10名，女生中成绩最好的仍然是雅典娜，这次考了全班第3名，数学满分，总分只比李理低了2分。

课间的时候，李理被以张齐为首的同学们团团围住，热热闹闹地又是让他请客又是找他讨要各种"武林秘籍"。张齐还张罗着要把他的"六脉神剑""降龙十八掌"复印100份拿到校门口去卖，问我要不要。

我的心情很是矛盾，一方面真的很为李理高兴，在我心目中这才是他应得的啊，另一方面又为自己担心，毕竟我和他的差距看起来越来越大。可是我觉得两种情愫里，高兴终究还是占了上风，或者说李理的进步同时让我看到了希望，我总觉得既然李理能行，那么筱雅也应该可以。

振作精神，我想起了李理的那本"六脉神剑"，就有了下一步努力的方向，确实不仅仅要做题，还是得好好地改错才行。至少寒假就是一个特别好的机会，能够把这学期做过的卷子都好好整理整理。

我在喧闹的教室中破天荒地给自己制订了一个特别详细的寒假计划：在做完所有的作业之余，我还要完成《三十八套》的错题订正，像李理那样把错误分类总结，有针对性地练习；我还要读几本一直没有来得及看的新书，比如何为送的那本《香草山》；还想好好练练字，准备了一本宋词的字帖，可以顺便读一读诗词；我还要……

怀着这许许多多的希望和计划，不管怎么说，这个痛苦的学期总算是结束了。虽然过程特别纠结，结果也并不理想，但总算是可以休息一下，回到我所爱的家乡，回到父母亲人的身边。上课的时候，课业繁重并不觉得想家，一旦临近假期，就好想好想回家。

下课铃声响起，我本来已经收拾好东西迫不及待地准备奔赴车站，班头却进来唠叨了好多寒假注意事项，大意就是要利用这个寒假好好学习，不要错过大好的补课时机之类的话。其实不用他说，我们班的孩子都不会虚度光阴。

我心急如焚，下午回老家最晚的一班大巴是5点的，从学校去车站还得半个小时，要是错过了车，今晚就还得继续在学校待一晚，真不想这样。此时我恨不得立刻回去，回到爸爸妈妈的身边。

所以班头一交代完，我就抱着书包冲了出去，跑到宿舍，拿好行李箱，就杀上了去车站的公交。紧赶慢赶，最后还是晚了一步——看着最后一班返乡的大巴在眼前扬长而去，心中的低落无以言表，只得拖着箱子往回走，低着头如丧家之犬，一边埋怨拖堂的班头，一边忧愁如何度过整个宿舍只有我一个人的寂寞夜晚。

怎么办啊，筱雅？

第十四章
不知不觉，我的心将我安置在我尊长的车中

"筱雅，你也来搭车啊。"经过车站门口的时候，突然被一个熟悉声音叫住，是李理，白色的运动外套在冬天晦暗的背景中显得分外扎眼。

"嗯，你也才来吗？最后一班大巴都已经走了，没法回去，都怪班头拖堂……"我看到他也风尘仆仆地刚到。正要抱怨，这才注意到李理并不是一个人，他的身旁还有一个陌生的女孩子，就收住刚才几乎将要脱口而出的一番话，打量起她来——她的个子与我一般高，齐耳短发衬托着白皙的脸庞，两颊还有一些婴儿肥，唇红齿白，大眼睛忽闪忽闪的，分外好看。她并没有拖着箱子，只是背了一个书包，倒是李理两只手都拖着箱子，有一个应该是她的，两人顾盼神飞，甚是亲密……我略略迟疑，想问一声又不知该如何开口。

"我们不是来坐大巴的,爸爸说我叔父正好今天从武汉开车回家,可以捎上我们,你要不要一起?反正都没有大巴了。哦,对了,忘了给你介绍,这是我的妹妹,李真真,今年刚来我们学校念高一。"他仿佛看出了我的疑惑,急忙跟我介绍。

啊,原来是妹妹,难怪呢。我一直知道李理有一个妹妹,但当时她妹妹并没有在我们初中读书,所以之前并没见过。李理,李真真,"吾爱吾师,吾更爱真理",这兄妹俩的名字还真有意思。听他一说,我才觉得两人五官确实相似,只是李理皮肤更黑更瘦,真真却白皙细腻,脸颊也更为饱满,顿时觉得有几分亲切,便招呼道:"你好,真真,我是李理的同班同学筱雅。"

"哈哈哈哈,筱雅姐姐好,之前经常听哥哥聊起你呢。"真真特别活泼地回应,仿佛还要说什么,却被她哥哥的手势打断了,便冲她哥哥淘气地伸了伸舌头,改口说,"你要不要和我们一起回家啊?爸爸说那是个小车,就司机一个人,我看应该能坐得下呢。"

我喜出望外,虽然和李理一起回家总觉得有一些不好意思,何况是挤在一个小车里,但是快速回家的渴望完全战胜了这些疑虑和尴尬,便点点头,爽快答应,拖着自己的箱子站到他们俩身边,开始焦急等待。

没多久,小车就到了,一辆银色的老款捷达。车里却并不是一个人,而是两个人,李理的叔父的一个朋友坐在副驾驶上,所以看起来我们三个人只能挤在后座上了。后备厢很小,李理和叔父尝试了很多种方法也摆不下我们三个人的箱子。李理只得把他妹妹的那个最小的箱子拿出来,说自己可以抱着箱子坐在后座上,没事的。

我很不好意思，推辞说要不我还是明早再来搭车吧。但李理坚持说没有关系，天色晚了，再回去也不安全；如果不行，我们三个人换着抱箱子就好了。说话间他已经"砰"的一声关上了后备厢，同时抱着小箱子坐了进去。真真紧随其后，挨着他坐下，同时将身边的座位让出来，招呼我："筱雅姐姐，快来吧，我们可以回家啦。"

我也确实累了，又很想回去，应承了下来，坐在了真真的身边。

这个挤得满满当当的小车就这样出发了，前排两个大人，后排三个少年加上一个箱子，后备厢里还有两个大箱子。虽然颇为狼狈，但我总算可以回家了，而且是和李理一起，为什么会有这么凑巧的事呢？我正好没有赶上车，而他又正好来这里搭车，真巧啊。

路上我有一搭没一搭地和真真聊天，她是一个特别活泼的姑娘，从学校生活到课业到业余爱好，仿佛有说不完的话。而谈话间我总是忍不住透过真真去看她身边的李理。那个箱子放在他的腿上，箱子并不小，高度几乎到车顶了，可以说占满了他眼前的空隙，反正看起来是挺难受挺压抑的样子。他两手抱着箱子，眼睛却闭着，仿佛在睡觉，也仿佛在听我们谈话。我看不清他的表情，挺想问问他要不要把箱子给我抱一下，至少我个子比较小，面前的空间更充裕些，又有些不好意思说出口，怕万一他在休息就惊扰了他。

如此一来二去，他倒貌似没有什么不适，我却开始难受了起来。

我自小就晕车，这也是父母不放心我离家到外地念高中的原因之一。我出生的小县城是个山城，从县城到市里念高中，要翻过好几座大山,那时隧道还没有打通,出行全靠绕着山的盘山公路。第一次去报到,随着大巴绕着盘山公路一圈一圈地行驶,我胃里就开始翻江倒海,五个小时的车程,吐得一塌糊涂,生不如死,当时真的是有点后悔,何苦自己折腾自己呢,何不留在父母身边?

后来硬着头皮吐过几次之后,发现自己的身体竟然开始慢慢适应。到了高二去上学的时候,坐大巴只要能坐到前排,已经几乎不怎么晕车了,就感叹原来不只是传说中的酒量,连晕车都是可以锻炼出来的。而且自从发现自己没有那么晕车了之后,我就觉得勇敢了很多,仿佛打开了身体的一扇新的大门,好像那么大的世界,都向我自由地敞开。

可是今天不知道为什么,也许是小车比大巴更为颠簸,也许是车里确实太过拥挤。刚刚绕过了一座山,我就觉得整个人都难受了起来,胃里的东西一阵一阵地往上翻涌,胸口闷得几乎要死掉,车开到加油站停到路边的时候,我已经完全按捺不住想吐的感觉,冲出车门就蹲在路边草丛里哇地一下将午饭全部吐了出来。

"筱雅,你没事吧?"真真也跟着跑出来,看到我的状况,有些不知所措,跳着脚赶紧叫她的哥哥,"李理,你快拿纸巾过来,筱雅晕车,吐了。"

我委实不想让李理看到我现在的狼狈状态,却觉得天旋地转,已经没有力气再说什么。

"啊,真真,你过来拿一下,我腿麻了,动不了。"是李理的声音。那个箱子本来就很重,这么长时间,他的腿不麻才怪呢。我一时间有些责怪自己,说好了大家轮换着抱那个箱子的,他腿麻了却不说话,我也没有问一声。

真真拿过来的，除了纸巾，还有一杯水，方方的杯体，圆圆的瓶盖，我一眼就认出来那是李理的杯子，好奇小子的那个杯子，他从初一一直用到高中的杯子。

我最佩服李理的一点就是无论用什么东西，他都特别爱惜，好像永远都用不坏的样子，不像我，用妈妈的话说就是特别造，再好的东西到我的手里都能很快被我丢掉或者弄坏。我像他一样买英雄钢笔，很快就摔地上了，笔尖折了；像他一样买软皮笔记本写作业，没写几页，本子就毛毛糙糙的；甚至我买的好奇小子的水壶，都过不了几个月就盖不紧瓶盖，开始漏水。

而他的钢笔，竟然能从初中到高中都用同一支；他的本子，哪怕写完了最后一页，封面都是干净漂亮的。我特别纳闷，同样的东西，为什么在他手里就能保护得这么好，在我手里就坏得那么厉害呢？就像我手上的这个好奇小子的水壶，初中的时候他就用这个大水壶接水，再倒到我的小水壶里。这么多年过去了，我的小水壶已经换了好几个花色和品牌，他竟然还在用这个水壶，而且里面清洁干净，一点水垢都没有。

我不禁就会想，这样珍爱自己每一件物品的男子，是不是以后也会一样爱护自己的妻子？

漱完口，我觉得整个人都好了很多，于是去卫生间好好洗漱了一下，又为他清洗了杯口——想到他一点都不嫌弃我，把自己的杯子拿给我喝，还是有些感动。

回到车里的时候，李理却并不在，我便坐到后排中间，想把他留在座位上的箱子赶紧抱到自己的腿上来，却双手无力，不但没有拿起箱子，反而差点栽倒在箱子上面。这时李理回来，他单手拎起箱子，依旧像刚才那样放在了自己腿上。我赶忙说："下半程我来抱吧，说好了轮班的，你刚才都腿麻了。"

他笑着说:"林妹妹,你别逞能了,我没事的,我刚睡着了,没活动,才腿麻了,下半程我运动运动就行。怎么能让女生干重活呢?说出去会让人笑话的。"说着他就真的两腿上下错开,运动了起来,箱子也被顶得一上一下地晃悠,看起来甚是滑稽。

"这个是给你的,"他的左手从箱子和自己的前胸之间递过来一包姜丝,"我记得上次你晕车,就是买的这个。"他说完就又转头看向车窗外,仿佛只是不经意间地提起。

窗外,真真也上完厕所回来了:"姐姐,你往里让让吧,我坐旁边,我听别人说晕车坐中间能好一点,因为能看到前面的路。"我只得往里坐了坐,这回离李理更近了。虽然我刻意保持距离,并没有接触到他的身体,但已经近到足以感知他身体的温度和他身上略有些汗水味的陌生气息,男子的气息。

小车又一次满满当当地开动了,我一边依真真所说看着前面的路,嚼着姜丝,一边琢磨着李理刚才说的话——上一次晕车,我什么时候和他一起坐过车呢?哦,想起来了,我们唯一的一次一起坐车好像还是初三那次去市里参加英语大赛的时候……

右边的真真已经靠在车窗上睡着了,我不禁向左望去,正好和李理四目相对,发现他也在看着我,看到我就笑了,腿又上下动了动,意思是没有问题。于是我与他相视而笑,心里顿时安稳下来,转头看向前方,车灯照射着山路旁的反射块,在这漆黑的山体中连成了一道漂亮的黄色弧线。我觉得仿佛在这不停盘山的小车当中好像也没有那么颠簸,竟然再也没有那么晕车,反而昏昏沉沉地要睡着了。

睡梦中我隐隐约约觉得自己的头垂在了李理的肩膀上,想抬起来挪开却又实在是困。迷糊中他反而正了正身子,肩膀向我略略倾斜，仿佛要让我的头和他的肩膀更为吻合。我挣扎了一下，就心安理得地把头靠在了他的肩膀上，沉沉睡去。

不知道过了多久，我醒来的时候已经看到家乡国道入口处整齐的银白色路灯，仿佛两条长长的手臂环抱着远方归来的人们。确切地说是李理叫醒了我，车子过路障颠簸的时候，我的头垂了下去，他伸出他的大手想扶住我的头，却不小心弄醒了我。我在他的怀中有些尴尬地醒来，竟然倒在他身上睡了这么久，也不知道自己是不是睡相很难看……

他见我醒来，却长舒了一口气，说："姐姐，你终于醒了，我看你睡了，不敢动，腿都木了。"说完就开始艰难地活动腿，表情痛苦。

我想说些抱歉或感谢的话，甫一开口就觉得又很想吐，赶紧捂住嘴弯腰向前，将翻涌到喉头的热流压抑了下去。

"筱雅，你没事吧，对不起啊，我不该弄醒你的，刚才是不小心的。"这下倒轮到他抱歉了。

我这时想说话也说不出来，只得默默地捂住嘴巴和胸口，压抑着想吐的冲动，就在我觉得自己的忍耐力已经快到极限的时候，终于到家了。

我看到他下来帮我开后备厢，拿行李，几乎是挪动着走的，顿时觉得内疚，早知道就不要跟他们挤一车。可是又有一种难得与他一路同行的说不出来的满足感，我攥着手里还没有吃完的那包姜丝，觉得李理似乎也是喜欢我的，只是他也和我一样，一样节制，也许他也觉得现在还不是属于我们的最好的时候吧。

恋恋不舍地告别李理，想到自己还要独自度过漫长的寒假，下一次见面就是一个月之后了，心中莫名其妙地又想起了夹在他备课本中的小小卡片：

有志者，事竟成，破釜沉舟，百二秦关终归楚；
苦心人，天不负，卧薪尝胆，三千越甲可吞吴。

好吧，确实是一个值得破釜沉舟、卧薪尝胆的假期呢。

第十五章
我的佳偶,我的美人,起来,与我同去

整个寒假我都没有再见到李理。

确切地说,除了和舒文碰面之外,我没有再见过任何同龄人。

舒文是在春节前来到我们家的,她来的时候我正在练字。我幼时特别不喜欢练字,所以字一直写得很难看,但不知道为什么,到高二的时候突然开始热爱练字,拿着一本正楷字帖一笔一画地描红,不用思考任何其他的事情,就像一种关于耐心的修行一样。对高中生而言,我实在想不到还有什么是比这更好的消遣,安安静静又特别正经的消遣。意外之喜是,练字貌似确实也给我的成绩带来了好处,自从字写得越来越好,我的语文卷面越发漂亮,作文分数更是有了飞跃性的提升。大概阅卷的老师觉得,字写得好的孩子,文章想必也不会差吧。

这天傍晚正描的词是向滈的《如梦令》：

> 谁伴明窗独坐。和我影儿两个。灯烬欲眠时，影也把人抛躲。无那。无那。好个恓惶的我。

正在凄凉的时候，恰巧舒文来了，她还没进门我就听到了一连串银铃般的笑声，我那些"少年不知愁滋味，为赋新辞强说愁"的矫情情绪一下就被她的爽朗笑声荡涤开去。

"老大，你猜我今天在桥头碰到谁啦！我碰到李理了，简直笑死我了，他在那里摆摊卖葡萄干，你知道吗？吆喝得还挺像模像样的。你看，这就是我在他们家买的，我可是为了你买的。"她还在换鞋就开始不停地说话，一边把手中的塑料袋递给了我。

我打开一看，就是上次李理给我的那种葡萄干，会心一笑，难怪难怪，不卖苹果改卖葡萄干了。初三暑假在菜市场碰到李理卖苹果那次，也是我和舒文一起。看来李理他家生意越做越好，已经从菜市场的摊位挪到桥头了，要知道桥头的露天摊位是我们这个小县城的兵家必争之地，很难占领。

舒文的妈妈和我的妈妈在同一家医院工作。我和舒文在一个大院里长大，读的是同一所小学，分别考不同班级的第一名，都是家长口中的别人家孩子。直到初中的时候，我们开始同班，相见恨晚，一见如故，成为亲密无间的朋友。那时候大家正看热播的金庸电视剧，特别流行义结金兰，于是我就和她像模像样地结拜为姐妹。我长她一岁，她叫我老大，我称她老二，我们之间无话不谈，她也是唯一一个知道我对李理的小心思的女生，初中时就总爱拿我们俩取笑。

"呵呵，老二你倒是越发漂亮了，有没有心上人？"我笑着

第十五章　我的佳偶，我的美人，起来，与我同去

接过舒文的话茬，不想她接着借题发挥，取笑我和李理，便转了个话题逗弄她。

她越发笑得停不下来，并没有理会我的问话。

舒文特别好看，我一直觉得她是我见过的女孩子里面最美的，雪肤花貌，冰肌玉骨，乌黑的头发在脑后束成马尾，正好露出鹅蛋形的完美脸庞，唇不点而红，眉不画而翠，丹凤眼顾盼神飞，眉心有一颗天然的美人痣，笑起来两个酒窝尤为动人。

初中时几乎全班的男生都喜欢她，我没少帮他们传递各种情书，但是姑娘特别淡定，完全不为所动，一律谢绝，成绩更是出类拔萃。我突然想起来什么，就接着说："对了，常江和黄禾还和你在一个班吗？我记得那时候他们俩为你还打了一架，可歌可泣啊。"

"没有啦，他们都留在了理科班，现在也是一中排名数一数二的风云人物，毕竟山中没有你和你家李理这两只大老虎了，哈哈。我原来也想学理科的，但是架不住老师们各种游说还是转文科了，不过文科确实比理科要更适合我呢。你和李理怎么样？"舒文这才渐渐停住笑，兜过一圈又把话题转了回来。

我无奈地笑了。"你家李理"？她还真是口无遮拦。"李理还是很厉害啊，这次期末考了全班第2名，我是第40名。看来我是没戏和他考上同一所大学了。"

"别呀，这可不像我认识的老大，初中李理、常江对咱俩下战书的时候，你可是豪情万丈的。我到现在都记得呢，咱们俩可没怂过，谁说女子不如男？！不管过程怎么样，最后中考就是比他们俩都要考得好。所以常江到现在都不太敢惹我。我看你是儿女情长，就开始英雄气短啊！老大，我相信你，小宇宙爆发吧！"舒文说话间就从沙发里跳了起来，双手打开，做了一个起飞的手势。

我被她逗得乐得不行，下战书，貌似还确实有过这事呢。初中的时候常江一直喜欢舒文，但舒文一直不搭理他，后来常江恼羞成怒，就给舒文下了战书，意思是要靠自己的实力征服舒文。舒文就说："和你比没意思，我和老大是一伙的，有本事你就和李理向我和老大一起下战书啊，咱们比两个人相加的总分。"常江还真的约上李理应战，后来谁赢谁输，我不太记得了，但我们四个人从此就垄断了班级前四名，不得不说当时还真是年少轻狂啊。

送走舒文的时候，我的心已经被这个开朗的姑娘弄得由阴转晴，好像心里又燃起了好多的渴望。是啊，李理能做到的事，我也能做到，为什么要认怂呢？

我是一个天性懒散的姑娘，以前每逢假期都在玩，把所有作业堆到最后一天边看电视边做，做不完就哭鼻子。父母也一直觉得念书就是我自己的事，并不太管我。可以说在这个高二的寒假之前，我从来没有制订过任何假期计划，但是偏偏这个寒假又是这么不一样，不一样到足以让我改变，而改变的方向就是更像李理。我总觉得我之所以成绩好，更多是依靠天分，特别随机，但李理不一样，他是依靠习惯和不懈的努力，让人觉得踏实。至少他是肯定不会把所有作业都堆到最后一天来做的，他曾经跟我说过，从上学那天，他每天到家的第一件事情就是写作业；不写完作业，做什么事情都没劲。每逢假期，都是先集中几天把作业写完，才能安安心心地开始玩。

我真的不明白为什么我们俩有这么多的不一样，更不明白的是，为什么他与我的这些不一样那么吸引我。看起来我好像更加聪明，他则笨笨的，连骗人都不会，傻傻地信任人；我特别随性，不按常理出牌，他很有节制，做事规规矩矩，一板一眼；我丢三落四，毛毛躁躁，养花养草养金鱼，都能养死，他特别有爱心，把周围的人照顾得妥妥当当；我见到陌生人就冷冷地不愿意说话，但他总是礼貌而谦逊地和周围的人打招呼。

我总觉得李理身上有一些东西是和我不一样的，甚至和我身边的其他人都不一样，我也说不出来是什么，但就是觉得这一切都对我有致命的吸引力。

想到这儿，我都有点盼望快点开学回到学校了，我想要再好好留心一下，李理到底有什么秘密？

第十六章
你的声音柔和,你的面貌秀美

　　直到整个寒假过去,我都没有打开那本《香草山》,因为我觉得时间太宝贵了,宝贵到都得用来刷题才行。就连大年三十的晚上,家人都在客厅守岁,看春晚,我却把自己关在房间里做数学试卷。很奇怪,零点的钟声响起,听到窗外远远近近的鞭炮声,看着四周渐渐升起的充满硫黄味的雾气,我反而心里更加安静踏实起来,好像自己从来没有这么努力过,努力到不管未来还会有什么事情发生。

　　所以这个寒假,我第一次完成了所有作业,还做了很多额外的改错和订正练习。我效法李理,也用武侠小说的名字给自己的错题本命名,只是我用的是古龙的小说——"十七种武器"。当我把所有作业和资料以及"十七种武器"收拾进行李箱的时候,我感觉到一种前所未有的期待——期待假期的结束,期待新学期的开始。

只是学校这次新学期的开学仪式有一些特别,特别之处在于来了几个特别的人——去年从我们学校考上TOP 2的7个学生回来给高三的同学做励志讲座,当然也捎上了尚在高二的我们这个学校特别宝贝的理科实验班。

因为是被捎带上的,所以全班同学都坐在灯光最为昏暗的最后。我到得很早,就挑了一个后排最不起眼的位置坐下。抬头就看到灯火辉煌的台上坐在最中央的那个美丽女子——以琳的姐姐以诺,她是台上7个人中唯一的女生,去年以666分的成绩考上了清华建筑系。

高一入学的时候,我就见过以诺。那时她正在念高三,短发,运动打扮,皮肤是特别健康的小麦色,正好送她的妹妹——住我下铺的以琳——来宿舍。她是那种自带气场的女孩,一进来我就能感觉到她那逼人的青春气息。后来我才从旁人口中断断续续知道她是高三年级的学年第一,班长,带领自己的班级排球队蝉联了三年的学校女子排球赛冠军,希望之星英语风采大赛全国一等奖,计算能力卓群,能口算四位数的乘法,小学就得过全国珠心赛一等奖……

虽然以琳是以她们县中考状元的身份考入我们这所重点中学的,但是她谈起自己的姐姐时仍然是一脸崇拜,跟我说有一个这么厉害的姐姐其实很有压力。她一直和姐姐念同一所学校,别人家孩子就是自家姐姐,从小她就在姐姐的灿烂光芒中长大。无论她怎么努力,大家介绍她的时候都要加一句,这是以诺的妹妹。

难怪我感觉以琳的性子出奇的温柔平和——人生太早就见识了山外有山,哪怕自己爬得再高也不会有那种学霸的傲骄,而始终能保持一种有所敬畏的谦逊。

"我其实没有想过要和姐姐一样考清华呢,我不喜欢北京,我想去上海,去一个不一样的新世界。"以诺考上清华那年,我和以琳一起看着校门口红榜上她姐姐的大幅照片,她淡淡地说了这么一句话。

我并没有回答她,只是在心里默默地说:我想啊,我好想呢。

只是谈何容易?

我又仔细端详了一下眼前的这个被命运万千宠爱、始终生活在聚光灯下的姑娘,她声音柔和,面貌秀丽。长发编成发辫垂在右肩,唇如一条朱红色的线,眼睛分外灵动。我觉得她好像和一年多前我见到的那个高中生明显有些不一样,似乎少了一些少年轻狂,多了一份历经世事的沧桑,唯一不变的是眉宇间带着一丝不服输的倔强眼神,明亮得动人。

台上灯火通明,台下黑压压一片,看似那7个已经在顶尖大学求学的大学生好像离我们很近,近得仿佛伸手就能触摸到,却有一道仿佛无法跨越的门槛横亘在台上和台下之间,这道门槛就是高考。咫尺之间,却是霄壤之别。

我第一次无比真实地发现了自己和梦想之间的距离,不只是我和李理的距离、我和以琳的距离,而是天与地之间的距离。

湖北每年30万考生,清华建筑系只招3个人,我不由得怀疑自己的目标是不是大而无当了,为什么非要和千军万马一起去挤那个独木桥呢?大部分人的命运不过是炮灰而已。

或者其他大学也挺好的吧,只要是在北京。也许那样我就不用这么纠结,非要追上谁,证明什么。而且明明我什么都不是,我只是这个中学再普通不过的一个女生,我从来没有进过年级前十,甚至还考过倒数第一,我没有任何运动才能,不是什么全国珠心算冠军、希望之星英语风采大赛一等奖……我什么都不是，凭什么要有这么大的野心呢？

想到这里，我的心情突然跌到谷底，整个寒假努力积攒的所有信心瞬间被自己这一连串的质问击溃，反正谁也看不到我，我就在这黑暗的掩饰中任由眼泪夺眶而出，那难过的感觉就仿佛高考已经结束了，已经提前宣告了我失败的结局。我几乎要放弃了，我的梦想；我几乎要放弃了，我的李理……

这时有一个成年男子慢慢从背后的黑暗安静地走了过来，又安静地在我的右手边坐下——我坐在整个报告厅的最后一排，身旁还有不少的空位。

从眼神的余光中我就知道他是我的语文老师嵇不康，便立刻想强忍住自己汹涌而出的情绪，假装不经意地用衣袖擦了擦已经糊成一片的泪水。我有些意外，他怎么会来，但马上明白，以诺是他的得意门生啊，作为老师，他总是想来捧捧场的。

他仿佛是看穿了我的心思，却并没有转头看我，只是径直盯着台上发言的那个女孩，却自言自语地用只有我们俩能听到的声音说："带你们班之前，去年是我带以诺她们班的语文，她确实是一个光芒四射的学生。但其实她高二的时候也经常考得很差，最差的一次跟你的年级排名差不多。说实话，我教书这么多年，还没见过在文字方面像你这么有天赋的学生，所以我觉得要是以诺能，你也能……"

我没有料到他会说出这番话，可是听到"以诺能，你也能"这几个字的时候，我就完全没有办法再压抑自己绝望的情绪，干脆趴在桌子上"嘤嘤"地哭了起来，心里不停地说：我不能，我不能，我不能……

我一直哭到整个讲座结束，全场的灯光亮起，演讲的人和下面的学生都渐渐散去，才发泄完自己所有失望悲观、自暴自弃的情绪，彻底镇定下来。嵇老师什么时候走的，我并不知道，我只知道这次我在这个我最喜欢的老师面前彻底失态了。

这时我就想起来他也有一次在我们面前哭过，就是高二某一次讲课的时候，讲到自己的祖母，讲到那句"树欲静而风不止，子欲养而亲不待"就突然哽咽，在讲台上泣不成声，用讲义遮掩着匆匆离去，过了良久才双眼红肿着回来继续上课……

自从那次他在讲台上哭过之后，我开始用别样的眼光看待这个老师，看待他难得的软弱和真性情。

暴露自己的弱点真是拉近距离的绝佳方法啊。行了，这下我们扯平了，至少我们都在彼此面前敞开地哭泣过。

我想起他刚才说的话"以诺能，你也能"，不知道怎么就在绝望中好像又抓到了一线亮光，是啊，说不定我真的可以呢？他刚才好像说以诺高二也曾经考得很差过，他好像也说我是他见过最有文字天赋的学生……高考并不考排球、珠心算和英语口语啊，却要考作文，这么看起来，我好像比以诺还更有胜算。

想到这里，我竟然被自己的阿Q精神逗乐了，从地狱到天堂，竟然只是一念之间。嵇老师也许都不知道，他不经意间的一句小小的鼓励和安慰，带给我多么大的勇气和信心，我似乎真的有信心了。

以诺能，我也能，我还有什么可以失去的呢？没有试过，我又怎么知道我不能呢？

第十七章
冬天已往,雨水止住过去了

新的学期,班头开始了一个新的计划,并不是关于学习,而是关于跑步。

他或许也发现了我们的班级气氛特别沉闷,好像大家都是上足了发条而不知疲倦的学习机器,周五下午的体活(体育活动)课,平行班的学生都一窝蜂地冲到操场玩去了,只有我们班的学生还老老实实地坐在教室里写作业。

按照班头的话说,身体是革命的本钱,我们这么造是不利于未来的可持续发展的。于是他想了个昏着儿,想把我们都赶到操场去,这个昏着儿就是发跑步票。他印了一叠的跑步票,跑一圈发一张,还规定每节体活课女生必须攒10张,男生必须攒20张。我们的操场是400米的标准操场,10圈就是4000米,20圈就是8000米!

这项新规定一宣布，我们就全班哗然，不论男生女生都怨声载道。可是班头却特别坚定，说："除非是身体有特殊情况不能跑步的，要请假；其他同学，哪怕走也要走够圈数；体育委员每周五晚统计跑票；票数没达标的同学周日下午不许放假，一律在教室自习。不是喜欢自习吗？就让你们自习个够！"

我不由得感慨班头这招真是太绝了，完全不给任何转圜余地啊。但我心里却并没有像其他同学那样埋怨，反而有些期待，我觉得自己应该运动运动了，要不是这种发票机制，天性懒散的我估计也下不了决心。

想到这儿，我还有点感动于班头的用心良苦，要把这群书呆子赶到操场上去，真的是得用点手段才行。

当然李理是不用赶的，他每节体活课都去踢球，雷打不动。男生对于足球的热爱，我虽然并不能体会，但多少有些理解，他曾经跟我说一星期不踢球就浑身痒痒。这下他可惨了，跑完20圈再踢球，不知道是什么酸爽的感觉，我倒是有点同情起他来。

新规后的第一节体活课就在这样稀稀拉拉的抱怨中拉开了序幕，情愿的、不情愿的，都迫于班头的威逼利诱，被拉到了操场上。一声令下，大家都开始奔跑起来。为了保证发票效率，班头还找语文老师嵇不康来帮忙，让他给女生发跑票。

当我第一次路过嵇老师的时候，还有些不太自在，但他好像很坦然的样子，仍然是微微笑着，迎着我，把跑票递了过来，就像我们之间什么事情都没有发生过一样。于是我也坦然下来，微笑着向他点头致谢。

我刻意控制了自己的速度，慢慢地就落在了人群最后，但却并不着急。对于跑步我还是颇有经验的，李理曾经教过我，要跑长跑的话，开始一定不能太快，最好能够全程保持均匀的呼吸和配速，坚持就是胜利。

果然，跑完第1圈，那些冲得很快的同学，速度就渐渐慢了下来；跑到第3圈的时候，已经有很多女生开始走路；跑到第7圈的大部分男生女生都开始走了，我却并没有停步，一直保持着非常稳定的速度，渐渐地超过了很多人。我边跑就边想：如果大家在走路的时候我还在跑，那我就已经赢了吧！

李理也一直在跑，却比我快很多，他虽然起跑像我一样落在最后，但是在第1圈跑完时就已经跑到了第一，然后就一路领先。

李理初中的时候就是我们学校的长跑王子，一直包揽学校运动会3000米、5000米长跑的第一名。此时，在我路过班头领到第10张跑票的时候，李理也正好从我的身后跑过来，领到了他的第15张跑票。我犹豫了一下，明知道已经跑到了女生规定的圈数，却仍然忍不住跟着他的脚步继续跑了起来。

他实在是太快了，我终究是追不上他的，只能看着他的背影渐渐远去，渐渐远去。

但是我并没有停下，哪怕追不上他，但继续跑的这个动作让我觉得很安心，虽然他跑得比我快，但只要我们能到同一个终点就可以了。我想只要我一直不停地奔跑，总有一天我能跑到他到达的终点。

李理在我跑完14圈的时候就完成了20圈的任务，却并没有回宿舍，邀请嵇老师一起去操场踢球了，果然是跑完了8000米还忘不了踢球，不得不说他真是一个精力旺盛的男生！

我却并没有停下，身体已经渐渐适应了奔跑的感觉，呼吸也越来越匀称。除了冷空气冲击鼻头的轻微不适外，跑过了第10圈之后反而全身都变得疏朗了，体会到一种难以言喻的愉悦。

仿佛我全身的血液都沸腾了，许多压抑已久的积郁渐渐舒展开来，眼睛开始变得明亮，听力越发敏锐。

缓慢的速度让我渐渐注意到操场上许多之前都没有注意过的景象——被白色教学楼、灰色宿舍楼、家属楼环绕的操场除了原来的大球门之外，又在两侧增加了两个小球门，李理穿着红黑相间的球服正和穿着白色球服的嵇老师在积极争抢，原来枯黄的草地渐渐泛起了一片新绿。虽然初春的天气还有一些寒冷，但操场两侧的连翘已经灿烂地开放了，沿着挡土墙袅袅娜娜地垂了下来，白色的小蝴蝶在明黄色的花朵之间飞舞，远处传来了布谷鸟的声音，这一切情景衬托着南方蓝色明媚的天空，都显得分外热闹……

我就在这样欣欣向荣的天地间不停地奔跑，围绕着自己所爱的人奔跑，向着自己的梦想奔跑，有那么一瞬间我甚至希望时间能够在此刻停驻——此刻我仍在追求，而你还在我身旁。

在这样似乎不知疲倦的奔跑当中，冬天已往，雨水止住了。

第十八章
我属我的良人,他也恋慕我

班头可能怎么也想不到他苦心孤诣的跑步政策在这个聪明绝顶的精英班级中带来了一系列有趣的连锁反应。

首先是跑票成了一种"官方发布的且可以自由交易的新货币"。

总有一些人是不喜欢跑步的,何况班头设定的完成门槛那么高。男生20圈,对于瘦弱的白面书生达摩、胖胖的大块头张齐和恨不得将所有体活课都用来踢球的周平来说,这是过于苛刻的任务。可是他们又不得不完成这任务,因为达摩和张齐都是走读生,周日下午还有额外的高端补习班,而周平周日下午得用来踢球啊。所以第一次体活课完毕,他们三个就不约而同地聚到了我的面前。

"雅哥,听说你跑了20圈,班头规定女生只用跑满10圈,剩

10张跑票，你也没有用，借我两张吧，我跑了18圈，就实在是不行了。"首先动这心思的是达摩。

"雅哥，你真是女中豪杰啊，借我5张票，我给你买爆米花吃，每个晚自习1桶，买5桶，行不行？"张齐听到达摩的话，在后桌边用笔戳我的后背边说。

"雅哥，我太讨厌跑步了，简直无聊透顶，跑完了大半节课，踢球都踢得不爽。这次我票够了，就不找你了，下次你有多余的票，千万提前跟我说一声。有多少，我照单全收，我可以少跑几圈，省下时间踢球啊。作为足球宝贝，你可得为了班级的足球事业做贡献啊！当然，我不会亏待你，我们全队请你吃饭。"周平闻讯也凑了过来。

我一时间还真的有些受宠若惊，自从来到这个理科实验班，好像还没有被这么关注过，没想到第一次引人注目竟然是因为跑步。我没有回答他们的问话，只是向李理望过去，他是班里的体育委员，正在统计跑票。

"要不去问下李理吧，这样可以吗？班头知道我跑了20圈，要是最后只交了10张票，是怎么回事呢？"我有些迟疑。

周平是第一个行动的，他直接搭着李理的肩膀开始商议，过一会儿就带回来好消息——李理一跑完就问了班头这问题，为了鼓励同学们互相帮助，"圣上"同意我们互借跑票。

张齐和达摩击掌庆贺。我笑着把手头的跑票分了两张给达摩，5张给张齐。至于剩下的13张，我都拿给了李理："帮我登记10张吧，剩的3张给你，下次可以少跑两圈，多点时间踢球啊。上次你送我回家，我还没有谢谢你呢。"我望着他额头上的细密汗珠，双手把13张蓝色跑票递了过去。

"哦，谢谢你，我跑步很快的，应该不需要了，而且说实话，跑开了再踢球的感觉也挺好的。我看雅典娜差了两圈，要不你借给她好吗？"李理登记完我的10张跑票抬头望着我，他一笑就露出排列齐整的雪白牙齿，满脸都是阳光，末了好像想起了什么，又竖起大拇指向我补了一句，"筱雅，你果然宝刀未老啊，还是像初中那么能跑。"说完便把多余的3张跑票还给了我。

"宝刀未老，你才老了呢！"我又羞红了脸。

像初中那么能跑——我原来其实是一个不太喜欢运动的女孩子，和李理同桌后才在"长跑王子"的激励下开始跑步。李理说他小时候身体特别弱，经常生病，初中开始跑步之后才慢慢强健起来，而且渐渐发现了跑步的乐趣。

他看我特别瘦弱，就说我如果早晨来得早，可以早操前和他一起跑步试试。跟着他晨跑了一段时间之后，我确实发现了身体奇妙的变化，原来跑一圈都觉得气喘吁吁的那个女孩，竟然可以跑3圈、5圈、10圈、20圈……这绝对是一个飞跃，我一直不知道自己的小小身体里原来也有着巨大的能量，这力量通过合理训练就能挖掘出来。

我们初中所在的中学有一个"毕业万米长跑"的传统，少有女生能完成。中考后我和李理都报名参加，快到终点时候，我一眼就认出了早已经跑到终点、混在人群中等我的李理，他竖着两个大拇指冲我灿烂地笑，大声说："筱雅，加油，冲刺啊，筱雅。" 我不知道哪里来的力量，竟然在最后两百米开始加速，超过了前面好几个人，跑进了女子组的前十。那几乎是我学习生涯中体育方面最出色的一次了，要知道初二时我还是一个弱不禁风、常常生病的小姑娘。

后来高一运动会，李理来找我报名女子3000米的时候，我却没有任何理由地拒绝他了。他明显有些失望，落寞地离去。其实我真的很想参加，只是因为运动会那几天正好是我的信期，可是不能告诉他。

也许从那以后，他就以为我已经不喜欢跑步，不会跑步了吧。

这时我才想起了雅典娜，刚才他说雅典娜没有跑完，可是同时我又没来由地想起那个午后他和雅典娜一起讨论数学题的情形，想起他数学本子里夹的那张字条。莫非就是雅典娜？

离开李理我很快就走到了雅典娜的桌前，她坐在教室的第一排中间，引人注目的位置。我其实找她的时候心里是很有底气的，我要来送给她跑票啊。可是不知道为什么，走到她面前我就胆怯了起来，我仿佛看到她头顶上那个若隐若现的"3"——期末考试的排名，紧随李理之后的第3名，而我是第40名，在中学这种唯名次论英雄的语境下，不会跑步又怎么样，她成绩好啊！

可是今天不管怎么说，我都想要弄清楚那张字条的事，好奇心终于还是压倒了胆怯，我鼓起勇气对雅典娜说："听李理说你票没有攒够，我这里有两张多余的，你需要吗？"

"啊，太谢谢你了，筱雅。"雅典娜站了起来，有礼貌地双手接过我递过去的蓝色跑票，那喜出望外地表情显得很真诚，"我今天鞋子穿得不太好，跑到第8圈的时候脚磨破了，不然一定会坚持跑完的。不管怎么说真是谢谢你了，我正愁这事呢，真的不想周日下午留在学校上自习。"

"嗯，不客气，以后如果有需要，再说吧。我想借你的数学作业看一下，好吗？这次作业有些难，有几道题我不会做。"我的话自然而镇定，仿佛没有任何破绽。其实在此之前因着我的敏感和自尊，我并没有找任何人借过任何作业。

"没问题，你拿去吧。"雅典娜的数学作业本经常在全班被借阅,所以她给我的时候自然而然没有任何怀疑。

我抱着本子回到座位,深吸一口气,闭上眼睛打开了。

谜底揭晓——不是她。

雅典娜的字迹和我记忆中那张字条上的字迹截然不同,她用纯蓝色的墨水,字是那种成绩好的女生很常见的字,中规中矩,写得特别快速,很多笔画都连成一片。而那张卡片上的字,用的是蓝黑色的墨水,笔迹娟秀,每个字都自成风骨,整体看起来很和谐,明显是幼时临过帖的字迹。

突然觉得自己的草木皆兵很可笑,何必呢?李理也不是我的什么人,不过就是一张字条,也不一定就是女生写的,何必这么在意呢?

这时我才开始认真地看雅典娜的数学作业,确实是很完美的作业,难怪班级里那么多人借阅,怎么说呢,她的思路特别清晰,行云流水,严谨性有点像李理的风格,但又多了一份女生的细腻。她甚至会将每一个计算步骤都列出来,哪怕是最简单的换位和加减——李理通常都是把这些非关键步骤列在草稿纸上的,看她写的作业总有一种紧张激烈而又不慌不忙的感觉。

看完雅典娜的作业本,我就一下子意识到她和我的区别,她写字应该非常快速,快到足以覆盖思考的速度,或者说她写的同时在思考,而不是像我一样想好了再动笔。她做的所有数学题都是成套路的,比如每道解析几何,她总是上来就开始列方程,将 n 个未知项设完,然后列出 $n+1$ 个方程组,开始一板一眼地计算求解。

而我总是犹豫好久才动笔,由于练正楷,写字速度又特别慢……这时我好像已经发现了什么秘诀,开始欢欣雀跃起来。

"雅哥,李理说你应该还剩1张跑票,能不能借兄弟一下？"后桌张齐又开始用笔戳我，打乱我正准备采用新方法开始数学练习的勃勃兴致。

"你要用来做什么啊？"我疑惑。

"秘密，你借我吧！过完这个周末，很快你就知道了，会有惊喜。"张齐神秘兮兮地说。

我想快一点打发他，以便开始做数学，满腹狐疑地将那张全班唯一没有上交的蓝色跑票递给了他。

第十九章
你这女子中极美丽的,你的良人往何处去了

这天晚自习我刻意提升了自己做作业的书写速度,发现确实有意料不到的效果,整体效率都高了很多,完成了平时1.2倍的作业,所以放学铃声响起,套上钢笔笔帽的时候,分外高兴,有一种侠客收刀入鞘的快感。

这时,周平意外地来找我,说想约我单独聊一聊。

除了上次看球之外,我和周平并没有打过交道,所以他来找我,我有些迟疑。

但他表情急切:"很快就能说完,蛮重要的,是关于何为。"

我听到是关于何为,就点点头,问:"去哪?"

"跟我来。"他边说边做了一个跟他走的手势。我顺服地跟上。周平身材不高,却非常灵活,七拐八拐就带着我来到了教学

楼顶层的楼梯间。

教学楼顶层是被锁上的,所以通向顶层的楼梯间并没有什么人去,是一个很安静的地方。我们上去了之后只有一个昏暗的感应灯亮起,就显得越发寂寥。

"雅哥,何为受伤的事,你知道吗?"刚到那儿,周平就按捺不住,开门见山地问。

"啊?我不知道。怎么回事?"我满腹狐疑,心想确实好久都没有见到何为了。

"是上学期期末的事了,我也刚刚知道。是这样的,何为放学回家,正好遇到有两个男生围着林晓。林晓,你知道吧,就文科年级第一名的那个,长得挺漂亮的,传说中的校花,高一时跟我同桌。那两个男生当时动手动脚的,何为就路见不平,拔刀相助。你还别说,这哥们真的挺能打的,以一敌二,据说还把其中一个打成了熊猫眼。"周平说到这儿,手舞足蹈,两眼放光,赞叹了一句,就接着说,"可是没想到后来就被报复,寒假的时候被一伙人堵在路上打了一顿,腿骨折了。"

"啊,那他怎么办?"我震惊得很,完全没想到会发生这种事。

"说是不会留下后遗症,但估计得在家歇几个月,伤筋动骨一百天嘛。后来才知道原来那两个人是隔壁二中的混混团伙里的,被打了,不服气,就带了一队人过来报仇。对方来头还挺大,告到学校说何为聚众斗殴,反正他们二中不太管这事。但我们学校就不一样了,何为差点就被开除了。"

"开除?!这也太严重了,后来呢?"我着急起来。

"林晓的爸爸是教委的,她托她爸爸跟校长求情,才把何为保了下来,最后何为认栽,息事宁人了呗。这些事,你可别跟别人说，学校也是强压下来的。而且不知道二中那伙人还会不会起什么幺蛾子。"周平接着说。

"哦，那何为现在怎么样了？你又是从哪知道的？"我这才松了一口气，却仍有很多疑惑。

"还在家养腿呢，这都是林晓告诉我的，今天也是她托我来找你，说让我跟你说一下前因后果，顺便带个信给你，喏，这个。"周平说着，递给我一个白色信封，"还有，我周末准备去看看何为，你要不要一起？"他望着我，又补了一句。

"啊，我想想。"我下意识地回答，心里却在想着我生病的时候何为送来的苹果，"投之以木桃，报之以琼瑶。"还是找机会去看看他，给他买点水果去才好。

"好的，那我完成任务了，就先走了啊，你也早点回去休息。"周平说完，就准备转头离开，但好像又想起来什么，走之前回头补了一句，"看得出来，林晓很喜欢何为，我从来没见她对一个男生这么上心过，唉——"

最后这句莫名其妙的叹息意味深长，里面好像包含了许多无奈。我一下子接收这么多信息，来不及反应，又看了看手头这个白色信封。信封上干干净净的，什么都没写，我迫不及待地打开，里面也没有落款，不是手写的，竟然是打字机打印的，只有一行字。

我喜欢何为，但他喜欢你。你如果不喜欢他的话，能不能尽早跟他说清楚？

我愣了，看到这行字，我不知道应该说什么，我想起来那天在球场上看到的林晓，想到那个美丽的女孩看何为的眼神，就能感觉到眼前这几句简短的话里面蕴含的浓浓敌意。

英雄救美,平日在电影里才能看到的桥段,竟然在身边真实地发生了,我一直风闻二中校风混乱,可是没想到竟然到了这个地步。毕竟因为住宿学校封闭管理的缘故,我也很少出去,并不知道外面的世界是什么样子。不过经过这么一出,别说林晓,就算换作是我,恐怕也会对何为死心塌地了。

可是我还能怎么跟何为说清楚呢?我已经跟他说过了好多次,我并不喜欢他。难道我也给何为写封信,告诉他"筱雅不喜欢你,林晓喜欢你,你和林晓在一起吧"。

我还真的挺想这么直截了当的,可是我是何为的什么人呢?我能这么安排他的感情吗?

又或者我要告诉他,我喜欢的是李理。除了舒文,我还没有告诉过任何人这个秘密,说实话我实在是没有勇气向一个男孩招供我喜欢另一个男孩,毕竟连李理都还不知道我喜欢他。

想到这儿,我就有些佩服林晓,她应该是很喜欢何为,所以才会为他做这么多,甚至为他去求她父亲,甚至为他托周平来找我。毕竟在我们这个重点中学,早恋是不能触碰的高压线。她竟然能这么勇敢,看来真是一片痴心。

何为,你好傻,这么好的女孩在你面前,不知道珍惜。

那我是不是应该给林晓回个话,说我不喜欢何为?想想都有点怪怪的,剪不断理还乱的感觉。

林晓这封信真是给我出了难题。

算了,下次再见到何为,我确实应该和他说一下,愿他不要辜负了林晓。但在此之前,我最好不要去看何为,越冷淡越保持距离可能才是最好的选择。

唉,也不知道他腿伤得怎么样,肯定挺严重的。高二的课业这么重,耽误三个月,也不知道能不能补回来。

  何为的性格,我知道。他每天上蹿下跳的,也不是第一次断腿了,高一打篮球就折过一次,那会儿绑着石膏,还能拄着拐杖来上课呢。打封闭那一周落下的课程都是靠我的笔记慢慢补上的。这次不来上课,需要在家休养,肯定是比上次更严重了些。

  我知道何为小时候练过跆拳道,高一同桌的时候也经常在我面前比画,我一直以为他就是闹着玩的,没想到关键时刻还真的能英雄救美。

  这回我的笔记也不管用了,毕竟他学的文科,我学的理科。这样也好,林晓那么冰雪聪明,应该会照顾他,帮他补课的,我这个局外人还是少操心为妙。这么想着就渐渐下定了决心,不回这封信,也不要去看何为了,还是等他回学校,当面说清楚了才好。

第二十章
王女啊，你的脚在鞋中何其美好

跑步完的第二天，我才发现自己运动过量，双腿酸胀，毕竟很久都没有跑过20圈这么长的距离。只是表面上仍然逞强，装作若无其事、轻松自在的样子。走平地还好，每逢下楼梯就窘迫，只能一阶一阶地挪动，没有办法连续。

于是我中午刻意错峰出行，在同学都走得差不多的时候才去吃饭。

却刚好碰见了他，他叫住我的时候，我并没有认出他，只是礼貌地笑了一下，匆匆错过之后才想起，他是我的小学同桌——那个"人在江湖漂，出门不带刀"的"坏学生"胡刀。

小学，我和胡刀同桌了三年，那时我是班里的第一名，他是倒数第一。

可是我一点都没有觉得他是"坏学生"，反而觉得他给我打开了一个崭新的世界。

印象最深的是小学毕业,他邀请我去滑旱冰。那是我第一次滑冰,在此之前从来没有去过这种场所,场地里充溢着节奏感很强的打击乐和摇滚,以及色彩斑斓的霓虹灯,不太像我生活的那个规矩的世界。

胡刀滑得很好,各种花式层出不穷,而我换了鞋之后连路都走不利索——呵呵,就像考试时我做题做得行云流水,而他一脸迷茫一样——换了一个舞台,同样的人就表现得如此不同。我们不过是各有所长,但官方却似乎只有分数这一个评价标准。

他号称是教我,实际上各种捉弄,摔得我鼻青脸肿。最匪夷所思的是,散场时当我们走到门口,却发现我的鞋不翼而飞,怎么都找不到,估计是被不小心的人穿走了。我郁闷至极,不知道该怎么回家,差点开始哭鼻子,他却把自己的那双白球鞋扔到了我跟前,同时硬生生地扔下一句:"穿我的。"然后就光着脚,头也没回地径直走到了大街上。我看着他的背影迟疑了片刻,终究还是穿上了他的鞋,虽然比我的脚足足大了一圈,但是总比光脚的好。

他走在我前面说送我,我们就这样一路无话地走回了我家,我把白球鞋还给他,他就离开了。

想到这里我突然不胜唏嘘,两个曾经坐在一起朝夕相处的人,四年后的境遇竟然可以如此不同,哪怕我的脚曾经穿着他的鞋子,我们同路而行,可是终究还是会各自走各自的路。

我记得他好像是南下打工去了,也不知道为什么会出现在这里,也不知道是不是又回来念书,唉,见面时要多问两句就好了。

幼年的往事如风历历,我便忍不住摊开周记本,写下一篇文字:"没想到,竟然在这里遇见了他……"

合上本子的时候,心里顿时安静,仿佛每一寸纷乱的思绪都被文字抚平。

境遇不同又如何呢?也许有一天,我和何为,我和李理,终究都会分道扬镳,但那也是命运对于我们的最好安排吧。

可是如今,我仍然愿意珍惜这每一刻尚在同路的时光,尽人事听天命,或许筱雅有幸,能和李理一生同路。即或不然,至少我还有无悔的青春。

《筱雅的周记本》之琐忆

没想到,竟然在这里遇见了他。

花坛边,我们擦肩而过。走了十几丈远,忽觉出什么似的回头,见他也正回头看我。大概终于是认清了,他忙不迭地唤我的名,久违的乡音!

然后是一句调侃般的,怎么不招呼我?我当时仍不甚分明,只礼貌一笑,呆立一会儿便匆匆离开。

走了没几步,便顿悟般地忆起了他,那玩世不恭的神情、油腔滑调的语气,许多关于他的琐碎的记忆也一下子清晰起来……

他是我小学的同桌。当时我是班长,他则是班里最顽皮的男生。

那时我还小,既没有好生与差生的观念,也没有要帮助他的豪情壮志。何况我也是那种贪玩的孩子。我们一起玩,滑冰、打游戏,我全是那时学会的。别误会,当时我依然是很乖的女孩,不逃学,不说脏话,期末拿全优的成绩单。他也是，照旧逃课、打架，三句不离脏话。有时，我也会一本正经地劝他不要打架。没用！他极会打架，但从不欺负我，并不因为我是班长，只因为我是女生。他们有他们的规矩，尽管看来幼稚可笑。

其实我很欣赏他，他豪爽的性格、直率的品性，至今我仍记得他的笑，黑红黑红的脸，咧开嘴，露出雪白雪白的牙。

和所有孩子一样，我们也争强好胜。论成绩，他自然无法和我比，于是我们比起了上电视的次数。我们在实验小学读书，学校的课外活动多如牛毛，上地方台露脸的机会特别多。于是我们争着参加各种活动，他到鼓号队，我当广播员；他升旗，我演讲；他练武术，我学主持。总之，谁也不甘落后，一学期下来，平分秋色。我却由一个腼腆害羞的小姑娘出落得开朗大方。至今忆起，那便是我小学生活中最美的篇章。

小考糊里糊涂地过去，我擦着录取线的边进了重点，他去了一个普通的中学。新的环境、新的同桌，我很快适应了新的生活，有了新的快乐。我依然很乖，读书仍是我生命的大部。

再次遇见他，是在母亲的单位里一个元旦文艺晚会。他将头发蓄得很长，染成黄色，见了我尴尬地笑。他其时已经不再读书，只在街上游荡。

还有一次是在街头，他兴奋地告诉我他已经找了一份事做，钱少，不过不用听母亲唠叨了。然后问我最近在哪里做事，我说我仍在读书。他一愣，似乎有些失落，说了句："你还是读书的好，我喜欢自由自在地活着，受不了学校的拘束。"

后来，听说他南下打工去了。我进入了重点高中，学习变成生活的大部。

异地求学的路并不平坦，我却走得踏实。躲在纯净平和的校园里，生活毕竟简单，目的也单纯，更无衣食之忧。母亲说，什么都别管，认真读书就是了。出外打工的日子并不轻松，社会复杂，人情冷漠，尚未成人的他是否一路顺风？后悔当时遇见没能问候几句，毕竟曾经同路而行，同桌而坐。

每个人对生活有不同的理解，我无意评论他所选的路，也许他此时正在局外，颇可怜地看着我们千军万马过独木。无论怎么生活，无论走哪条路，但求问心无愧，但求平安快乐吧。

依稀又见他的笑。

黑红黑红的脸，雪白雪白的牙。

第二十一章
我们要称赞你的爱情，胜似称赞美酒

第二天一早的语文课，嵇老师在班级里念了我的这篇周记，我很意外。

因为他最近课堂后总是用大段时间来给我们念余杰的《火与冰》，余杰的文字里充满了纯真与锋芒。

我总觉得他所描述的世界和我在历史课本中、在新闻联播中、在以往的课堂中所看到的岁月静好、现世安稳的世界有很远很远的距离；在他所看到的世界里，充满了权力、丑恶与纷争。

"相信真理，不要相信那些宣称掌握真理的人；怀疑一切，不要怀疑自己所拥有的能力。"

如鲁迅所说："青年又何能一概而论？有醒着的，有睡着的，有昏着的，有躺着的，有玩着的。但是，自然也有要前进的。"余杰或许就是20世纪90年代醒着的、要前进的青年。而我们这些85后的独一代，就是睡着的、躺着的青年吧。

"鼎镬甘如饴，求之不可得。"这些古代文人才有且能有的气节，何曾在我们这一代人身上看到呢？毕竟每个人都是自己家庭里的唯一，只能战战兢兢地生活。

夜正长，路也正长。

所以任它慷慨激昂，我们仍是忙着先应付这眼前迫在眉睫的高考。

所以我不知道，作为一个高中老师，他一边读着指点江山的激昂文字，一边读着我们这些幼稚孩子的风花雪月的周记的时候，是怎样的一种奇异心境。

紧接着，嵇老师又念了完全虚构却更为精彩的另一篇，达摩写的很长很长的关于爱情的故事。

在这篇文章里，达摩描述了他成年之后和一个叫"晓"的女子相遇相知直至白头偕老的经过。他把自己描述成了一代学术巨匠，研究成果对于当今整个中国产生极其深远的不可估量的影响，而晓与他相伴一生，是他事业上最好的助手，甚至在他死后还为他整理未出版的书稿，直到生命的最后与他的骨灰合葬在一起……

在当时男女关系保守的中学环境中念这样一篇周记，整个班级笑场了多次，开始是个别同学隐忍着笑，念到结尾的时候已经是全班同学哄堂大笑。周围人纷纷议论这个晓到底是谁，猜得最多的是校花林晓，还有雅典娜，甚至张齐还戳着我的后背说，是不是你啊，筱雅……

语文课就在这样纷纷扰扰的猜测中结束了。

说实话，我也觉得很有趣。达摩在大家心中，一直是有些无欲无求的如来佛祖模样，却写出这样一篇冒天下之大不韪的文章,还如此真实,如此动人。

可是当我回头,却看到在大家的笑声中,达摩并没有笑,他的泪水分明在眼眸中闪动,只是没有流下来。我笑不出来了,开始有些理解同年龄段的男孩——他们外表似乎大大咧咧,毫不在意,却同样有一颗暗流涌动、情感丰富的内心。

就像达摩,虽然蝉联年级第一,已经是这所市重点中学传说中的神级人物,所以即便他平时行事低调而不张扬,但始终会让大家觉得他是与我们有距离的。我多少能理解那种孤独,就像初三的时候,我们按照名次排考场顺序,我坐在第一桌,考号是001,前面一个人都没有时的那种孤独。

高处不胜寒,这其实并不是一种适合少年的孤独。

但即便被封神,他仍然是一个少年,会畅想自己未来成为能够拯救世界的英雄,领受了神圣的使命,将建立光辉万丈的功勋。而学习之外,他与我们一样,仍然是一个不完美的人,有自己的成长烦恼、幼稚的思考以及待填补的空虚。

而达摩期待的理想爱情,也许就是像他文字中描述的那样——女子美丽温柔,照料起居,相夫教子;男子卓越,事业有成,著作等身。或者每个十六七岁的男孩子的心里都有一个英雄一般的自己,同时又有一个小鸟依人的"晓"。

不知道李理是不是也这么想,他心中又有一个怎样的女子?

他是否知道我是不想做那个"晓"的。这个故事听来美好,却并不是我理想的爱情。

我理想的爱情并不是光芒万丈的英雄背后有一个柔情似水、一心付出的女子,而是舒婷的诗歌《致橡树》当中的爱情,是现实的、平等的、彼此独立又终身相依的爱情。

致橡树

舒婷

我如果爱你——
绝不学攀援的凌霄花,
借你的高枝炫耀自己;
我如果爱你——
绝不学痴情的鸟儿,
为绿荫重复单调的歌曲;
也不止像泉源,
长年送来清凉的慰藉;
也不止像险峰,
增加你的高度,衬托你的威仪。
甚至日光。
甚至春雨。
不,这些都还不够!
我必须是你近旁的一株木棉,
作为树的形象和你站在一起。
根,紧握在地下;
叶,相触在云里。
每一阵风过,
我们都互相致意,
但没有人,
听懂我们的言语。
你有你的铜枝铁干,
像刀,像剑,
也像戟;

我有我红硕的花朵，
　　像沉重的叹息，
　　又像英勇的火炬。
　　我们分担寒潮、风雷、霹雳；
　　我们共享雾霭、流岚、虹霓。
　　仿佛永远分离，
　　却又终身相依。
　　这才是伟大的爱情，
　　坚贞就在这里：
　　爱——
　　不仅爱你伟岸的身躯，
　　也爱你坚持的位置，
　　足下的土地。

　　我希望我能考上你想考上的学校，选择自己所热爱的职业，去任何你想去的城市，我想以树的形象站在你身边，与你分担寒潮、风雷、霹雳，与你共享雾霭、流岚、虹霓。

　　所以李理，我应该是你近旁的一株木棉，和你一起生长。

　　不过自从那天看了雅典娜的作业之后，我就觉得自己的生长速度似乎快了很多。呵呵，其实是写字速度。

　　我发现其实当概念熟练之后，写字速度也会成为考试的瓶颈。我以往总是一板一眼地像练字一样写数学卷子，所以我总是深思熟虑，卷面工整漂亮——但是做不完。当我试着提升书写速度的时候，我的思考速度似乎也跟着快了起来，笔迹流转，虽然远不如以前那样齐整，让阅卷老师辨认清楚却是没有问题的。我突然想起李理，他的正楷字写得极好，初中的时候我常常央求他帮忙写黑板报上的字，横平竖直，自成风骨，可是做物理题的时候，他的字迹就会潦草很多，明显是为了提升速度。

于是我试着改变了自己的书写策略来应对不同的考试，语文试卷就写得从容不迫，每一个字都精心雕琢。理科卷子就求快，只要看得清楚就行。经过一段时间的训练之后，我的做题速度明显快了很多，在最近的几次数学小测验当中，数学竟然破天荒地突破了130分。当然这跟我在寒假的时候把《三十八套》订正改错积累的"十七种武器"也有很大关系，但是这个小小的书写上的改变，就有点像跑步的时候为了提升跑步速度增加了摆臂频率一样，也确实有出人意料的效果。

发现这个小秘密后，我甚至开始有点迷恋做数学题，解出一道难题的快感其实真的有点类似于文字给我带来的快感。我原来以为自己数学成绩不好是因为在理科方面没有天分，这时才慢慢发现，以高考的难度，自己之前的努力程度之低，远远没有到拼天分的程度。

而且在这个竞争激烈的班级里，即使是我已经觉得自己很努力了，身边却总有更勤奋的人。比如我身后的张齐和我同桌的以琳。在我看来，张齐真的像一个不知疲倦的学习机器，除了必要的吃饭喝水睡觉之外，他可以将所有的时间都用来学习。他热衷于积攒最新最好的学习资料，把它们一摞一摞地买回来，然后整本整本地"吃掉"。我有时候都会惊叹他的速度，怎么能那么快呢？同样的参考书，我买回来一周可能才做了第一章，他竟然已经做完了。虽然他也会和人聊天开玩笑，但都是关于学习的话题，我看他最热衷的休闲活动可能就是和我对数学答案了。不过之前他还常常能在碾压我的时候找到一些自信，但最近已经越来越有被我反超之势。

而以琳则和张齐这种"疯狂刷题派"很不一样，她并不追求将整本参考书都做完，而是挑选其中自己并不熟练的关键章节或关键题目来刻意练习。她也不会用整块的时间来专门做一个科目，而是语文、数学、英语、理综，各种科目搭配穿插，她的计划表总是贴在课桌的右上角，精确到15分钟，忙碌又充实。以琳的休闲娱乐是看英语书，她读全英文的小说就像我看金庸小说一样快乐，而她的英语几乎都是我难以企及的140多分，我真是崇拜以琳，说实话我看到小蝌蚪一样的字母成串出现在我的眼前就觉得头晕，我太喜欢方方正正、踏踏实实的汉字了。

　　以琳和张齐唯一的共同点就是两个人都特别勤奋，张齐擅于熬夜，他是走读生，据他说回家之后至少还会额外加一节晚自习，学到12点。而以琳擅长早起，5点多的时候，我还在赖床，她就从宿舍离开，去操场开始晨读英语。每个周日下午难得的美好假期，我还在宿舍睡觉的时候，他们俩通常都早早地到了教室。

　　这个周日也像往常一样，我来的时候，看到张齐和以琳都在了，只是我总觉得他俩今天有些不太正常，从我进教室起他们就看着我神秘兮兮地笑，好像有什么惊天大秘密。

　　我看到我的课桌上有一大桶爆米花，下面压着蓝色跑票。哦，不是一张，是一叠。

　　"滴水之恩，涌泉相报，哥们，我够意思吧。"张齐一脸坏笑地说。

　　以琳已经憋不住了，趴在桌子上捂着肚子，笑得花枝乱颤，一边指着跑票说："你看你看，这是张齐弄的。"

　　我这才明白过来，原来张齐把跑票拿过去，如法炮制，自己制作了好多假票！

真是好气又好笑。我仔细端详起那几张票，还真的是一模一样，看不出任何破绽。我惊叹地说："这也行，你是有多么不喜欢跑步啊。"

张齐做了一个"嘘"的动作，意思是天知地知，说道："我费了好大的劲儿才找到这种颜色的纸呢，咱们三个是自己人，千万不能泄露秘密。"

"哦。"我抓了一把爆米花塞进嘴里，咽下了这个秘密。

第二十二章
看哪，他穿山越岭而来

　　可惜张齐的假票并没有派上用场就被罚没了。他还李理错题本的时候，还夹了一张跑票作为报酬。李理可是体育委员，专门负责管理"货币"的，怎么能允许这样混乱市场的行为？于是和班长达摩一起对他进行了查抄。连我手里的那十张都未能幸免于难，被我主动上交了。

　　我起初觉得李理有些不近人情，后来想到他拒绝初中直升的时候说的那句"是就说是，不是就说不是"，就有些懂他了。

　　他一直是这样，赤诚待人，也愿被赤诚相待，仅此而已。

　　第二周跑步的时候，跑票的颜色就改变了，不是熟悉的蓝色，而是粉红色，班头使出了绝招来应对假票，就是发行新的"货币"。而且按照李理的说法，预计以后每一次的颜色都会随机产生，杜绝了造假的可能性。

漏洞堵住，大家都纷纷开始老实跑步，执行了两周之后就发现，其实女生的十圈及男生的二十圈也并没有那么难以企及，毕竟整整一个半小时的时间，即使是走路也是可以走完的。

两个月过去，全班同学都可以顺利地集齐跑票的时候，何为回到了学校。

他回来之前，我好多次在校园里和林晓擦肩而过，却并没有过任何语言上的交流。确切地说，是我每次都会看看她，她也会看看我，我们却终究没有说过话。

所以每次想到林晓的那封信，我总觉得有些亏欠她，于是下定决心单独约一次何为，好好说清楚。

只是我还没想好该如何开口，罗纳尔多就来找我了。

"筱雅，好久不见，我又回来啦。"这天早操过后，他就跳到我面前堵住了我。

我望着他满脸的阳光和明显清瘦了许多的面庞，想到周平说的他这几个月的遭遇，竟然鼻子一酸，眼圈莫名其妙地红了，原来想说的那些话一股脑忘记，只是嗫嚅着说了一句："你没事吧？以后不要逞英雄了。"话一出口，我就后悔了，不知道为什么自己会说出这句话来，明明不应该是我的台词。

他可能是没有想到我会哭，有些手足无措，又有些喜出望外，连连说："筱雅，你别这样，小爷挺好的，上山下海，篮球足球，都没问题啊，也不是第一次断腿啦——我觉得我还长高了呢！"

他一边说，一边认真地跳起来，做出一个扣篮的姿势。

之后又一脸神秘地说："为了迎接小爷复出，要不我带你去一个新地方吃豆皮，好不好？早自习完了，我们还是食堂后面的小门见。"

他话还没说完,我已经看到了他身后不远处的林晓,心里不由得暗暗埋怨自己刚才真是失态,按道理是应该拒绝他的,可是转念又想应约也好,正好趁此机会说清楚吧,便心一横,答应下来:"嗯,正好我也有事想找你,不见不散,我先去上自习了。"

整个早自习我都没有什么心思背英语,心乱如麻地想着一会儿和何为见面该说些什么,如何说,却始终都没有头绪,自习结束铃声响起的时候,便惴惴不安地到了何为所说的食堂后面的小门那里。

我们学校实行非常严格的封闭管理制度,按理说学生是不能自由出入的,但是总有神通广大的同学找到漏洞。比如食堂后面的这个"小门",其实是一个用铁链锁起来的大铁门,但因为铁链有一定的长度,打开门缝之后正好可以容一个人通过,地点又在食堂的山墙后面,分外隐蔽,便成了大家心照不宣的一个小小出入口。男生们不爱吃学校食堂的饭,高一时的足球队就常常约着从这里偷偷溜出去开小灶,我因为好奇,高一时也和他们一起穿行过几次。

只是当我到达这个小门的时候,却并没有看到何为,而是意外地看到了胡刀。他穿着黑色的紧身T恤和破洞的牛仔裤,脸显得更加黑红,板寸头分外精神,和一群人一起拥堵在这个小门口,边抽烟边商量着什么。

"胡刀!"我想起上次的意外错过,便主动喊了一声。可是我话音还没落,就被一只手拉住,用力将我往后一拽,让我几乎跌倒,耳边是李理的声音:"筱雅,跟着我,快跑!"他不由分说就拉着我的手开始往后跑去。我满腹狐疑,但不知道为什么,看到是李理就并不挣扎,顺从地跟着他跑了起来。

回头前，我看到胡刀也闻声转头，好像是认出了我。

李理拉着我一直跑到了男生宿舍后面的小山坡上才停住，这才有些不好意思地松开我汗津津的手，又往后看了看，似乎是确认后面的人并没有跟上。

男生宿舍就在食堂后面，而小山坡在宿舍楼背后学校的尽端，平时并没有什么人经过，竹林茂密，绿草齐膝，如果不是李理拉着我，我并不知道学校还有这么一个地方。

我跑得气喘吁吁，停下来才看到周平和何为都在这里，便一脸疑惑，问："怎么了？"

何为气愤地说："筱雅，你没事吧，我也没想到他们会在那里。"

周平解释道："门口那伙人就是二中的，来找何为麻烦，我和李理本来想早上从小门那溜出去放风的，碰巧听到他们谈话了，就回来堵何为。结果何为说他约了你，李理又回头去找你。"

李理点点头，看了看我，又看了看何为，望着我想说什么，又没有说，最后还是看向何为，意味深长地说："最近还是小心一点好，不要出校门了，周日放假的时候最好请家长来接。"

我这才大致明白了事情的原委，想起刚才看到的胡刀，总觉得其中是不是有误会，在我的记忆中，胡刀虽然不务正业，但并不是一个不分是非黑白的人，想了想便对李理说："我……我认识其中那个长得很黑的人，他是我小学的同班同学，我记得他人还挺好的，是不是有误会啊？我想去找他问问。"

"你是说那个黑皮吗？"何为跳了起来，义愤填膺地说，"他是头儿，据说上次就是他找人揍我的，他怎么可能是好人……"

"筱雅在吗？"何为还没说完，山坡下就闪出一个黑色的身影，大声喊着我的名字跑了上来。周围三个男生顿时都紧张起来，一起站到前面把我挡在了身后，摩拳擦掌，严阵以待。

"没事的，他不是坏人，他是我的小学同桌，就是上次嵇老师念的我那篇周记里的那个同桌。"我有些着急，担心他们打起来，便连忙解释。李理回头看我，好像是明白了，默默地点点头，闪到一旁。

这时胡刀已经跑上山坡了，他是一个人。

"哎呀，筱雅，这次可逮到你了，上次你是没认出来我吗？一下就溜了。"胡刀望着我笑嘻嘻地说，和幼时圆乎乎的脸蛋比，他明显棱角分明了，只是笑起来仍然是两排雪白的牙齿，在黑红的脸上格外显眼。

"胡刀，你认识何为吗？你们这次是来找他的吗？"我一看到胡刀，就觉得分外亲切，好像又回到了儿时，便直截了当地问道。

"是啊，他打伤了我二中的兄弟。"胡刀这才注意到旁边的何为，顿时收敛了笑容，眼神变得凌厉狠辣，让我不寒而栗。

"可是，是你们的人先欺负林晓，何为才动手的。"这句话刚说出口，我才意识到李理和我几乎是同时说了一句同样的话，然后两个人都觉得尴尬，收住不说了。

"林晓是谁？"胡刀有些迷茫。

"我们学校校花，就你们，大马路上欺负人家小姑娘，何为才路见不平一声吼的。怎么着，想打架啊？来啊！"周平上前一步，接过了话茬。

胡刀也一个箭步上前，一把握住了周平的手，说："哪有这事？本帮从不欺负女人，明明是何为主动挑事。"

何为见势也站了上来，一把拽住了胡刀握着周平的手："干什么呢？有事冲我来。"

"胡刀，你别闹！"我着急得跳了起来。胡刀幼时打架的拼命程度，我不是没见过，看他此时黑色T恤绷住的魁梧身板，我就觉得李理他们三个还真不一定是他的对手，"肯定是误会了，真的是有人欺负林晓，何为才会动手的。"

胡刀迟疑地看了我一眼，我又冲他重重地点点头，意思是自己并没有骗他。

只见他松开了握住周平的手，眼神也放松下来，默默骂了一句："这帮龟孙子，又骗老子。"

又转头对何为说："误会一场，上次是我不对，不打不相识，算我黑皮欠你的，以后你要遇到什么事，就报我的名字，我还你这个人情。至于那两个混蛋，等我回去教训他们。"

"当然不能就这么算了，小爷……"何为仍不罢休，一副愤怒的模样。

"何为！"我着急了，"大少爷，多一事不如少一事，你不为自己想，也为林晓想一想，万一那些小喽啰哪天又去堵林晓，怎么办？"

何为见我着急的模样，也松开了手，原来扭在一起的三个人顿时都闪开了距离。

"你放心，以后我会管好我的人，也不会再找你们麻烦了。我的店就是校门口希望桥下那个放映厅，你们遇到麻烦可随时来找我。"胡刀说完，从兜里拿了一张名片给我，又转头看了我一眼，"筱雅，你以前劝我好像也是这句'你别闹'。"

一阵急促的铃声响起，第一堂课已经开始，这个狼狈又奇妙的早晨就这么过去了。

"来不及吃早饭了,第一节正好是班头的化学课,赶紧回去吧。"李理一边望向教室,一边跟我们说,何为和周平也一起点了点头。

"嗯,下回再见,胡刀。"我收下名片,便匆匆和胡刀作别,和李理他们一起向教室的方向跑去。

第二十三章
他站在我们墙壁后,从窗户往里观看

当我们三个气喘吁吁地跑到教室门口的时候,化学课已经开始了。

我藏在李理和周平身后,忐忑得很,不敢冒头。李理和周平迟到,并不奇怪,他们俩有时早饭后会去操场打球,时间拿捏得不好,就难免第一节课会迟到。但我就不一样了,从来没有迟到过,这次又是和两个男生一起迟到,也不知道班头看到会怎么想。

"报告!"李理在门口大声喊道。

班里的几十双眼睛齐刷刷地看向我们三个人,看得我恨不能立刻找个地缝就往里钻。

班头只是扫了一眼门口,却并没有说话,仍然继续讲课。

班头姓黎,叫黎不开,教我们化学,是一个微胖的中年男

子,待我们特别上心,就是那种父亲对子女般的恨铁不成钢的上心。重点中学的班主任异常辛苦,从早上6点上操开始到晚上10点半下晚自习,他几乎是随叫随到,从宿舍内务、班级管理到科任老师,都是事无巨细地操心着。很多时候即使不是他的晚自习,他也经常默默地站在教室背后的窗户那儿,观察我们的动静。

还记得去年冬天,天气很冷,窗户结满了霜。张齐和以琳有一次课间讨论化学题,心血来潮就在窗户上开始用手指画方程式,两个人又笑又闹,评论说,班头这个地方没讲太清楚啊。但他们俩画着画着,我就感觉窗户外面的图样不太对劲儿,最后发现竟然"画"出了一个班头的大脸,一脸严肃地看着他俩。我们三个当时都吓得不轻,这才意识到原来窗户背后有一双眼睛。

后来张齐就被班头请到办公室去喝茶了,一是给他好好讲清楚了那道化学题,二是提醒他和女孩子相处还是要有分寸,高中要以学业为重。张齐被莫名其妙地批了一顿,耷拉着头回来,就给班头取了一个无厘头的代号,叫"黎巴嫩"。我问什么意思啊,他愤愤地说:"就是要让班头不知道是什么意思,这样才不会暴露,总之以后谈到班头的时候,我们不要叫班头或者黎老师,叫黎巴嫩就对了!"

不过我此时从侧面看着正在讲台上讲课的"黎巴嫩",才注意到他的两鬓已经斑白了,好像比高一刚带我们的时候又苍老了很多。我记得黎老师和嵇老师是同岁的,但闲云野鹤的嵇老师就显得更加年轻。也是,做班主任就是很累心啊,他也有妻有子,又何尝愿意一天到晚在这儿看着我们这帮别人家孩子呢?实在是不放心罢了。

可能也是因为班头这样的付出,才将我们上届的平行班带出了这所高中史上最好的高考水平，也正因为如此，校长才让他组建了我们这个理科实验班，从学生到老师，都让他来挑，他的压力也可想而知吧。

"黎老师，报到！"这时李理见班头良久没有反应，又叫了一声。

"又踢球去了？门口罚站一会儿，等我讲完这道题。"班头严厉地看了我们一眼，这时才发现了藏在李理和周平身后的我，疑惑的目光就停在了我的身上，"筱雅也在？"

他顿了一下又说："筱雅，你来，在黑板右下角默写一下元素周期表的前二十个元素，默写完了，你们三个就下去吧。"

我被班头的目光看得心慌意乱，便从李理和周平中间穿过，硬着头皮上去，最近做数学题做得比较多，元素表好久没有默写过，确实有些生疏，此时站到黑板前就更加紧张，写完前几个元素"氢氦锂铍硼，碳氮……"，后面的就一下子被卡住了，我头脑空白，涨红了脸，怎么都想不起来，便下意识地望向门口的李理和周平。

此时班头看到我的窘态，也默默摇头，可能是本来想给我们一个台阶下，却没想到不争气的筱雅学渣连元素周期表都默写不出来。

班头正要发作，只见李理上前一步，站出来说："黎老师，我有个好方法记元素周期表，记住了，这辈子都不会忘。"班头看了他一眼，便摆摆手示意他上来说。

李理走上讲台，接过我手中的粉笔，先接着我写的那行字默写完剩下的元素，又在下面补了一行字，边写边一本正经地大声念道：

"氢氦锂铍硼，碳氮氧氟氖，钠镁铝硅磷，硫氯氩钾钙。

侵害李皮鹏，蛋蛋养佛奶，那美女归临，牛肉要加钙。"

刚念到第二半句，全班已经笑喷，念后面两个半句的时候，整个班级已经完全失控，大家都笑得前仰后合。张齐这种平时笑点比较低的同学竟然捂着肚子笑得摔到地上去了，就连号称"睡神"、平时一直趴在课堂上睡觉的李理的同桌罗门这时也抬起了头，竖起大拇指，笑得一脸灿烂。

说实话，这个实验班自从组班以来，气氛一直都有些沉闷，我还从来没见过这样欢乐的场面。只是站在李理身边，看他仍然是一脸无辜的样子，我就不太敢放肆，偷偷地看向班头。

哪知道连一向严肃的班头这下都没有绷住，边笑边说："哈哈，李理，你真是……行，你们三个下去吧。"说罢便挥了挥手，饶过了我们。

走下黑板的时候，李理调皮地和我相视一笑，做了个吐舌头的鬼脸。

我惊魂未定地回到座位，回想起早晨经历的种种，这才想起来李理竟然拉了我的手，真是又羞又恼。然后意识到自己左手还一直攥着黑皮给的那个黑乎乎的名片，小心地拿出来一看：

希望放映厅
主营各类小说租借、热门影片、电视剧放映
地址：温泉小镇人民路希望桥下108号

希望放映厅——好像某次在希望桥下等红灯的时候曾经看到过它的大牌子，红色灯箱，广告画面还会经常更换，在这周边颇有名气。据说很多男生女生周末和假期都会去那儿借小说、追剧。呵呵，胡刀同学还挺能折腾的呢，在学校旁边开一个这样的店，估计生意不错。

　　如果有时间，我倒真的想去他的店里看一看，也不知道他有什么传奇经历，不过眼前估计是不行，毕竟马上就四月了，期中考试迫在眉睫，我要好好复习才是。

　　我把这张名片塞进了课桌里，看着自己桌面上的那些学习材料，想到刚开学时还崭新的书页，现在侧面都慢慢变成了灰色，想到那由白变灰的每一页我都做过，而其中的每一道错题都被更正在我的"十七种武器"里，就有一种说不出来的踏实。

　　对于考试，我还从来没有这么期待过呢，此时看到李理在黑板上写的那句："那美女归临，牛肉要加钙。"不禁莞尔一笑，好吧，在这个百花开放、百鸟鸣叫的春天，小女子再加加油，补补钙，争取期中考试能"侵害李皮鹏"！

　　只是我可能也忘了，这个四月，除了期末考试，还有另一个节目。

第二十四章
你的良人比别的良人有何强处

你是人间的四月天
——一句爱的赞颂
林徽因

我说你是人间的四月天；
笑音点亮了四面风；
轻灵在春的光艳中交舞着变。
你是四月早天里的云烟，
黄昏吹着风的软，
星子在无意中闪，细雨点洒在花前。
那轻，那娉婷，你是，
鲜妍百花的冠冕你戴着，

你是天真，庄严，你是夜夜的月圆。

雪化后那片鹅黄，你像；

新鲜初放芽的绿，你是；

柔嫩喜悦，水光浮动着你梦中期待的白莲。

你是一树一树的花开，

是燕在梁间呢喃，

——你是爱，是暖，

是希望，

你是人间的四月天！

描写人间四月的诗句，新诗中，我最喜爱林徽因这首。似乎就是因为读到这首诗而认识了这个奇女子，我才开始想上清华建筑系。其实在此之前我更喜欢北京大学——未名湖畔、博雅塔旁，自由民主、兼收并蓄的燕园。相形之下，清华似乎总给我一种理工科的感觉，缺少我爱的人文气息。初中，李理说他想上清华的时候，我还暗暗想，我不要，我要去北大。

但是自从发现清华有建筑系，有梁思成和林徽因，我就开始对这所学校有了微妙的好感，作为一个从小在镇里长大的孩子，我并不知道建筑是做什么，只是模模糊糊地觉得，像是艺术，像是技术，像是理科，像是文科，比较适合我这种凡事都爱倒腾的个性。清华里的各种专业，我都看了个遍，土木、水利、热能、生物、机械……这许多的名字里，似乎只有建筑最为浪漫，其实也不知道是真的浪漫，还是小女生憧憬梁林人间四月天的浪漫。

但不管怎么说，我开始特别喜欢每年的四月，仿佛所有关于寒冷的记忆都渐渐过去，而春天正在热热闹闹地绽放开来。况且，四月的学校还有让我和李理可以共同忙碌的春季运动会。

每逢学校春季运动会，最忙的就是体育委员李理和我这个宣传委员。

高二年级，我们所有班干部都是班头指定的，他本来想公平竞选，但是竟然没有1个人报名，大抵是因为我们这个奇葩的精英班级，大家心里都明白班干部其实就是一个会占用个人学习时间的苦差事，所以都不愿意做。我还记得刚刚组班的那段时间，下课铃响起，班级里还是一片死寂的沙沙的写字声音，令人窒息的沉闷气氛和我们高一那个一下课就狂奔出教室的平行班截然不同。连课间休息的时间都用来做练习的学生，怎么舍得当班干部呢？

于是班头在做了一大段动员演讲之后冷场了大半节班会，最后只能无奈地自行摊派，指定成绩排名第一的达摩做班长，雅典娜做学习委员，强壮的周平做纪律委员，长跑王子李理做体育委员，我做宣传委员……这样生搬硬凑的班委会也是非常沉闷，几乎没有任何管理动作，组班到现在连班委会都没有开过。不过说实话，精英班级平时并不需要什么管理，毕竟课堂纪律完全无需维持，最重要的学习也完全不需要督促。但是到了春季运动会这种似乎与学习并没有什么关系的场合，就凸显出了许多问题。

首先是没有人愿意报名，运动会的项目都是非常传统的田径项目，如跳远、铅球、标枪和各种跑步。这些显然不是"两耳不闻窗外事，一心只读圣贤书"的同学们的强项。

男生还好，李理平时人缘不错，自己又身先士卒，报名了最费力的男子3000米、5000米、4×400米接力，然后逼着周平报名了短跑，达摩报名了跳远，罗门报名了标枪，张齐报名了铅球……除了跑步外，在我看来，其他项目，我们基本上都是凑数的，最多能拿一个参与奖。

达摩，跳级还行，跳远嘛，看起来就很……呵呵。张齐呢，想到他胖乎乎的身材，就觉得好像是一个西瓜在扔铅球；而罗门嘛，我除了知道他是李理的同桌之外，就对他一无所知了。记得我们高一的那个班级，虽然成绩不怎么样，体育方面可是能人辈出，李理的长跑，何为的短跑，大卫的铅球，都是可以排到全校前三的水平。可惜文理分科加上高二组理科实验班，除了李理之外，其他牛人或读文科，或到各个平行班里，这次都要成为我们的对手了。

想到这儿，我就更喜爱李理了，他怎么能什么都做得这么好呢？会念书，会跑步，热心肠，有原则。他仍然热忱帮助同桌，罗门和他同桌之后成绩突飞猛进；他仍然像幼时那样爱好运动，闲暇时便约上周平去踢球；他仍然出类拔萃，成绩优秀，却虚心并不张扬，大家都不觉得和他有距离。

达摩成绩很好，但又不像李理那么谦卑；张齐非常热心，但又不像李理那么单纯；周平爱好运动，但又不像李理那么有节制……而我总觉得李理身上还有一些和他们都很不一样的东西，我也说不出来，也许是他的诚实，也许是他的正直，更多的好像是快乐，无论在什么样的境况中，他总是特别乐观，没有忧虑，永远有办法，永远有盼望。

只是这样乐观的李理，在央求女生报名参加运动会的时候，也不由得犯愁了——除了我主动报名1500米和3000米长跑之外，其他女生都没报名。

"以琳，你是报标枪还是报女子400米？"李理给我登记完之后，就把目光转向了我身边的姑娘。我一听就笑了，真聪明，还用上选择题了，这让以琳怎么回答呢？

"我没有打算报名啊，这两项我都不擅长。"以琳拒绝得干脆又不留余地。

"我算了一下,女子项目一共10个,咱们班才10个女生,所以为了保证得到参与奖,每个女生至少都得报1项,你先挑。"李理也不甘示弱,开始像班头一样强行摊派了。

"那我选跳远吧,跳一下就行了。"以琳无奈地答应。

李理就用这样的方式,在全班女生中转了一圈,最后却又回到了我们这桌。

"筱雅,你看这个400米接力还差1个人,你可不可以帮忙报一下?"

"啊?!"想到我已经报了女子3000米,实在是有一些迟疑。

"我也觉得不太合适,而且这个400米接力和3000米跑刚好在同一天,我担心时间会有冲突,但是实在没办法了,就差1个人,怎么都找不到。"李理显露出难得的焦急。

"嗯,好吧。"我点头答应。

"谢谢你!雅哥。"李理笑着,把我的名字登记上去。

我心中一凉,这下李理又该觉得我是女汉子了。

组织完报名,李理其实基本上就没有什么工作了,比赛的时候督促大家参加就行。而同学们虽然报名的时候不情不愿,但好学生都还是比较守纪律的,不至于临场失约。

所以体育委员的工作至此算是大功告成,而对于我这个倒霉的宣传委员来说,忙碌才刚刚开始。

第二十五章
我的良人在男子中，如同苹果树在树林中

"五星红旗迎风飘扬，胜利歌声多么嘹亮，歌唱我们亲爱的祖国，从今走向繁荣富强……"

在嘹亮的胜利歌声中，春季运动会终于热热闹闹地开始了，各个班级都在操场看台上摆开阵势，而作为宣传委员，我最重要的任务就是往主席台上的广播中心上交新闻稿。

这些新闻稿大多数是为自己班级的同学加油的口水稿，还有各种取得名次的报喜稿，广播台在运动会期间一直不停地播放各种稿件，以播放的稿件数量作为班级的宣传积分，最后也会计入运动会的成绩。为了我们班不得倒数第一，落得个"头脑发达，四肢简单"的名声——虽然貌似确实如此，班头特别强调我们要分分必争，至少拿到所有项目的参与分，同时在宣传积分上拿到满分。

李理早早地把所有项目和参赛人员名单给了我，交代我每个参赛人员至少对应3篇稿件——开赛前的动员稿、比赛时的加油稿和比赛结束之后的报喜稿。20个参赛选手，一共对应60篇稿子。

60篇！——虽然我忝列高二年级笔杆的行列，这种口水稿也不是能张口就来的，只能像李理一样软磨硬泡，广泛而深入地动员广大人民群众了。

但是任我怎么动员，广大人民群众就是不怎么搭理我！

虽然学校规定运动会期间所有教室锁门，学生必须在操场上各班划定的区域内，可是对于我们班这帮学生来说，无非就是换个上自习的地方而已。在隔壁班级埋头写稿或是卖力加油的时候，在操场上一派热火朝天、喧闹沸腾景象的时候，他们竟然还能安安静静地写作业！

我看到这场景，不由得想起那句"华北之大，已经安放不得一张平静的书桌"。暗自苦笑道："我看对于本班同学而言处处都是安静的书桌吧。"

第一个项目是男子100米，参赛人周平。眼看着比赛就快开始了，除了我提前准备的一篇加油稿件外，其他稿件还没有着落，而且100米结束得飞快，我去送稿期间估计已经跑完了，要是没有人关注成绩、写报喜稿的话，很有可能就错过了时效性，下一个项目开始后，前面项目的稿件就停播了……

我正焦急，原本在一旁安排参赛人员的李理跑了过来，递给我一沓稿子。

"我提前写了几篇加油稿，你看看能不能用？"

我心中一热，便忍不住开始埋怨："我都不知道怎么办了，大家都在忙着写作业，不愿意写稿，我正着急呢。"

李理略一思忖，便跳到我身边的桌子上，转头对看台上黑压压埋头写作业的同学大喊了起来：

"高二(6)班的同学们，这是我们组班后第一次运动会。论成绩，我们班肯定是年级第一，但是比体育，其他班级都在等着看我们这些书呆子的笑话呢！在之前的报名中，我们所有项目都有人员参赛，已经可以拿到参与奖，非常感谢这20个运动员同学，尤其是雅哥，我们班女生少，她一个人报名了两项。运动成绩不能马上提升，但是宣传奖是要看态度的。只要稿件数量够就能拿到满分，这对于班级的最终排名有决定性的作用。我想这不是雅哥和我两个人的事，是全班同学一起的事！一共需要60篇稿件，除了报名参加运动项目的20名同学可以不写之外，40个同学每人至少写两篇，主题找雅哥要，凡是稿件被播出的同学，本周体活课可以不用跑步。"

这番话一说完，原本都在埋头写作业的同学开始骚动起来，也许是被李理义正词严的动员震慑了，更多的，我猜还是体活课不用跑步的诱惑，写两篇口水稿换一节体活课，对于我们这帮分秒必争的高材生来说，在时间上还是很有诱惑力的。我不得不佩服李理的果断，有几个人已经凑到我这儿来要题目了。

"雅哥，这样行了吧。"李理说完上面这番话，就从桌子上跳了下来，笑着问我，一边又转头对身边的罗门说，"罗门，你叫几个男生一起帮雅哥跑腿，监控赛场情况，送送稿子什么的，她估计忙不过来。"

"嗯，你忙你的去吧。"我一边点头，一边感激得都快哭了，好像他就是那个驾着七彩祥云来救我的孙大圣，打跑了妖怪，还不忘给我买个冰淇淋。

在李理的妥当安排下，我的工作终于步入正轨，只用给同学们分派题目，收集写完的稿件，叮嘱罗门送到主席台那儿去就行。

可是过一会儿就发现不太对劲儿，罗门明明已经送过去了3篇给周平加油的稿件，眼看比赛就要开始，各个班的加油稿件都在广播中轮流被播出了一次，偏偏没有播我们班的稿子。

"罗门，你确定稿子都送到了吗？"罗门刚回来，我就连忙问他。

"嗯，肯定送到了，就是不知道为什么一直没播。我看我比5班的还先送到呢，他们的稿子都播了，真奇怪。"罗门边喝水边回答。

"啊？！那我去看看吧。"我一边说着就一边急切地往主席台跑去，要是过一会儿比赛正式开始，那前面送的3篇加油稿件就失效了。

到了主席台，我就仿佛有些明白，负责审稿的是7班的林晓，看到她，我才想起来上次准备跟何为约谈的事被胡刀搅和了，后来就一直没有给她一个交代，不知道她是不是有所误会。

此时的她将长发束成了高马尾，戴着白色的耐克鸭舌帽，白皙的皮肤在阳光下显得越发透亮，真不愧是高二年级校花级别的姑娘，即使是穿着和大家一样宽松的运动装校服，也难以掩盖玲珑有致的身材。"宁不知倾城与倾国，佳人难再得。"何为啊何为，真是身在福中不自知。

我看着眼前这个美丽的女子，就有点不知道该如何开场问她稿件为什么没播出的事，正犹豫着，后背却被重重地拍了一下："筱雅，你也来啦，上次的事，还没来得及谢谢你。"一个高瘦的男孩闪到眼前——是何为。

看到是何为，我就有了办法，便说："我们班交了3篇稿子,一直都没有被播出,眼看马上就要开始了,我看审稿人是你们班的林晓,我不太熟,你帮我去问一下呗。"

"哦,小事小事,包在小爷身上。"他话音未落,就径直跑到了林晓跟前,一边说着什么,一边拨弄林晓桌上的稿件,调换了一下先后顺序。林晓好像并没有说什么,只是顺着何为的话往我的方向望了一眼。

何为再回到我眼前的时候,广播里已经响起了李理写的那篇加油稿:

"高二(6)班的周平同学,你是电,你是光,你是唯一的神话……"

我松了一口气,听到这搞笑桥段,忍不住笑了出来,他还真能偷懒,想到用歌词写这种口水稿,但播出来效果还挺不错。

"怎么样?小爷神通广大吧,我已经叮嘱林晓把所有你们班的稿件都优先播放了。姑娘,怎么谢我?"何为看我笑得花枝乱颤的样子,也满脸自得地邀功,"这样吧,让你以身相许,有点过分了。一会儿,小爷也参加100米短跑,你来终点看我怎么夺冠吧!"

"啊,你腿真好啦,还能跑步?"我惊奇地问。

"当然,凡不能毁灭爷的,必能使爷更强大!"何为说着,又跳了起来,交叉双臂,做出一个将要变身的姿势。

"行吧行吧,看你怎么变身。"看在他刚刚帮了我大忙的份儿上,我实在不忍拒绝,便点了点头,交完稿子,就跟随他往100米赛场走去。

远远看到李理和周平都已经在那里了。李理并不参赛,他是比赛的发令官——学校人手不够,各班的体育委员都会担任一些打杂的工作,而周平已经在那里做准备活动了。

我提前和何为告别,说去终点等他。

100米的终点处,我从人群中探出头来,就看到穿着蓝色校服的李理在人群前面,脊背笔直,高举起发令枪,大喊:"预备,跑!"

100米好快,我还没有反应过来,何为就腰间挂着红色飘带冲到了我的面前,大口喘着气说:"咋样,小爷厉害吧?"背景音乐满是他们班女生的啧啧赞叹声。

广播里应声响起林晓的甜美声音:"高二(7)班的何为,我们的英雄,祝贺你……"这时效性,肯定是早就写好的稿子,林晓可真有心啊。

我笑着点头,双手竖起大拇指:"真棒,大恩已报。第3名是我们班周平啊,我也得赶紧回去安排写稿了,主席台那就拜托你了。小爷,姑娘告辞。"

说着,我就转头跑开,留下身后腰间挂着红色飘带的何为。

我边跑边想:"嗯,下午就是李理的5000米,我也得好好给他写一篇加油稿才行。"

第二十六章
愿你吸引我,我就快跑跟随你

"高二(6)班的李理,你正奔跑在5000米的赛场上,我们用一首歌为你加油。把握生命里的每一分钟,全力以赴我们心中的梦,不经历风雨,怎么见彩虹,没有人能随随便便成功;把握生命里每一次感动,和心爱的朋友热情相拥……"

下午广播台开始播放我的这篇加油稿的时候,李理已经跑到最后一圈。

长跑是李理的保留项目,他的获胜几乎没有任何悬念。1圈……3圈……12圈,我默默数着,这已经是他第12次路过我们班的看台,每次他的经过都会引发一阵热烈的加油和欢呼。

自从上午李理跳到桌子上发表了"书呆子"演讲之后,班里的气氛就发生了微妙的变化。大家不像之前那么各人自扫门前雪,而是开始积极撰写稿件,关注赛场上的动态。李理从第2圈开始就一路领先地奔跑，显然极大鼓舞了班级的士气，谁说我们是只会死读书的班级，我们也有自己的体育明星呢。

而李理每次经过自己班，总会嘚瑟地和我们挥手致意，我身旁的以琳看到就笑得直不起腰来，一手捂着嘴，一手指着赛场上的李理："筱雅，你看他，像领导一样，笑死我了。"

我却只是微微笑着，默默望着他稳定的步伐和自信的表情，很放心地觉得："你一定会赢的，李理。"

所以我并没有写那种措辞激烈的加油稿，而是选了他最喜欢的一首旋律舒缓的歌，还叮嘱何为，念完稿子，最好能帮我放一下音乐。

何为果然给力，稿件念完，李理撞上红色终点线的时候，刚好响起了那首熟悉的旋律——《真心英雄》：

> 在我心中曾经有一个梦，
> 要用歌声让你忘了所有的痛，
> 灿烂星空，谁是真的英雄，
> 平凡的人们给我最多感动。
> 再没有恨，也没有了痛，
> 但愿人间处处都有爱的影踪，
> 用我们的歌换你真心笑容，
> 祝福你的人生从此与众不同。
> …………

钢琴柔和而有力的和弦，男子略有沧桑的歌声，整个操场都被这首歌感染——上一次听到这旋律，还是我们初中毕业万米长跑的时候，终点是学校的操场。我在李理的鼓励下冲刺，得到了女子组第7名,到了终点才觉得天旋地转,刚才的加速显然超出了身体的极限。接过李理给我递来葡萄糖水,我俩就在操场中间的草地上安静地坐了下来。

男生们充满了毕业离别的情绪,几个同学不知道从哪里拿了打扫操场的大扫帚来假装吉他,李理也跳起来加入其中,边弹边吼这首《真心英雄》,少年的声音嘹亮地划破喧嚣,渐渐地整个操场竟然一起跟着唱了起来。

昏黄的天空,漫天的彩霞,恣意飞扬的少年,伴随着低沉又有力的歌声,定格成我记忆中最为美好的青春画面之一。

此时仍然是熟悉的歌声,但操场已经变成了一个更大的操场,而此时的李理,已然不是那个抱着扫帚歌唱的青涩少年,他被男生们如英雄一般簇拥着归来。

只是当李理回来的时候,我却并不在班级里,我已经在跑道上开始奔跑了——女子3000米紧随男子5000米之后,我也有自己的比赛。

我所有的跑步技能都是李理教的,呼吸、步伐,包括跟随。

"你跟着我就行,我不会跑得太快的,你把握节奏跟紧。"

初中清晨,跑步的时候,他就在我前面这么说。

于是以后每次我参加跑步比赛,即使我跑得很快,我也总是习惯性地跑在第2个,紧紧跟着第1名,离得不近也不远,这样我知道自己处在什么位置上,我前面只有一个人,而我离她不远。但是如果我超过她,跑到前面,我就会觉得前面好像没有了目标,充满了未知。

今天的比赛也是一样,我像李理一样刻意控制了节奏,起跑并不快,但是到第2圈的时候我已经跟紧了第1名的那个女生,那是我们年级的体育特长生,个子比我高了一头。我和她保持了不到20米的距离，我暗暗想只要我能跟紧她，到最后100米，如果还有力气加速，说不定我就可以超过她了。

每次路过班级看台的时候，我都能听到李理他们给我加油的声音，却并不会向他们挥手致意——我不像李理那么有必胜的把握，所以必须积攒起自己所有的力气，直到抵达终点。

之前两个月的跑步训练果然有了不错的效果，直到最后一圈我仍然觉得自己体力充沛，呼吸平稳，应该有冲刺的能力。

此时，身边多了一个同样在奔跑的蓝色身影——是李理。想到他刚跑完5000米还有力气来带我跑步，心里顿时觉得暖暖的。

"筱雅，你真棒，最后200米了，加油，跟上我。"他在我的右前方大步流星地奔跑。

"加快摆臂的频率，超过前面那个人，你就是第一了。"他转头微笑着看我。

…………

我并没有说话，默默地跟上了李理，一如当年。

20米，10米，1米，我离前面的女生越来越近，眼看就要超过她了。

可是她好像发现了我的存在，也加快了速度，我们并驾齐驱。

这个姑娘的爆发力超出了我的想象，身材也比我更为高大，我拼尽全力才勉强跟上她，完全没有了之前的从容不迫。

突如其来的加速让我的呼吸急促到已经没有办法只用鼻子了，我开始大口大口地喘气。

李理仍然在我的右前方奔跑，说着什么，我都听不到，我的耳朵已经被众人加油的声音完全淹没，口鼻里被风灌满，头开始生疼，眼泪流了出来，甚至看不清旁边的人，只有脚步仍然机械地迈开——为了跟上他的脚步。

　　冲过终点的那一刻,我只觉得全身的力气都被掏空,眼前一阵眩晕,腿一软,脚踝的疼痛钻心袭来,没法站定,歪向了操场旁边的草地。

　　"对不起,李理。"

第二十七章
他的左手在我头下,他的右手将我抱住

就在我快要磕到操场边缘的路缘石的时候,一只大手拉了我一把,抱住了我的腰,同时用另一只手托住了我的头——是李理。

我听到了周围同学的嘘声和口哨声,想要挣扎,却浑身瘫软,完全没有力气,同时觉得他的手特别温暖有力,完全承托住了我的身体,把我拦腰抱起来,轻轻放在了操场跑道北边草坪的树荫下。

"你没事吧,筱雅。"他看着我,话语中满是急切。

我没有答话,头痛欲裂,眼泪夺眶而出。

他又挪动了一下我的身体,把我放到了一侧的草坡上,倾斜着,头微微朝下。

"我估计你是冲刺太猛,头部缺氧了,没事的,倒躺一会

儿，可能会好，让血液回流一下。对不起，早知道，我就不带你跑了，这么拼命干嘛。你超过那个体育特长生，跑了女子组第一名，你知道吗？太牛了，雅哥。"

"葡萄糖水。"是雅典娜的声音。

"雅典娜，你照顾一下雅哥，别让她起来，用吸管给她喝，她低血糖，男子400米接力马上开始，我得去检录了。"他说完这话，就立刻站起来跑开。我睁开眼睛迷迷糊糊地看到他的倒影似乎还在不太放心地回望。

我喝着雅典娜递过来的水，还在想他刚才的话——低血糖。啊，真是不应该骗李理，我一个随意的谎言都能被他记一辈子似的。

喝了水之后，身体和精神都渐渐恢复，我擦干眼泪，睁开眼睛，看到明蓝的天空，阳光透过树叶的缝隙星星点点地洒下来，耳边广播里林晓的声音也渐渐清晰——男子400米接力已经跑到最后一棒了。

真的有些贪恋此刻躺在草坪上的温暖感觉，我并没有起来，而是努力仰着头向跑道上看过去，我所在的这个方位正好是接力赛终点线的后面，我看到李理和何为手里拿着接力棒一前一后，一起冲我跑了过来，原来他们俩都是最后一棒啊。

他们俩都在队伍的最前面，何为在第一，而李理刚刚从第三冲到了第二。

此刻在我眼中，天地其实是倒过来的，大地仿佛是天空，天空仿佛是大地，他们都在倒悬着奔跑，就像行走在宇宙中一样。我总感觉李理一直在看着我，跑向我，我也毫不顾忌地迎向他炽热的目光。不知道为什么，此刻的我已经没有了刚才他跑5000米时那种急切地希望他能够赢的心情，反而在心里默默地想，第二名也很好，不用跟何为争第一，只要你平安就很好……

最后何为拿到了接力的第一名，他穿过终点线之后好像是发现了躺在草坪上的我，没有停止，径直向我跑了过来，后面跟着跑来的是李理。

我这才突然觉得自己这么躺在这里，看起来肯定很奇怪，匆忙让身旁的雅典娜拉着我坐了起来。

"筱雅，你怎么躺这儿了？我刚去帮林晓交材料了，回来跑接力赛才听广播里说你得了女子组3000米的第一名，也太牛了吧。高一的时候，没见你跑步啊，我还以为你是林妹妹那种呢，真人不可貌相啊。"何为这次总算没有用力地拍我的后背了，而是轻轻地拍了一下我的肩膀。

此时我的头发乱蓬蓬的，貌似还沾了不少草屑，背上也都是土，我顿时觉得自己真是狼狈极了，怎么跑个步就弄成了这个一团糟的样子？想到李理说不定也在身后，就羞赧到不愿意回头。

我没有顾上回答何为，就抓住旁边的树想要借力站起来，赶紧回宿舍换衣服，刚一使劲就发现，脚踝那里一阵隐痛，一个趔趄差点摔倒——真是祸不单行啊，也不知道刚才是什么时候把脚崴了。

"筱雅，你没事吧，脚怎么了？要不，我背你去医务室看看吧？"何为一把扶住了我。

我勉强站定，转了一下脚踝，发现并不严重，应该勉强还能走路，就挣脱了何为的手，牵着雅典娜说："嗯，没什么大事，刚抻了一下而已，我回宿舍休息一下，雅典娜和我一起就好了。"

我转身，忍耐着脚踝的痛，尽量做出正常的样子向宿舍走去，何为并没有坚持，而是留在了原地。这时我才发现其实李理并不在我身后,不知道去了哪里。

我又自作多情了,也许他刚才并不是像何为那样向我跑来,只是由于惯性向前冲了一段而已。

这时我才反应过来,李理刚才在操场上众目睽睽之下竟然抱了我,虽然情势特殊,但是……

算了,不管怎么说,按刚才何为说的,我竟然真的跑了3000米的女子组第一名吗?难以相信。看来班头组织的这个跑票行动还真是很有效果,至少对我而言是这样的。如果不是前段时间努力地跑步,我绝对不可能爆这个冷门,看来不试一试,我永远不知道自己有多大的潜力。

"筱雅,这个给你,我看你好像脚崴了,刚去拿的。"我和雅典娜还没有到女生宿舍门口,就被李理叫住,他递给了我半瓶红花油,就是我之前给他买的那一瓶,"后面的比赛,你不用参加了,好好休息吧,雅典娜会替你。稿件那边,你也不用担心,罗门和我会搞定的。另外,刚才,对不起啊。"说到最后那个"刚才,对不起"的时候,他竟然表情羞赧地挠了挠头。

我接过这瓶红花油,心想原来李理是去拿这个了,想到刚才被他抱过,又觉得很害羞,登时涨红了脸,只是看着手里的这瓶红花油,低下了头。

正在踌躇如何说谢谢,我被另一声呼唤打断了。

"筱雅,等等。"原来是何为从篮球场后面跑了上来。

"我看你脚崴了,刚出去给你买的。"他冲到李理前面,径直将一瓶崭新的红花油递过来,这时才看到我手里的半瓶红花油,便迟疑地停在空中,"啊,你有啊。"

我有些尴尬地点点头,何为这才注意到自己身后的李理。

"筱雅,那我先走了,你好好休息。"李理似乎也觉得这个情景有些尴尬，说完就转头离开，干净利落，一点多余的动作都没有。

"嗯，谢谢。"我点点头，也不知道这句"谢谢"是对李理说的，还是对何为说的。

"我没事的，你先回去吧，我也回去休息了。"我并没有接下何为的红花油，便拉着雅典娜转身进了宿舍大门。

"筱雅，厉害啦。话说回来，李理刚才抱你那下，整个操场都炸了，他们都在议论英雄救美，不过当时的情况，我觉得谁在你身边都会伸手去拽你的，眼看你的头都快磕到操场旁边那个石头上了，真摔下去，不得头破血流啊。刚才你晕的时候可把我吓坏了，脸白得跟纸一样，李理一边抱着你一边冲着我们班大喊快给你拿葡萄糖水，急疯了。接力跑的事，你放心，包在我身上，上次你借我两张跑票，算我欠你800米，这次先还一张……"雅典娜这才打开了话匣子，一边滔滔不绝一边把心事重重的我送回了宿舍。

只是我人虽然回到了宿舍，心却仍然留在了操场上，也不知道运动会最后的结果如何。

第二十八章
我们必因你欢喜快乐

运动会结束，我们班排名第三，这对于一个没有体育特长生的班级来说真是奇迹。首先是参与分和宣传分都是满分，而李理包揽了男子3000米和5000米两项的第一，我得了女子3000米的第一，李理的同桌罗门得了标枪第一，李理参加的男子接力得了第二，周平的100米跑得了第三，女子的接力和400米也都得了第三。女生组的这些奖项完全是意外之喜，和这两个月班级集中的跑步训练不无关系。

更重要的是，班里的整体气氛好了很多，不再是只看排名和分数的紧张状态，开始注重集体，好像大家都或多或少地发现了运动的魅力和乐趣，而在运动会中取得名次的那些同学，也在分数排名之外获得了更多的关注。

尤其是李理。

我明显觉得经此一役,他在班级里的威望与日俱增。原来体活课李理张罗大家去跑步的时候,好多人都拖拖拉拉、不情不愿,但是现在只要他振臂一呼,就应者如云。

跑票事件过后,张齐赌气,有好长一段时间都没去找李理讨论数学。可是运动会结束,他竟然主动去找李理:"哥们,太牛了,所有参与的跑步项目不是第一就是第二,你怎么能跑那么快?赶上你的年级排名上升速度了。我都怀疑你是不是火星派来碾压地球人的啊。搞得我都想减肥了,是不是减肥之后成绩也能变好?以后跑步、踢球都带上我啊,我也想回母星。"

果然是外号达人张齐,继"智慧女神雅典娜""达摩祖师""雅哥"(我)之后,李理也被赞助商荣誉冠名——"火星人"。

当然他叫我雅哥也叫得更起劲了:"雅哥,我太葱白(崇拜)你了,你知道吗?最后一圈,你超过那个体育特长生的时候,我觉得你是准备起飞啊,真是女中豪杰,女汉子一枚——雅哥,巾帼不让须眉,咱们不服不行!"

而对我来说,另一个最为明显的变化是女生宿舍开始卧聊了。

高一还在平行班的时候,女生们晚上熄灯之后都会躺在床上说个不停,评论老师、同学、衣食住行。但高二这个重点班宿舍的气氛完全不一样,熄灯之后大家都安安静静地在床边点起蜡烛继续刷题。数学、物理、化学、英语、生物……尖子生们总是有无穷无尽的待完成事项,无暇理会那些与学习无关的事情。

所以自从升到高二,我们就没有那种热烈的、花痴般的又看起来没有什么意义的卧聊了。

但运动会结束的这天夜晚,熄灯后我们照常燃起了蜡烛,下铺的雅典娜却突然打破了这死寂的沉默："筱雅，李理是不是初中和你就是同学啊，他初中就这么能跑步吗？真是太厉害了。"

我怔住，没想到她突然冒出这么一句，一时不知道该怎么接。

"是啊是啊，还有你跑到终点，他抱你那下，动作太帅了，跟电影里演的似的，英雄救美。"以琳竟然补刀。

我心里的小鹿都要蹦出来了。

"是啊，八卦一下，以琳，你和雅哥同桌，你说火星人是不是对雅哥有意思啊，我当时看他跑完了男子5000米还挺累的，没多歇一会儿，看到雅哥跑到最后一圈，竟然去陪跑了，虽说是体育委员，这也太敬业了吧？！还有抱雅哥那下，说时迟那时快，动作干净利落，没有丝毫犹豫啊！我看他平时和女生说话都很少，还挺矜持的呢。"雅典娜马上接上了话茬。

"哎呀，谣言止于智者，拜托，千万别瞎猜了。我这次终于发现张齐对以琳有意思倒是真的，以琳跳远的三篇稿子都是张齐写的，加油那一篇写的什么'朋友你今天要远走，干了这杯酒'，比赛时那篇写的什么'我要你飞得更高，飞得更高'，比赛完那篇写什么'结果如何不重要，月亮代表我的心'，还嘱咐我一定要发他的稿子，我一看都快笑喷了，什么月亮代表我的心，简直是狼子野心昭然若揭啊。"我不能放任她们继续这么聊下去，只能找了个由头岔开话题。

这招果然奏效，对床的以琳已经开始冲我张牙舞爪加干瞪眼："你瞎说什么啊，雅哥。" 还好我们都在上铺，她无法越过"天堑"，不然肯定已经杀到我床上来了。

"是啊，你这么一说，我也觉得张齐对以琳不一般，你看他特别喜欢取外号，总分第一达摩，理综第一火星人，数学第一雅典娜,语文第一雅哥。以琳一直英语考年级第一,就没有外号,他天天坐你们后桌,以琳以琳叫得好甜呢。"我这招声东击西果然奏效,连平时特别安静、高冷得不怎么说话的班花陆得都加入了。

"这么说还真是呢,他平时那么咋咋呼呼的,自己扔铅球的时候都是偷偷去的。可是以琳,你这次跳远的时候,张齐早早就在看台张罗大家去给你加油。"雅典娜又来了。

"你们别捕风捉影了,这能说明什么呢?雅典娜,我看达摩跳远的那三篇稿子也都是你写的,写得还挺好呢,'你是爱,是暖,是希望,你是我们心中永远的达摩'。陆得,周平短跑的时候你不也拉着我们大家一起去给他加油吗?我看你们都郎情妾意,早就私订终身了吧?"以琳不甘示弱地开始反击了。

"以琳,你说什么?"下铺的雅典娜和陆得都按捺不住站起来,凑到对面床边,用手头的试卷去招呼上铺的以琳了。

整个宿舍笑成一片,我看着她们打闹的样子,就默默回忆起运动会时的场景,张齐和以琳,雅典娜和达摩,陆得和周平……这么一想还确实觉得像那么回事似的,尤其是张齐,他平时对我都是随随便便、大大咧咧的,但是一和以琳说话就礼貌矜持很多,小心翼翼地好像变了一个人。原来小胖子也有心事啊,连我都没有看出来,只是不知道以琳知不知道他的小心思呢?

雅典娜喜欢达摩,好像也挺自然。运动会完了之后达摩莫名其妙地找班头申请要承包擦黑板的活,说是作为班长想给班里做点实事,而雅典娜竟然跟进说,她也一起擦。

据说他俩来自同一所初中,成绩最好的女生仰慕成绩最好的男生,不就像我和李理一样吗?这样也挺好的,至少她喜欢的不是我家李理。

想到这儿,我突然觉得自己以前因为误会雅典娜和李理而和她产生的嫌隙冰释了,反而有一种惺惺相惜的感觉。而陆得和周平我还真没有看出来,虽然陆得就坐在我的前桌,但是她的话特别少,每天都很安静。

陆得是我们班公认的班花,从小练习芭蕾,个子高挑,姿态优雅,笑容恬静,只是总让人感觉冷冷的,有点拒人千里之外的样子,成绩在20名前后,并不十分突出,所以虽然美丽,但平时我其实也没有特别注意过她。可是如果她喜欢周平的话,至少应该去看周平踢球啊,就像我去看李理一样,所以我觉得应该不是吧。

不管怎么说,经过这一轮的卧聊,宿舍的几个女生之间好像发生了微妙的化学变化,虽然大家都抵死没有承认谁喜欢谁,但也只隔了一层薄薄的纸。想想古人16岁早就出嫁了,但是我们这些16岁的女生们竟然都还在念高中,所以心里朦朦胧胧地对身边的异性有好感也是挺正常的事。只是这些女孩们都按捺住了自己的情感,毕竟眼前还有高考,未来的日子还很长,要遇到最好的人,首先自己要成为那个最好的人。

所以打闹完毕,大家还是照常拿出了各科作业,继续各自的奋斗,毕竟高二下学期的期中考试就要到来了。

第二十九章
我们早晨起来往葡萄园去，看看葡萄开花没有

期中考试，我们班的考场被分到了教学楼对面坡地下的校门口的行政楼，去年由于教室不够，我高一那个班级就曾经临时被安排在行政楼的一层。

我一直很喜欢这个教室，它墨绿色的窗户外就是校门口的小花园。花园不大，估摸百米见方，各种茂密的植物环绕着中央一方小小的池塘，池塘东侧还有一圈白色的木制葡萄廊架，这个廊架掩映在郁郁葱葱的树木当中，相当隐蔽，地势又比旁边的桂花大道要高出两米。所以入校的学生大部分会抄近路，走侧门小花园旁边的桂花大道，很少有人来到这里，所以通往廊架的路，其实长满了青草。

高一有一次美术室外写生课，为了去画小池塘对面的那棵歪脖子的石榴树，我才偶然发现角落里静谧美丽的葡萄廊架。从

那儿以后，午休时间或是黄昏的晚饭时间，我就经常到那里独自读书。那时课业还没有这么繁忙，平行班的压力也不大，我似乎还有时间和心情读一些闲书，《世说新语》《浮生六记》《桃花扇》《西厢记》，钱锺书的小说，沈从文的《湘行散记》……市里面能买到的书籍毕竟比小县城里还是丰富了许多。许多美好的文字，我都是在这个葡萄廊架下面品读的。

只是到了高二，我们搬到了对面的教学楼，我又疲于应付重点班的各种考试，就再也没有心情看闲书，再也没有去过那个葡萄廊架。

所以这次发现考场设在这里，我就想着早自习结束可以去我的葡萄廊架看一眼，算着这个月份葡萄应该开花，石榴也该放蕊了。

可是当我匆匆吃完早餐，拨开还沾着些许露水的青草来到葡萄廊架的时候，却意外地发现了一个轮廓熟悉的身影，端坐在我原来常常坐的那个位置——是何为。

我的目光和他的目光正面相撞的时候，我一下子怔住了，想回头跑掉但来不及了。他已经一个箭步上前，拽住了我的胳膊。

"何为，你……你怎么在这里？"我这话问得有点语无伦次，同时挣开了他。

"筱雅，你竟然来啦。你肯定以为就你知道这个地方，是不是？其实我早就知道了。从我们原来高一的座位那里站起来斜着往后看，以一个很特别的角度就能看到这个葡萄廊架。那时候你经常在这儿读书，我就经常站在教室那里看你。"何为边说边指向教室的方向，我回头看去，确实那扇窗户就是当年我们坐同桌的时候临着的那一扇。

"其实，我也见过很多漂亮的女孩子，但是不知道为什么，那天猛一回头,看到你穿着白色连衣裙坐在葡萄廊架下面,就一下子被打动了。你肯定想象不到,自己安静读书的时候,侧影有多么好看。"我明显感觉到站在我面前的何为有一些激动,又分外真诚,让我手足无措。

"我当时挺想来这个廊架找你的,但是没敢来,怕吓跑你。所以一直在那里看你。"他接着说,"后来咱们高二不在一个班了,我路过校门口就偶尔来溜达一下,以为会遇见你,结果你再也没有来过。"

"再后来,听说你考了倒数第一,我还以为你会转到文科班来,就兴高采烈地去给你送书和没来得及给你的照片,结果你竟然没有理我,还继续读了理科……"他顿了顿,似乎有些伤感。

"然后我就习惯了心烦的时候来这儿坐坐,也没有指望遇见你,没想到你今天竟然来了。"他说完这句话就看向我,眼神炽热得仿佛要把我吃掉。

我面对他出人意料的长篇大论,只觉得被他这番突如其来、毫无保留的表白弄得脸红心热,却不知道该说什么,我好想直接告诉他,我喜欢的不是他,是李理,却又说不出口。

"筱雅,我知道你高中不想谈恋爱,我愿意等,可是大学呢,大学,我会有机会吗?"何为没有理会我的沉默和窘迫,继续锲而不舍地追问。

"何为,我觉得,林……晓……很……好。"我支支吾吾地说出了这几个字。

他一愣,大概没有料到我会提起林晓,转而又露出了欣喜的神情:"她是挺喜欢我的,人也很好,可是我对她没有什么感觉。之前救她那次也是事出突然。筱雅,你不会是吃醋吧?你会吃醋,说明你心里还是在乎我的,对不对?我记得你说你以后想去北京,对不对?"

我顿时觉得百口莫辩,急忙说:"没有啦,我……我……我想上清华,因为……"

我想说因为我喜欢李理,可话到嘴边还是说不出口,只能硬着头皮接下去,正色道:"我想上清华建筑系,所以只能读理科,不会转到文科班去的。何为,你好好念书吧,我得赶紧回去准备考试了。你不是我心里的那个人。谢谢你,不要在我身上浪费时间了。"我说到这儿,已经准备转身离开了。

"你说的是真的吗?那你喜欢谁?你是不是喜欢李理?运动会那天的事,我也听说了。"何为追问。

听到李理这两个字,我只觉得浑身的血液都涌到了脸上,横下心差点脱口而出:"我喜欢……"最终还是没有勇气说出李理这两个字。

"我喜欢念书,你不要瞎猜了,我想好好读书,求你不要再打扰我了。我回去准备期中考试了。"

"那好,我等你,我也会考到北京的。"何为仿佛觉得我这一番话给了他一些希望,语气中就多了几分欢欣。

我心里暗暗叫苦,怎么会这样呢?也不知道是帮了他还是害了他。

我一边急匆匆走开,一边心里默默地想,爱情真是好奇怪!林晓千般好,何为偏喜欢我。何为千般好,我偏喜欢李理。那么李理,他呢?

此刻显然不是儿女情长的时候,高中时代的爱情再美好,都是不会有结果的,除非……

我回到考场里,忍不住站到那扇熟悉的窗边回望葡萄园,何为也离开了。初夏的阳光明媚又温暖,刚才只顾着和他谈话,并没有注意到葡萄已经开花,毛茸茸的花朵掩映在青绿色的叶片中间,一片欣欣向荣的景象。

"花开堪折直需折,莫待无花空折枝。"哦不!如果提前摘下葡萄花,我就没有办法收获秋天的果实。我不能因为贪图花的美丽而折下它,我要让它在枝头盛放,为它浇水施肥,直到收获的那一天。

不知道怎么,我此时突然想到李理以前说的一句我不太懂的话——流泪撒种的,必欢呼收割。我觉得似乎开始有一些明白了。

想到自己寒假的努力,这学期跑步的坚持,平时的加倍用功,那些流泪经过的日子,不就是为了今日和以后的收获吗?

此刻,我又开始对这次的期中考试充满期待,我在教室后面——040号筱雅,看到前排李理的背影——002号李理,就莫名地有了勇气和信心。

等我,李理。

第三十章
听哪,是我良人的声音

不知道为什么,这次期中考试的时间好像过得飞快。

语文、数学、英语、理综……每一科都在快速运笔的沙沙声中溜走。我心里有出人意料的平静,好像努力之后就不是那么在意结果,只想好好地完成。

考试的时候就没有了何为,也没有了李理,只有眼前的试卷和一道又一道题目完全占据我的心。考完最后一门理综,整理好试卷和答题卡,往前递过去,我就突然有一种空虚的感觉,仿佛瞬间失去了目标,不知道应该做什么。

我望着窗外就想,其实一年之后,我也不知道自己会在哪个大学校园里面,可是我所拥有的,仍然只是我自己,仍然只是教室角落的一张书桌,可能唯一变化的,就是窗户外面的景致吧。

想到十二年的寒窗苦读,就是为了换一下窗外的风景,是不是值得啊？

　　毕竟即使是号称最痛苦的高中，此时窗外的风景，其实也是格外美好。

　　教室黑色的窗框刚好成为一个画框，静谧的池塘上漂浮着才露出水面但还没有完全舒展开来的荷叶，姿态各异的树木倒映在如镜子一般的水中，显得愈发葱郁，只留下池塘正中一方湛蓝的小小天空，云彩倒映在这天空里，缓慢地游走。

　　　　我是天空里的一片云，偶尔投影在你的波心——

　　看到这个场景，我莫名地就想起了徐志摩的这句诗，就想起了何为。

　　　　你不必讶异，更无须欢喜——
　　　　在转瞬间消灭了踪影。
　　　　你我相逢在黑夜的海上，
　　　　你有你的，我有我的，方向；
　　　　你记得也好，
　　　　最好你忘掉，
　　　　在这交会时互放的光亮。

　　何为确实是个好男孩，热情，幽默，富有创意，对我也一片赤诚。

　　甚至自从那次在葡萄架下偶遇他，他一番剖白之后，我就能想见那个平时活泼好动的大男孩，安静地站在窗边，默默观看他喜爱的女孩的样子——这真的不太像我所认识的何为，在我心里他是大度的、潇洒的、满不在意的，而不是深沉的、默默的、理性又克制的。

假如我不是先遇见李理的话，我会不会爱上何为？

应该不会吧，不知道为什么，我总觉得和他在一起的时候虽然很开心，但是并不像和李理在一起时那么安心。或者说，他有他的世界，我有我的世界。我并不完全理解他的世界，他也并不完全理解我的世界。

在我的世界里，他家境殷实，衣食无忧，可以对学业没有那么在意，哪怕考不上很好的大学，未来总能有不错的出路。对他来说，我可能是一个斜倚在葡萄架下安静读书的女子，是一个在他身边诵读美好篇章的诗人，是一个球场边随时等候他的宝贝，是一张好看的画，是一首好听的曲子，是一个知冷知热的女人。或者说，他所爱的是他理想中的一个影子，他有时间，有心情，愿意用他一切的好去对待这个影子，可是我知道这个影子其实并不是真实的我，或者说并不是全部的我。

李理不一样，在我的世界里，他和我一样出身清贫，一样知道如何克制自己的情感，一样晓得要为了将来努力。他远没有何为那么浪漫、那么会玩，但是他始终那么坦诚、那么坚定，让我觉得安心。就像同样是读诗，何为会挑选表白的句子来追女孩子，我却更愿意去理解诗歌背后那些无奈、豁达或是悲悯的心境；同样仰望星空，何为看到的可能是星空的浪漫，但是李理却会去探索星空背后运行的规律。

所以尽管我所爱的是诗歌，李理所爱的是物理，但是我想我能最深切地理解他的爱，也相信他能够理解我的爱。我想要的爱情，其实就是这种灵魂深处的理解，只要能有这种灵魂深处的理解，我想他爱的就不会只是一个剪影或一朵偶尔投影在波心的云,而是我全部的生命。

所以何为,你有你的方向,我有我的方向,我们注定是不会在一起的,哪怕没有李理。况且,有那么好的女孩,想真正地理解你、爱你,就像我爱李理一样。

想到这里,我就觉得下次再和何为见面的时候,应该跟他说清楚,不能再这样犹豫不决。哪怕是告诉他我喜欢的是李理,也不能够这样继续下去了……

"雅哥。"一声呼唤打断了我的思绪,我在惊慌中回头——是李理。

自从上次"英雄救美"事件发生之后,为了避免同学们的闲言碎语,我们都有些刻意回避对方。所以我看他此刻看我的眼神,似乎并没有以前那么清澈,而是多了一份陌生的欲语还休的羞涩。

"吓死了,能不能不要这么突然啊?"我轻捂胸口,用嗔怪来掩饰自己同样的羞涩。

"哦,不好意思啊,班头让我叫一下班委们去他办公室开一个紧急的班委会。"他有些抱歉地说。

紧急班委会——说实话,自从高二这个班成立,还从来没有像模像样地开过班委会,班头估计也是不想因为班级的事务耽误大家的学习时间,此时期中考试刚刚完毕,却要开一个紧急的班委会,也不知道是什么原因。

"嗯,你先去吧,我收拾收拾就过来。"我在一片狐疑当中答应下来,却同时想着不能这会儿就和李理过去,还是让他先走,更好一些。

直到他走出教室,我才跟上去。

"各位班委,我长话短说,由于传说高考明年会改革,改成

3+X的模式,最近学校为了迎接教委检查,要进行素质教育的教学实验。所以下半学期会有一个大动作,这个教学实验是小班制,每班只能有40人。所以全年级12个班,需要新分出去6个班。我们班现在60人,学校要求我们班需要分出20个人,和隔壁的7班分出的20人一起组建一个新的高二(16)班,你们的数学老师路老师会去当这个临时班级的班主任。当然这是暂时的,分班期间各种课程照常。教学实验结束,还是会恢复原来的班级设置。希望大家能够理解。今天叫大家过来,就是想和大家商量一下,怎么确定分出去的20人的事情。"班头一脸严肃,语气中又有些无奈。

几个班委听了都面面相觑,不知道该如何回答,毕竟这种事情在我看来已经超出了普通高中生的认知,而且在高二下学期短期组织一个新班级,教学质量也不知道怎么样,大家肯定都不想去,担心会耽误学习。

"李理,我和路老师商量了一下,想让你去做这个新班级的班长。你觉得怎么样?"班头见我们一片沉默,干脆亮出了底牌。他话音一落,我们几个人都齐刷刷地望向了李理。

"去新班级,我没有问题,但是我觉得这件事是不是走个形式应付检查啊?"李理迟疑片刻,竟然脱口而出。

班头一愣,估计也没有料到李理会这么直接地发问,便解释说:"校长也有很多难处,毕竟政策的制订有时并不能兼顾基层学校的实际情况。所以我们才准备以素质教育实验月的形式来接受这次检查,改变不会仅仅限于分班这件事,分班期间教育的形式和内容也会有相应的变化,也算是一次有意义的教学尝试吧。教委不会有学生访谈环节,如果有的话,你们也可以照实说,之前是60人每班,最近才开始小班制教学的,不用欺骗。"

"哦，那好吧。我愿意去新的班级，我建议尊重大家自己的意愿吧，要去新班级的20个人可以找我报名。"李理好像也看出了班头的为难，并没有继续追问。

只是他一说出这话，我就有些为他担心，谁会愿意告别这个重点班而去和文科班凑成临时的用来应付检查的班级呢？

除了你的筱雅。

第三十一章
求你与我一同离开黎巴嫩

果然不出所料,两天后,期中考试的成绩都发下来了,李理的20人还远远没有找好。

确切地说,是只有两个人报名,李理和他的同桌罗门——他们俩也是这次考试的最大赢家。

虽然达摩仍然是没有悬念的年级第一,但是第2名的李理和达摩的总分只差了1分,而且李理的数学和理综都考了满分,以至于张齐又咋咋呼呼地想把李理的封号从"火星人"改成"李满分"。

更有意思的是李理的同桌罗门,上次运动会得了标枪第1名的那个黑马,竟然从50名开外直接考到了第3名,仅次于李理,而且罗门的语文是130分,和我并列年级第一。雅典娜是第4名。

除了罗门之外,这次考试进步最大的是我,考了全班第5

名，总分660分。

虽然在刚刚考完试的那个下午，我还有短暂的空虚，觉得成绩似乎没有那么重要了，但是此刻看到桌上这张排名表清晰地摆在我面前——005 筱雅 总分 660分我的眼泪还是止不住流了下来，这半年经历的一切历历在目——那张我排在最末的排名表，教室高考目标分最下面一排，考场角落里靠墙的位置，整个足不出户的寒假，十七种武器，操场上不停奔跑的那个女孩，从冬天到夏天，整整一个学期的坚持……刷题、订正错误、练字、加快书写速度、锻炼身体——知易行难，其实都是特别简单的行为，但是坚持给我带来了完全意想不到的进步。

此时此刻，原本对我来说遥不可及的清华建筑系，似乎也变得清晰可见了，不管我如何看淡，我太需要这样一次胜利来肯定自己，告诉我所有的付出都是值得的，所有的耕耘都会有收获，所有的坚持都能有结果。

终于，我在长期的隐忍后，清晰地看到了一丝胜利的曙光——原来我也可以，李理。

看到排名表上离我不远的 002 李理 685分，我就想，要是我们还是同桌就好了，他肯定会赞许地望着我说，挺棒的嘛，筱雅，一起加油啊。

可是此刻，我还能做什么呢？我就想，我要去找李理报名，跟随他去新成立的那个班级。

但毕竟到现在为止没有一个人报名，我怎么能一个人去呢？

我略一思忖，就找到了后桌的张齐："张齐，我建议你去那个临时组建的新班级。你看罗门跟李理坐一桌，成绩就跟坐了火箭一样，直接从50名开外考到了第3名呢。你申请去新班级，就要求和李理坐一桌，说不定也能摆脱张三十的厄运。"

三次考试，张齐连着考了三次30名，所以我礼尚往来，给他送了一个"张三十"的外号，有点太坏了，他恨得咬牙切齿却又没法说我，谁让他确实总考第30名呢。

"那雅哥你还从40名开外直接考了第5名呢，我觉得我和以琳坐同桌，说不定进步更快。"张齐不甘示弱地回我说。

但他一说完，我就冲他瞪眼了，因为以琳这次考得并不太好，只考了23名，我还没想好怎么安慰她，张齐真是哪壶不开提哪壶。

身边的以琳却笑了，仍然是挂着两个小梨涡的那种恬静笑容："胜败乃兵家常事，偶尔考得不好也挺正常的。筱雅这次真的很棒，我们三个一起去那个新组建的班级吧，我觉得偶尔换一下环境，可能反而会有意想不到的效果。"

以琳说完，又善解人意地冲我一笑，那目光中隐含的意思好像是："筱雅，其实你的心思，我都知道，我什么都不说，我直接成全你。"

我羞不自胜，却又很感激以琳，所谓知己莫如是吧。

"以琳，你真的要去新班级啊，李理说新班级是数学老师路不平当班主任，听说他之前当班主任的时候老夸张了，说我们学校对学生的管理方法太死板，不是真正做教育，应该把时间还给学生，鼓励男女学生交往。据说班级让他带得乌烟瘴气的，家长各种投诉，后来学校就不让他当班主任了。他带班不跟放鸭子似的？"张齐说。

"这样啊，反正我和筱雅都准备去，你看着办。"以琳扬着头，笑里藏刀地怼了张齐一句。

如果不是张齐说，我还不知道路老师原来也当过班主任。路老师是我们班的数学老师，从省里最有名的师范大学毕业，教学上很能钻研，毕业三年带完一轮学生就成为我们学校最优秀最受学生爱戴的数学老师。他身材挺拔，长得也很帅，踢球技术好，解题速度极快，讲课也逻辑清晰、掷地有声，和学生也很好地打成一片。

所以他的数学课，我从来不干别的，都是竖起耳朵认真听，生怕遗漏了什么要点。他平时都穿白T恤和牛仔裤来上课，有一次他西装笔挺地走上讲台，张齐就忍不住打趣他说："老师，穿这么帅干吗？！"

结果路老师直接答："下课了要去相亲。等你长大了就明白了，少壮不努力，老大去相亲。"

全班爆笑，从此"少壮不努力，老大去相亲"就成了我们班男生考得差的时候的励志口头禅。

"新的班级是数学老师路老师当班主任啊？"前桌的陆得听到我们的讨论，竟然也意外地转过头来，插了一句。陆得平时非常安静，很少参与我们三个的插科打诨，所以她此时回头，我才觉得有些意外，又有些惊喜。

陆得回眸一笑的时候，脑后高高的马尾也跟着甩动，鼻梁高挺，肌肤雪白，眼睫毛忽闪忽闪地像小扇子一样，笑起来时脸庞绽放得仿佛百合花。我这才觉得班花果然名不虚传，确实很好看。

"是啊，班委会上班头说的，新班级的班主任就是我们的数学老师路不平呢。"我回答。

"啊，那我也好想去啊，路老师带的班级不知道会是什么样子。"陆得说。

"我也想去，听说是和隔壁7班文科班组班，何为说他也报名了，凑一个班，我们正好可以一起踢球啊。哈哈，筱雅，你应该也去吧。"正路过的周平听到我们的讨论也凑了过来。

啊,何为,我听到这个名字心里咯噔了一下,那不是乱成一团了吗?不过转念一想,这或许是个机会,说不定能和他好好地说清楚呢,不知道林晓会不会也去。

从我和以琳开始,这些人一来二去地你拉我,我拉你,竟然莫名其妙地就报满了名。李理和罗门非常高兴,还给这个新的组班计划取了一个行动代号,叫"离开黎巴嫩"计划。

也正是因为有了这个无厘头的代号,原本只是去一个新的临时班级,大家却都有了一种好像是开启一段非常陌生的旅行的兴奋感,似乎不仅仅是从一个班到了另一个班,而是从一个国家到了另一个国家,从一个世界切换到了另一世界。

李理、罗门、张齐、以琳、周平、陆得……还有何为,会在这个新的班级里面发生什么奇妙的故事呢?筱雅也开始期待了。

第三十二章
我心所爱的啊,求你告诉我

意外惊喜是新的临时班级竟然就在行政楼的一层,原来那个我们高一班级所在的我最喜欢的教室。

而更让人惊喜的是路老师的带班方式和"黎巴嫩"班头的差别真的很大。

首先是排座位,原来班级都是男生和男生一桌,女生和女生一桌,有打单的情况就单人单桌。总之要杜绝男女生同桌的情况,黎巴嫩班头也说得很直接,都是青春年少,难免日久生情。

但是路老师反其道而行之,准备把男生和女生都配对坐在一桌,还据此发表了一通讲话:

"恋爱是人生中最美好的事情,高中阶段的恋爱叫中学生恋爱,不叫早恋。我觉得现在我们的中学教育其实很缺失情感教育这一块。你们的家长在你们高中的时候视爱情为洪水猛兽,到了大学又担心你们找不到男女朋友，等工作了就举着牌子去公园帮你们相亲了，这不是自相矛盾吗？所以学会正确地和异性相处，也是青少年时期重要的一课。大家看路老师我，风流倜傥，玉树临风，学业有成，但到现在还没有女朋友，可见就是这一课没学好。作为你们的老师，我可不希望你们重蹈我的覆辙……"

话音未落，全班已经笑成一团，在欢笑声的掩饰下，男男女女的小心思都开始蠢蠢欲动。

一番准备之后，男生们都被路老师赶出了教室，然后一个一个路过讲台，从盒子里随机抽出即将跟自己同桌的女生的姓名。

首先抽的是张齐，他竟然抽到了以琳，我看到胖子走下讲台来和以琳打招呼的时候，胖乎乎的脸笑得就像肉包子上的褶子，开心得都能挤出"花"来。

后来周平抽到了陆得，男生们一阵嘘声，感慨周平真是好运气，抱得美人归。

李理走上讲台的时候，我心里扑通直跳，暗暗祈祷要是李理能抽到我就好了，此刻对我来说讲台上那个盒子就像是月老的盒子，仿佛有某种奇妙的魔力。

只可惜天不遂人愿，他抽到了林晓。

剩下的男生们一阵惊叹，仿佛是一等奖已经提前揭晓，剩下的奖项已经没有什么意义，连连直呼李理手气真是太棒了，尤其是罗门，一直在那捶胸顿足、唉声叹气。

然后，罗门就抽到了我。

所以，张齐和以琳坐了一桌，李理和林晓坐了一桌，周平和陆得坐了一桌，我和罗门坐了一桌，在教室的最后。

至于何为，由于这个班最后是39人，他躲在最后并没有抽签，直接搬了个桌子坐到了我和罗门的身后。不知道为什么，搬桌椅的时候,我总觉得今天的何为分外沉默,完全没有其他人调到新班级的欢欣和放松,反而是一副心事重重的样子,也不知道是不是和那天葡萄园的偶遇有关。

刚把自己的桌子和罗门的桌子并到一起,我就看到了罗门桌上那本"六脉神剑"——是李理的,想到上次夹在其中的字条,我便计上心来。

"能借我看一下吗,罗门?"我指了指那个牛皮纸封面的笔记本,小心地说。

"好啊,随意,李理的。"罗门大方地递了过来。

我假装漫不经心地翻看,直到翻到最后那个熟悉的字条。我拿出来,若无其事地问道:"看起来像是个女孩子写的呀?"

"哦,那是他妹妹真真在他生日时送给他的,那会儿他处于低谷期,挺受鼓舞,就一直夹在秘籍里。"罗门没有迟疑就回答道。

原来如此,是真真。

我怎么早没有想到呢!他还有一个妹妹啊,不然以李理的内敛性格,怎么可能把一个女孩子写的字条放在自己的错题本里,被全班传看?我真是庸人自扰。

"什么秘籍,借我看下呗。"后桌的何为说话间就把这本"六脉神剑"从我手里抢了过去。

我正要生气,但想起那天何为在葡萄架下那番剖白,看着他一个人坐一桌的孤单模样,就心软了下来,没有再说话。

大家都落座之后,正式的课表发下来,我们这才发现所谓素质教育实验活动不仅仅是调换座位排布、重组班级这么简单。课程设置焕然一新,原本高二文理分科之后,体育、音乐、绘画这些副科自然完全消失,由于我们是省重点,全校免会考。所以理科班已经完全不上历史、政治、地理,文科班也没有了物理、化学和生物。

但此刻那些已经消失了一年的课程在课表上都死而复生,还增加了丰富多彩的课外活动课。

分班后的第一节课是语文课,此时上课铃声响起,嵇老师走了进来,打断了我的思绪。

"起立!"李理的声音响亮又坚定。

"老——师——好——"大家稀稀拉拉地喊道。

"同学们好。"嵇老师深深地一鞠躬,标准的90度,一如往常。

"今天我们点评一下期中考试的语文卷,巧的是语文两个年级第一都在我们班,筱雅和罗门。尤其是罗门,这次作文写得很有新意,得了满分,我给大家念一下。"

他说到这儿,我不由自主地转过头,看了一眼右边的新同桌罗门,毕竟快两年了,我还是第一次和别人并列语文学年第一,而且他的作文还得了满分,我并不善于写应试作文,直到现在还没得过满分。

此时的罗门面对嵇老师的盛赞,却并没有什么欣喜的神情,仍然表情淡然,仿佛嵇老师说的并不是自己,而是别人。看到我转头看他,他也转过头来看了一眼我,不易察觉的笑容浮现在他白皙俊俏的脸庞中,我这才发现罗门可真白,就像他身上的白衬衫一样细腻透亮。

其实上次运动会,他忙前忙后,帮我递稿子的时候,我就觉得这个男生潇洒,又分外有风度,只是之前他和李理同桌的时候,我只顾看李理,还从来没有认真地注意过他。

"一会儿作文发下来,能不能借我瞻仰一下?"我这才觉得自己这么盯着看一个男生有些奇怪，便轻轻说道。

罗门没有说话，只是点了点头。

嵇老师一念完，我就拿到了这张罗门的作文纸，不由得感慨罗门的字写得可真好，工整的行楷，笔力老健，如行云如流水，正映衬他这篇对仗工整、辞藻华丽、引经据典的《思旧赋》。

思旧赋

孔孟兴儒教，孺子可教；老庄尚道家，到处为家。

建安七子，曹植走七步咏七哀；初唐四杰，王勃伤四时赋四句。

李白斗酒诗百篇，杜甫寸土居无所。

苏门三父子，唐宋八大家。

人生得意，苏东坡唱大江东去；宦海沉沦，辛弃疾随鸿雁南飞。

花街柳巷，柳永奉旨填词；塞北江南，姜夔引颈歌唱。

岳飞血染满江红；易安情郁黄花瘦。

风萧萧唱易水歌，桃夭夭结英雄盟。

一首元曲成绝唱，唱尽人间兴衰；四本名著是经典，点出社会万象。

《三国演义》，演绎英雄本色；《四库全书》，全抒豪迈情怀。

时无英雄，竟使竖子成名；今多文痞，纵任小人得志。

"罗门，你发表一下这次嵇不康文学奖的获奖感言吧。"嵇老师念毕文章，点评了一大段古文学习的重要性，要学会古为今用,之后,又心血来潮地微笑着看向了罗门,示意他站起来。来自7班的同学听到"嵇不康文学奖"这几个字都哄堂大笑,反而我们6班的同学习以为常,嵇老师一贯就是这么无厘头的风格,我们早已见怪不怪。

身边的罗门站了起来,慢条斯理地说:"写作的关键其实是广泛阅读之后的合理联想,所谓'感时花溅泪,恨别鸟惊心'。而高考作文题其实就是锻炼我们把无聊的题目拓展开来,变成言之有物的文章的能力,所以一定要靠联想。就像古人看到叶就会想到花,看到花就会想到果,看到果就会……"

罗门说话抑扬顿挫,还带上手势,明显是在瞎扯却又一本正经,教室中已经有不少人开始忍俊不禁,但罗门好像丝毫没有受到这些干扰,依然认真地接着说下去:"说到合理联想,我要特别感谢我之前的同桌李理,比如我看到窗外早晨的树木只会觉得那就是普通的小树林啊,没什么特别的,但李理就会说他不由得想起了林晓,因为早晨就是晓,树木就是林,合在一起就是林晓……"

罗门话音未落,班里稀稀落落压抑着的笑声已经演变成了哄堂大笑。坐在教室中段同桌的李理和林晓不约而同地一起回望,脸憋得通红,冲着罗门恶狠狠地瞪眼。

而我看到这滑稽场景都顾不得想李理是不是真的喜欢林晓,反而和大家一起随着罗门稀奇的逻辑欢笑起来……

果然刚一下课,李理就过来兴师问罪了。

"罗门,你有毛病啊,这么坑老同桌。"李理重重地拍了一下罗门的肩膀,义愤填膺地说。

"老大,我是帮你好不好。美人在旁,红袖添香,不亦乐乎。你那么闷,肯定不好意思说,我帮你说了,多好。"罗门嬉皮笑脸。

"谁要你帮忙,我以前根本就不认识林晓。你要还认我是老大,就别瞎闹,不然以后咱就不用当兄弟了。"李理被他怼得无语,只能放狠话。

"老大,开个玩笑而已,不要太认真。那你到底喜欢谁啊,下次获奖感言我再帮你发布一下。比如小林小丽小……"罗门说话间望了我一眼,只是下面那个字还没有说出口,就被李理捂住了嘴巴。

"你再敢瞎说,别怪我不客气。"李理说话间便把罗门按在了教室一侧的墙壁上。

"老大饶命,不敢,不敢了……"罗门连连求饶,李理这才作罢。

我在一旁,看着他们俩打打闹闹,觉得有趣得很。

原本刚一看到李理和林晓同桌,我还真的有些担心,毕竟林晓是文科第一,校花级别的姑娘,又才貌双全。我要是男生,我都会动心。

但是经过罗门这么无厘头地一闹,我反而放下心来,李理似乎确实无意于林晓,而且我敏感地觉得罗门似乎知道他喜欢的是谁。

是谁呢?

第三十三章
所罗门的歌

还没有等我找出来李理喜欢谁,罗门就暴露了他的所爱。

素质教育实验月,几乎每一门课都有巡视员来四处听课,所以原来比较枯燥的英语、数学、物理等主科老师们也绞尽脑汁,将课程组织得新奇有趣,和我们以往的课堂截然不同。

比如这天的英语示范课,倪老师就没有给我们讲枯燥的李雷和韩梅梅,而是破天荒地上了一堂英文诗歌翻译。

倪老师叫倪不徐,巴掌小脸,样貌秀丽,个子小巧,待人温柔,讲起课来令人如沐春风。此时只见她将一首叶芝的英文诗歌抄到了黑板上,又用甜美的嗓音,不疾不徐地朗诵了一遍。读完就微笑着环顾四周,轻声慢语地说:"同学们好,今天我们学习英文翻译,给大家介绍一首我最喜欢的英文诗歌《当你老了》(When You Are Old)。鼓励大家,可以不拘泥于词句,追求用最简洁的语言将诗歌的意境翻译出来。译好的同学可以举手给我看一下，翻译最简洁最优美的同学有神秘奖品。"

  我细细品读着黑板上这首诗歌，越读越觉得含义隽永，句子又十分优美，平时对于英文，我都是在做阅读理解、完形填空，还确实没有真正体会过这种异国文字的美丽。读到后来，我竟然莫名怔住，有点陶醉其中，但毕竟高考并不考翻译，想到老师说的简洁文字和优美意境，又有点不知从何下手。

  看看身边的罗门，刚才倪老师念诗歌时，他还听得津津有味，赞叹倪老师的声音可真好听啊，此时貌似又趴在桌上做微醺状了，以前只知道他外号"睡神"是说罗门上课时总是趴在桌上睡觉，这次和他同桌才知道所言不虚，大部分时间罗门都是趴在桌上似睡非睡。

  我还没有落笔，林晓就举手了。倪老师站到她身边，看了看她的稿纸，就让她去黑板上将自己的翻译誊写下来：

When You Are Old
当你老了
William Butler Yeats

威廉·巴特勒·叶芝

When you are old and grey and full of sleep,
当你老了，华发满头，睡意正沉，
And nodding by the fire, take down this book,
在炉火旁打个盹，取下这本书，
And slowly read, and dream of the soft look
你读得很慢，追忆起当年
Your eyes had once, and of their shadows deep;

你眼神柔和清澈，看得见里面的倒影；
How many loved your moments of glad grace,
多少人爱慕你优雅的风姿，
And loved your beauty with love false or true,
爱你的美貌，假意或真心，
But one man loved the pilgrim Soul in you
只有一个人爱你圣洁的灵魂
And loved the sorrows of your changing face;
也爱你岁月留痕的脸上的愁容；
And bending down beside the glowing bars,
在微光闪烁的炉罩旁弯下腰来，
Murmur, a little sadly, how Love fled
带着小小的忧伤，叹惋爱情易逝
And paced upon the mountains overhead
拾级而上直到群山之巅
And hid his face amid a crowd of stars.
直到面容隐没于星群。

"好看啊好看啊，人好看，字也好看，连背影都这么美。"林晓还没写完，身旁的罗门就开始啧啧赞叹。

"林晓的翻译，遣词造句很是典雅，文科第一，果然名不虚传啊。"倪老师望着林晓，赞许地说，"还有其他译法吗？可以打开思路。"

"带着小小的忧伤，叹惋爱情易逝"我念着这两句，忽然灵机一动，思忖片刻，写下了自己的译文，写毕默念了几遍，总觉得哪里不满意，便不太好意思举手。

身后的何为仿佛是看我完成了，便轻拍了我的肩膀，说："筱雅，借我看看。"我默默点头。

哪知他从我桌上拿过稿纸，竟然高高举起手来，我还没有来得及阻止，倪老师已经凑过来，看毕就示意他去黑板誊写译文。何为回头冲我狡黠一笑，意思仿佛是不让我点破，我便作罢，只得笑笑随他了。

何为在黑板上誊写完，还一板一眼地认真读了一遍，语气抑扬顿挫，颇有老夫子的意味。

老去来兮

老去来兮，鬓发灰白，
炉边垂首，倦意沉沉。
捧书细读，梦回秋目，
曾几何时，眼晕深深。
众星捧月，欢畅时辰，
倾此美人，或假或真。
唯尔良人，慕尔圣魂，
纵使色衰，爱而弥深。
炉火愈旺，腰背愈垂，
低眉忧戚，此爱何存。
轻移莲步，独上群山，
昔日良人，隐于繁星。

"妙，用四言诗歌体来翻译英文诗歌，是一个新鲜的思路，何为译得不错，古雅简洁，看来神秘奖品要归你了。"倪老师赞叹道。

旁边的同学也纷纷向何为竖起了大拇指。讲台上的他却望着我傻乎乎地笑,以前何为高一时和我同桌,我从不好意思回答问题,他就总拿着我的答案举手,此刻我便也见怪不怪。

"一会儿奖品归你。"何为走下讲台,路过我桌边轻声说。

"老师,我来译一下,我觉得这首诗何为翻译得实在啰唆。"身边的罗门也不知道什么时候醒了,并且举起手来,我看到右手边的他,桌前并没有草稿,正在纳闷。他却没有等倪老师同意,就来到了黑板前,边念边写下了他的翻译。

老矣

老来白发生,倦坐意昏沉。
取书难翻页,梦忆秋波横。
众逐惊鸿影,暧昧半伪真。
唯有痴心者,爱你沧桑魂。
炉边腰背垂,蹙眉自低声。
曾经巫山月,繁星深处寻。

罗门话音未落,已经有同学鼓起掌来,叫好之声不绝于耳。

"唯有痴心者,爱你沧桑魂。"我默念着罗门写下的这首五言诗,确实语言的精练程度比我更胜一筹,意境却更加深远,我不禁对身边这个白衣男孩刮目相看。

英语课后,罗门拿到了他的奖品,一本泰戈尔的《采果集》,就去前桌双手奉上送给了林晓,边鞠躬边抑扬顿挫地朗诵:

"'多少人爱慕你优雅的风姿,爱你的美貌,假意或真心,只有一个人爱你圣洁的灵魂,也爱你岁月留痕的脸上的愁容。'果然是校花,你真美,借花献佛,实至名归,我觉得还是你翻译得最好,奖品归你。"

这番坦荡的表白惹得周围嘘声一片。林晓却没有理他,接过《采果集》,径直跑到教室最后给了何为,说:"'唯尔良人,慕尔圣魂。纵使色衰,爱而弥深。'好感动,我觉得还是你翻译得最好。"

"呵呵,不是小爷翻译的,是前桌筱雅译的,小爷帮她抄了一下而已。筱雅,给你吧。"何为挠头,有些不好意思地把《采果集》放到了我桌上。

我没料到何为会来这手,眼看着林晓脸色由白转黑,我正拿起这本《采果集》,想要还给林晓,她却已经拂袖离去。

我无奈,狠狠地瞪了一眼何为,就把这本诗集重新递还了身边的罗门:"'众逐惊鸿影,暧昧半伪真。'文如其人,是你的还是你的,不要推辞了。"罗门苦笑,接了过去。

只是他接过书,又从课桌里拿出了一个黑色的小方块,递给了我:"'我本将心照明月,奈何明月照沟渠。'这个本来是准备送给林晓的,给你玩玩吧。"

我接过来一看,竟然是一盘黑色的磁带,上面用便利贴写着:"所罗门的歌——致林晓。"

我不禁哑然失笑,罗门果然有意于林晓,难怪要拿李理和她开涮。

第三十四章
因你的爱情比酒更美

傍晚的第一节英语晚自习,倪老师打开了电视机,想让我们看一看当时正在热播的希望之星英语风采大赛。

这时我才发现班级里有个电视机,就在教室西北角的墙上,24寸壁挂式,很高,以往还真的没有人打开过。

不知道为什么,平时在家觉得稀松平常的电视节目,此刻在学校大家一起看,都感到分外新奇。

自从素质教育实验开始后,晚自习就没有老师看着了,大家自主学习。所以身边的同学都很放松,开始就各位选手的表现议论纷纷。

议论的焦点是屏幕里一个叫作郝恬的姑娘,刚刚小组出线。人如其名,流利的英文,甜美的长相,落落大方的笑容,侃侃而谈的表达。

看了一会儿，我右边的罗门就坐不住了，搬着凳子跑到装电视机的角落里，跳到凳子上，抱着电视机开始喊："郝恬，我爱你，郝恬。"那狂热度让我感觉他的眼珠子都快掉到电视里去了。全班同学被他滑稽的表现弄得哄堂大笑，直到倪老师回来才将他从凳子上赶下来。

我见他悻悻地搬着自己的凳子回到座位，就开始奋笔疾书，便有了好奇心，问他："你在做什么啊，罗门？"

"我在给郝恬写信啊。"罗门答。

我觉得有趣，便忍不住追问："罗门，你早上不是还喜欢林晓吗？怎么晚上就开始喜欢郝恬了？"

罗门抬头望向林晓，有些怅然地回答："早上喜欢林晓的时候是真的喜欢林晓啊，不过现在不是了，我换目标了。"

"为什么？"我不解。

"爱情是相互的啊，我喜欢她，她不喜欢我，我就死心了。换个人喜欢呗，我可不能一味地付出，我要得到。女生那么多，呵呵。"罗门满不在意地回答。

"你们男生都这样吗？可以很快换一个女生喜欢，就不能专一一点啊？！"我有些不平。

"当然啊，这个既然追不到，我为什么要在她身上花心思呢？马上换目标呗，我可不像何为那么傻，哈哈。大部分男生很花心。"罗门说着，扫了一眼身后的何为。

何为明显是听见了我们的谈话，重重地拍了一下罗门的肩头。

是吗？大部分男生很花心。

我抬起头来，就看到李理正扛着一桶纯净水走进教室。

班级里每天都有两桶分配的饮用水，由于刚刚分班，还没有来得及给男生们分配搬水的任务，事实上7班的男生们也不太服从安排，觉得费时费力。

所以这些天大部分时候是李理在搬水，以至于同学们开玩笑说李理这个班长就是搬水的"搬长"。

我看着眼前刚刚换完水，大汗淋漓回到座位的李理，就想起初中和李理坐同桌的时候，他总是帮我打水，小水壶递给我，还会笑着打趣一句："施比受更为有福。"

我疑惑："为什么啊，施比受更为有福，难道不是接受帮助的人更有福吗？"

李理说："不是的，能够付出本身就说明你有余力啊。所以能付出，能去爱的人，更为有福。"

李理应该不是那大部分男生吧？

我又忍不住接着问罗门："男生都喜欢漂亮的女孩子吗？'唯有痴心者，爱你沧桑魂。'罗门，你相不相信有这样的爱情？"

"说实话，我觉得那都是骗小孩的，男人是视觉动物，都喜欢年轻的、漂亮的。当然也许有例外吧，比如李理。"罗门回答。

听到李理的名字，我心里咯噔一下，想着自己是不是接近答案了，接着追问："李理也有喜欢的女孩吗？"

罗门突然收起了刚才那种玩世不恭的神情，很认真地看着我，表情复杂，语气有些惋惜："是的，可惜……我也不知道为什么，我觉得想爱就爱，想恨就恨，哪里需要管那么多。可是老大和我不一样，他是火星人。"

不知道为什么，我听到罗门说"是的"两个字，就开始很害怕罗门真正的答案。

听到他后来说的"可惜"两个字,又有了更不祥的预感,如果那个人不是我,我自然会十分失落。可是即使那个人是我,加上"可惜"这个转折,似乎也不是什么好消息,我的心因着他的这些话跌到谷底,但又不想让他看出自己的失落,便强撑着转换了话题:"话说,你为什么叫李理老大啊。"

"上学期时我家里出了点事,很消沉。李理跟我坐同桌。拉了我一把,我挺感激他的。"不知道为什么,我总觉得罗门此时看着我的眼神,在惋惜之外又多了一份同情。

"李理也给你补课了吗?"我说出这话才注意到自己加了一个"也"字。

"没有,其实那些题我都会做,我只是故意把选择题做错,我不想考好。"

"啊,为什么?"我不识趣地问道。

"我父母离婚了,我想让他们注意到我。"罗门看着我,淡淡地说。

我意识到自己说多了,正想说对不起,又不知道怎么说,却见罗门微微侧身,指着李理的背影冲我说道:"你看李理,觉得他像不像一瓶矿泉水,一眼能看得到底的那种?我以前从来没有遇到过李理这种人。我遇到的人,城府都很深,让我以为要在这个世界上生存,就需要欺骗,每个人都不值得信任。'人之熙熙,皆为利来,人之攘攘,皆为利往。'没有利益,人们就不会继续在一起。"

罗门说到这儿,突然停住,举起手来说:"老师,我想上厕所。"

倪老师对着他点点头,他就冲了出去。

我看着罗门匆匆而去的背影,默默地想着他刚才那个比喻,李理是透明澄澈如水，没错，但我更觉得李理对我而言是酒，越是想念，就越觉香醇的酒。

虽然我们近在咫尺，甚至曾经耳鬓厮磨，我却似乎从来没有完全懂过李理。就像罗门说的一样，我也从来没有遇到过李理这种人……

一直到第二节晚自习开始，我才意识到去上厕所的罗门一直没有回来。

"李理，你去找找罗门吧，他是不是掉到厕所里了？"倪老师也发现了，开始有点担心。我们学校的厕所还是那种老式厕所，厕位是一条长长的沟那种，所以倪老师的担心并不是没有可能，但我想到罗门的滑稽模样，还是忍不住笑了。

李理出去找了一圈，就回来报告了一个出人意料的消息："报告老师，罗门没在厕所，他躺在操场中间看星星，他说，他还想再看一会儿……"

看星星，呵呵，我看李理不是什么火星人，罗门才是吧。

第三十五章
我夜间躺卧在床上,寻找我心所爱的

自从上次嵇老师念罗门的《思旧赋》,还有英语课上他译那首五言诗之后,我就默默地注意到了我的这个与众不同的新同桌。

早自习的大部分时间,他都在英语课本和语文课本的掩护下读各种小说,中文的,英文的。

白天上课的大部分时间,他都趴在桌子上睡觉,但是一旦老师的粉笔招呼过来,点他回答问题,他又总能答得上。

晚自习的大部分时间,他都在写些什么,前两天神秘兮兮地给我看,我才知道他在模仿古龙写武侠小说。

古龙说:不能富贵,非因宿命只缘懒;难成大器,既贪诗酒又恋花。

放荡不羁又才华横溢,如果世界上真有天才,也许说的就是罗门这种人吧。

以往每天夜晚，我都是听着英语课文磁带入睡的。而今天，我打开自己的随身听，换上了那盘黑色的磁带——"所罗门的歌"。

悠长而熟稔的吉他和弦响起，传出一首刘德华的《冰雨》，罗门的声音宽广又富有磁性，饱含深情，从卡带的转动当中一直转动到我心中。

我是在等待一个女孩，还是在等待沉沦苦海。
一段情默默灌溉，没人去管花谢花开。
…………

迷糊中，我仿佛看到了一个白色美丽的教堂，我穿上了洁白的婚纱，走在白色的地毯上，地毯两侧铺满了百合花。

我在众人的欢呼声中捧着一束白玫瑰，满怀喜悦地伴着婚礼进行曲向前走去，走到地毯另一侧的终点，一位穿着西装打着领结的男子正在那里等我，是罗门。

牧师问："你愿意娶筱雅做你的妻子，一生爱她，保护她，敬重她吗？"

罗门说："我愿意。"

牧师问我："你愿意嫁给罗门作为你的丈夫，一生尊敬他，帮助他，陪伴他吗？"

我有些惊慌失措，为什么，为什么是罗门？李理呢？难道我要和罗门共度一生？可是李理呢？我举目四顾，他似乎在观众席中鼓着掌。不，我不要……

我在巨大的恐惧和绝望中睁开了眼睛，四周一片漆黑，背后宿舍的高窗影影绰绰地投来一丝寒冷的月光。原来是一个梦。

可是为什么，为什么我会做这样一个梦，会梦见自己嫁给了罗门？

"无法肯定的爱，左右摇摆……"耳机里仍然传来罗门那富有魔力的声音，难道我真的喜欢罗门吗？

不得不说，他是一个浑身都散发魅力的男生，我确实喜欢他的诗，喜欢他的坦诚和毫不掩饰，喜欢他直白而富有穿透力的歌声。

他不太像李理，也不太像何为。

如果说李理带给我的是安心和踏实，何为带给我的是热情和快乐，但罗门带给我的却是那种充满不确定的惊喜。

甚至有时候我觉得，罗门就是我心里的那个我，那个住在我的内心深处，被抑制住没有表达出来的我，有时候我甚至觉得他有一种莫名其妙的吸引力，在他的放浪形骸下掩藏了一颗异常真诚的心。

难道我爱上他了吗？

哦，怎么会？我只是一时迷糊了吧……

"筱雅，你没有睡吗？"下铺的雅典娜轻声问道。

"嗯。"我有些意外地应声。

"你别害怕，我刚才听你说梦话了，说我不愿意。"雅典娜继续说，"我心里很乱，一直睡不着，想出去走走，你愿意陪我吗？"

"好啊。"我平时和雅典娜其实说话很少，所以她提出这么私密的邀请，我一时也没法拒绝。

我们俩很快穿好了衣服，轻手轻脚地离开宿舍，来到操场上。

我看了一下时间，凌晨1:00。

我从来没有见过这个时刻的学校操场。

仲夏日午夜,空气中充满了青草的气味,周边环绕的教学楼、宿舍楼、家属楼的灯光都熄灭了,只有黑色的建筑影子掩映在灰色的夜空中,反而显得星空格外的深邃明亮,一轮弯月孤悬于天幕——确实好久都没有这么看过星星了,难怪罗门不愿意回去上自习,哦,我怎么又想起罗门来了?

"筱雅,你是不是喜欢李理?"在一片蝉鸣中,雅典娜突然问道。

我愣了,不知道该回答是还是不是。

"你不用回答,我也能看得出来,你对李理的感觉,很像我对达摩的感觉。你一看到他就会脸红,你自己可能都没有注意到吧。"我这才注意到雅典娜的语速很快,嗓音有些像小孩子,"今天达摩跟我表白了。"

"说出来你可能都不信,其实我也不太相信。今天我们班生物公开课上的什么,你知道吗?上的是一节性教育课——话说,我觉得这个素质教育实践活动让所有老师都开挂了。陈老师平时那么腼腆一个人,上来就在黑板上画了两个大大的生殖器。你知道,生物课上一直有那么一章,但是由于高考不考,所以之前老师都没有讲过。"雅典娜一边说一边用手开始比画,表情夸张又惊讶,她男孩子般的短发也随着她夸张的动作飞扬开来。

我静静地听着,并没有想打断她。

"然后他就科学又严谨地告诉我们,哪个部位分别叫什么,作用是什么,最后介绍了一下男女性交是怎么回事。"雅典娜接着说。

"怎么回事啊?"我想到陈老师平时那个一本正经的样子,会讲这样的话题,竟然起了兴趣。

我隐隐约约知道是怎么回事,但是从来没有一个人认真地跟我说过。

"哈哈,你也不知道啊,就是男生的枪对准女生的那个洞洞,然后把精液射进去,女生就会怀孕。"雅典娜看我好奇的样子,也笑了。

"那么小的洞洞,对不准,怎么办?"我傻傻地问道。

"哈哈,你问的问题竟然跟当时达摩问的一样,全班的男生当时都笑炸了。"雅典娜举起双手,左手做了一个手枪的姿势,右手将大拇指和食指合并成一个圈,然后把手枪插进了圈里,"就这样啊,电磁感应,知道吗?铁棒插进线圈里,电流产生,就能射准了。"

"哦,这样啊。"我恍然大悟,确实解答了一个我长久以来的困惑。

"呵呵,原来你也不知道。当时陈老师看达摩傻乎乎的样子,就把他叫到了黑板上来演示实验,给了他一个香蕉粗细的注射器和一个装了水的杯子,让他把注射器里的水射到杯子里。杯子里的水立刻变成红色。陈老师接着问达摩:'杯子变成红色,说明女方怀孕了,假设这个杯子就是女方,注射器是男方,如果女方不想怀孕,应该怎么办?'"

"怎么办啊?吃避孕药吗?"我问。

"给注射器戴套啊。陈老师拿了一个橡胶套出来,跟达摩说,他可以邀请一个女生来戴这个套。"雅典娜笑起来,操场边昏黄的路灯照着她颤动着的长长睫毛,分外迷人。

"所以他挑选了你。"我忍不住猜想。

"嗯。"说到这儿,雅典娜原本白皙的双颊升起了红晕。

"啊?那多尴尬啊。"我惊呼。

"是啊,可是那时全班已经起哄了,不上台也不行啊。"雅典娜有些害羞了,"这堂课结束,他就约我出去,说他喜欢我,问我愿不愿意和他在一起。达摩平时很高冷,可是当时竟然有点口吃。"

"多好啊,你不是也喜欢他吗?"我听到这儿竟然有些莫名其妙地高兴,好像被人表白的是我一样。

"是啊,我曾经以为我是喜欢他的,可是他这么跟我一说我就迟疑了。我发现自己可能并不是真的喜欢达摩。你明白吗,筱雅?"雅典娜有点激动。

"我们初中就是同学,他一直蝉联年级第一,我则一直把他当成我的学习目标去追逐,甚至以在年级大会上和他一起在台上领奖为自己的目标,久而久之,我就想自己是不是真的喜欢他。但是今天当他跟我表白的时候,我却突然意识到我只是把他当成了自己学习的动力,而不是真正的爱情。甚至我想到如果真的跟他谈恋爱,要花很多的时间,就觉得舍不得。所以我很犹豫,心里很乱。"这时我们走到了操场旁边的看台,雅典娜顺势坐了下来。

"我看得很清楚,像我们这种家境一般的孩子,出生在小城镇,念书几乎是唯一的出路。刚才我躺在床上就问自己,如果达摩想去的是上海,而我想去的是北京,我会为了他改变自己的志向吗?或者大学毕业了,我想出国,他想留在国内,我会为了他停住自己的脚步吗?我发现自己不会,我看重自己的理想,其实胜过自己的爱情。那么大的世界,我都想去看看,我不想因为一个男生而牵绊自己的脚步。你觉得我这样正常吗?筱雅,我是不是很绝情啊?"雅典娜转头问我。

"嗯,"我若有所思,不知道为什么突然就想起了李理和罗门，有些迟疑地说，"我觉得你是对的，未来的人生还很长，我们并不知道自己以后会遇到什么样的人，许多年之后我们成长了，会看到更大的世界，遇到更好的人，也说不定呢。"

"那我应该怎么办呢？我刚才躺在床上一直都在想，拒绝达摩，又觉得可惜，毕竟他是我年少时的一个梦，答应他吧，又不甘心。"雅典娜眉头紧蹙。

"要不，等等呢？"我想了想，也不知道是在回答还是在提问，"要不要跟他定一个君子协定，高考后，如果到了一个城市，再开始真正的恋情？毕竟你们俩并没有真正交往过，就这么拒绝达摩，真的有点可惜呢，我觉得他确实是一个挺优秀的男孩，你说呢？"

"等等，好主意，我怎么没有想到呢？筱雅，你可真聪明，是不是你跟李理也是这么说的啊？"雅典娜的表情顿时放松了。

"我和李理，别开玩笑了，达摩肯定会等你的，而李理……"我望着天上的明月，长叹了一声。

第三十六章
百花齐放,百鸟鸣叫的时候已经来到

自从那晚和雅典娜聊完之后,我开始重新审视自己对李理的感情。雅典娜说世界那么大,她想去看看,理想对她的吸引甚至超过了爱情。那么,我有什么超越爱情、超越生命的追求吗?难道我就是将李理,将高考作为自己的人生目标吗?

罗素说,对爱情的渴望,对知识的追求,对人类苦难不可遏制的怜悯支配他的一生。那么我又是为何而生呢?我从哪里来,要到哪里去,此生又有什么意义?我从来没有想过,也并不知道。可是此时我又不禁会想,如果有一天李理像达摩对雅典娜表白那样对我告白,我会怎么说,怎么做。我会不会像一个被爱情冲昏头脑的女子一般,兴奋地同意?然后却发现自己确实并没有准备好进入一段郎情妾意的关系,就如雅典娜所说,我是不是只是将李理作为一个目标、一个灯塔在追赶,而不是真的爱情?

我想我和李理之间真正的爱情，还远远没有开始，或者只是一粒小小的种子。但是我却看到很多爱情的小种子，随着这个素质教育实验活动月的开展，正在偷偷发芽。实验月中，我们的课程除了平时熟悉的主课内容开挂之外，还增加了很多课外活动，比如英语戏剧节、吉他、辩论会，还有天文。其中，最受欢迎的是英语戏剧，罗门、林晓、以琳、张齐都报名了这项，陆得和周平报名了吉他，达摩和雅典娜在辩论队。何为没有报名，事实是他有好些日子都没有来上课，据周平说，他是因为家里的原因请假了。而我报了天文，因为我看了一下这诸多的活动，就知道李理应该会报这项的。其他的活动很快轰轰烈烈地开展了起来，而天文，却一直搁浅还没有排课，不知道是什么原因。

因着有这些活动，每逢清晨、午后或是黄昏时段，校园的各个角落三两成群，或在对台词，或在练吉他，或在辩论——一派鲜活美妙的景象。

我觉得分外新奇，高一、高二，我们这所省重点高中生活一直是枯燥的、无趣的、压抑的，宿舍和教室两点一线的奋斗，却因着一次实验突然转变成生动的、轻松的、多彩的。我也不知道哪一种更好，前一种似乎更有效率，更严谨，更让人觉得踏实，但后一种又让人觉得生活充满了未知、惊喜，激起了我对许多新世界的好奇。

唯一不好的，是我在这个热闹的景象当中，常常觉得愈发孤单。以琳因为要和张齐排练，已经好久都没有约我一起吃饭了，所以我总是一个人度过午后和黄昏的时光。李理也是，他的死党罗门现在忙着在英语戏剧社追年级的各种美人，所以我看到他也总是一个人茕茕而行。然后我就有些遗憾，为什么我们报的是天文这样的兴趣小组呢？既不需要讨论，也不需要排练，甚至大白天的，根本没法看星星。

热闹是他们的，我什么也没有。

这样也好，在这样孤独的氛围当中，我反而有更多的时间学习，同时捡回了自己阅读的习惯，而且还发现了一个新的宝库——学校的图书馆。

学校的图书馆在行政楼的顶层，只是在此之前并没有对学生开放过，当然也是被素质教育的春风吹开的。这几天，我一直都去图书馆追看一本书——比尔·布莱森所著的《万物简史》。这是一本很浅显的科普书籍，厚却轻，作者用大半的篇幅来描述科学家们的八卦和轶事，顺带着概述了科学的发展史。中间涉及的内容基本上就是高中课本的形象版，让我正好可以把自己那些贫瘠的历史、物理、化学、地质生物学的知识很好地串联起来，织成一张网，解释这个变幻莫测的世界。

不得不感慨自己的功利，高二下学期，即使是看闲书，都是为了复习理科。

不管怎么说，只差最后几章了，所以这天晚餐完毕，我早早地来到图书馆那个熟悉的书架前，去取角落里那本深蓝色封面的《万物简史》，却怎么也取不出来，反而觉得自己要被书的力量拉了过去，不由得松开了手。

书仿佛是长了脚，在我眼前快速地后撤，刚好留下一个窄窄的空档，让我看到对面的人——李理手里正拿着那本蓝色封面的书，一脸错愕地望着我。

"啊，雅哥，刚才是你吗？"他问。

"嗯，你也在看这本书啊。"我说出这句话，马上就察觉出了自己语调里的欢喜。

"跟我来。"李理举着书示意我往前走，我们在书架的端头相遇。

这一头的图书馆空落落的,并没有什么人。

我轻轻踱步,随他站到了图书馆门外,教学楼顶层的阳台上,夏日的微风拂过我的长发,让人觉得这个黄昏格外明媚。

我看到篮球场旁边的树荫下面,周平和陆得正在抱着吉他弹唱;而大台阶下操场的草坪一侧,以琳和张齐正在排练他们的戏剧;桂花大道的另一侧,雅典娜和达摩正在激烈地争论着什么……

而我……

"给你吧。"他把书递给了我。

"你先看吧,我看得差不多,其实只剩最后两章没有看了。"我有些不好意思。

"是吗?我也快看完了,有一些段落很精彩。"他说。

"嗯,最让我惊奇的是历史上这些科学家们对于未知世界的好奇和孩童式的追求,很多时候真是让人五体投地。"我脱口而出。

"是啊,牛顿把一根大针眼缝针插进眼窝,仅仅是想观察将要发生什么事。有一对父子,记不清名字了,为了测试一项毒物对人的作用,竟然轮流给对方加大剂量,轮流昏死过去。还有在伦敦自然博物馆里几十年如一日研究某种物种——可能是一种极小的昆虫或是一棵毫不起眼的野草——的人们,这种研究可能在普通人看来根本毫无价值,在他死后也许永远也不会有人接着研究。"李理接着说。

"嗯,真的难以理解是什么力量让他们可以付出一生的时间去追寻。" 我也不知道是在问李理还是问自己。

"是好奇心,对于宇宙真理的好奇心。我们的教科书里面只讲述了一些生硬的概念和结论，却丧失了这样的好奇心。"李理有些激动。

"嗯。"我默默点头，又想起来我们俩初中坐一桌一起讨论物理的时候，李理总是有无数的待解答的问题。

"筱雅，你相信宇宙有终极真理吗？完美统一的真理。"李理若有所思地追问。

"终极真理？"我默默地想，我其实不太明白他说的是什么，事实上我只知道眼前的高考，并没有想过那么遥远的事情，甚至我之所以看眼前的这本书，也只是想换一种方式复习物理。

"我没有想过，也许眼下我并不在意什么真理，我想我更在意怎么提高学习成绩应付眼前的高考吧。"我如实说。

"嗯。"他默默点头，我看到一丝明亮在李理的眼睛里稍纵即逝，他的怅然若失让我觉得自己说错了什么。瞬间觉得不知所措，他也仿佛是看出了我的茫然，并没有继续说下去。

"这个送给你吧，我画的，可能对你应付眼前的高考有帮助。我约了周平踢球，先走了。"李理又露出了那种我很熟悉的阳光的笑容，把那本《万物简史》和一个本子一起递给了我。

我疑惑地接过来，打开，是一本李理根据《万物简史》手绘的科学思维导图。而本子的末页，却夹着一张剪报：

2002年，狮子座流星雨有3次高潮，第2和第3次高峰出现在6月19日凌晨1时30分和2时20分，最大流量为1时43分，最佳观测区为中国中南部区域。

狮子座流星雨，被称为流星雨之王，是与周期33年的坦普尔·塔特尔彗星相连的一个流星雨。一般来说，流星的数目为每小时10至15颗，但平均每33至34年，狮子座流星雨会出现一次高峰期，流星数目可每小时数千颗。这个现象与坦普尔·塔特尔彗星的周期密切相连。

据天文专家解释，此次是百年内狮子座流星雨第一次在中国有最佳观测角度，这也很有可能是未来100年内中国群众能观测到的最大的一次流星雨……

6月19日，不就是后天吗？

第三十七章
你我可以往田间去,你我可以在村庄住宿

这天晚自习结束,我斜倚在宿舍的床上,借着烛火,我拿出了李理的这个本子,越读越觉得高中物理的整个脉络被他条分缕析得异常清晰,确实是复习理科不错的方法。

可是翻到最后,我就开始望着那张关于流星雨的简报愣神。

"你们都有什么愿望吗?"雅典娜突然在宿舍里提起,"据说6月19日,也就是后天凌晨,会有一场百年难遇的狮子座流星雨。"

"是啊,我也听说了。今天英语戏剧课,他们都在聊这件事,非常壮观,据说肉眼可见,不知道是不是我们此生能看到的最大的流星雨。"以琳也放下了手头的书。

而听到她俩的谈话,我并没有搭腔,我在想——不知道李理是有意还是无意将那张简报插在了本子里,我们本来是偶遇,他

应该也并没有刻意想到要给我那个本子的意思,难道他是要约我去看流星雨吗?

可是学校封闭管理,夜晚并不能出去,我们又能在哪里看呢?

"我们明晚定个闹钟互相叫醒一起看吧,估计只能半夜偷偷地跑去操场看了。那天筱雅的同桌罗门不就是躺在操场中间看星星吗?也不知道他是什么感觉。"陆得刚洗漱完,也端着盆讲来。

"好啊,一起去呀。"雅典娜开始欢呼了。

"行啊。筱雅,一起吗?"以琳看我有些沉默,望向我。

"嗯,一起啊。"我心事重重地点点头。

第二天,流星雨的消息已经在全校传得沸沸扬扬,早操时间,我听到周围同学纷纷议论这场旷世奇观流星雨,大部分人的计划都是半夜起床去学校操场看。

可以想见,明天凌晨的操场,1000多人一起躺在操场上看星星,也不知道会是如何闹哄哄的奇幻画面。

据说流星雨的最佳观测地点在野外,避开市区的灯光干扰。

我望着环绕学校操场的建筑背后和远处苍茫的群山,就想,要是半夜能够出学校,爬到山上去看就好了。不过我们这群女孩子,半夜出去总是不太妥当的,如果李理、罗门能一起,说不定……

早操的队伍中,我忍不住回头望了一眼排在队伍最末穿着白色衬衣的李理,清晨的阳光从操场背后建筑的缝隙中铺展开来,围绕在他周围,给他镀上了一层耀眼的光晕,百年一遇的流星雨,他会去哪里呢?

我想去问他,却没有勇气。

早操结束，回到教室，看到罗门表情怪异地望着我，便有了心思。

"罗门，你听说了那个狮子座流星雨吗？你们男生打算看吗？"我问。

"呵呵，我有个神秘的计划。女生怎么看啊？"罗门神秘兮兮地说。

"我们宿舍的女生准备半夜起床去操场看，你们什么打算啊，也去操场吗？"我不甘心地追问。

"雅哥，你有没有看过那个最近很火的电视剧《流星花园》，F4演的？"罗门看到我着急的样子，就不怀好意地笑了。

"没有啊。"我一脸茫然地回答。

"我们约了7班的女生，下了晚自习从学校食堂后的小门出去，到校外的希望放映厅看《流星花园》，半夜就去那栋楼顶层的天台，据说看流星雨很棒，我策划的，浪漫吧？你可得替我保密啊。"罗门说。

"你们？7班的女生？是林晓吗？"我郁闷极了，我想他说的"我们"一定是指他和李理，而7班的女生……

"唉，我本来只想约林晓的，结果林晓说她们全宿舍的女生都来。昨晚在宿舍，周平听说了我的计划，也说今天要约陆得一起。人一多，就没啥氛围了。"罗门悻悻地说。

"就你和周平两个男生啊，还有其他人吗？"我鼓起勇气。

"没啦，李理说他不去，肥皂剧没意思。有人约你吗？你姿色这么平庸，估计没人约你看流星雨吧，要不，我大发慈悲也带上你？"罗门笑起来，眼睛眯成一条缝，让我特别想揍他。

"算了，姿色平庸的我就挤在操场看吧。"我一边不耐烦地搭理他，一边又有些失落，李理不去，那他会去哪儿？

第三十七章 你我可以往田间去，你我可以在村庄住宿课间，以琳来找我，说："张齐和达摩邀请我们宿舍一起去男生宿舍后山看流星雨，我和雅典娜都准备去，你要不要一起？"

学校后山？我有些心动，但转念一想，我们宿舍四个女生，刚才罗门说周平已经约了陆得，而这次，一定是张齐邀请了以琳，达摩邀请了雅典娜。如果我一个人去插在中间应该能算得上巨型电灯泡吧。

"我不去了，以琳，谢谢你。"我有些失落。

这天是周日，上午课程结束，下午就放假了。

所以最后一节物理课下课铃声响起的时候，我的心情已经跌到谷底。

下课后，讲台上的朱老师意外地望向教室里我所在的这个角落，说："李理和筱雅课后来一下我的办公室吧。"

坐在右手边的罗门笑容讳莫如深："你们俩估计有麻烦了。"

我心里忐忑，也不知道是什么事。

同学们已经纷纷收拾起书包准备离开，而教室前面的李理却转身，径直冲我走了过来，语气里有一种说不出来的欢欣："我们一起去找朱老师吧，筱雅。"

看他的笑容，我总觉得他似乎知道将要发生什么，只是不告诉我。

"嗯。"我顺服地点点头，跟上了他的脚步，"你知道是什么事吗，李理？"我实在按捺不住内心的疑惑，好奇地问道。

"据说是和天文的那个兴趣班有关，全班只有我们俩报了那个班，还一直没有过活动。"李理回头看我，笑容温柔。

"全班只有我们两个人报了天文兴趣班？"其实我一问出这

话，心里就依稀有了答案，那么多有意思的活动，谁愿意报听起来这么无趣的天文呢？

"是啊，我们班是我登记的报名表，就只有我们两个人。"李理点点头，推开了朱老师办公室的门。

"你们俩来啦，"朱老师满面春风，"应该都听说了明天凌晨有本世纪最大的狮子座流星雨的事吧？"

我看了一下李理，李理也看了一眼我，一起点了点头。

朱老师突然提高了声调，开始眉飞色舞地说："市教委配合这次素质教育实践活动组织了一个全城中学生观星夏令营，由我带队今晚去城南郊外锡安山顶露营，据说是方圆百里内的最佳观星地点。因为资源有限，我们学校只有两个名额，校领导让我通知你们俩参加。为什么是你俩呢？因为全校只有你们两个人报名了天文，导致这堂课外活动课一直都没有开起来。这次既然有这么好的机会，就优先有兴趣的同学……"

"啊，太好啦。"朱老师话还没有说完，我已经在心里默默欢呼，没有想到竟然全校就只有我们两个人报了天文班。

而身边的李理那种特别镇静的笑，仿佛是早就知道的样子。

"好了，回去收拾收拾，山上估计比较凉，你们多带件衣服准备出发吧，下午四点，大巴会在学校门口等你们，时间不多了。"朱老师笑着说。

从朱老师的办公室出来，我望着教学楼高空明蓝的天，依然不太相信刚才自己听到的话，忍不住掐了自己一下，好疼。

和李理一起去郊外看流星雨，我不是在做梦吧？

第三十八章
良人属我,我也属他,他在百合花中牧放群羊

下午我早早地到了大巴上,担心晕车,便挑选了前排靠窗的座位。

想着给李理留个位置,就把自己的背包放到了旁边的座位上。

没过多久李理也上来了,我连忙说:"帮我把包放上去吧。"

他笑着举起了我的包,然后直接坐到了我的身旁。

见他落座,我就忍不住问:"你是不是早就知道会有这个观星夏令营?"

李理点点头,笑容灿烂又温暖,还有难以掩饰的少年的得意和一丝不易察觉的羞涩:"交物理作业时朱老师跟我提过,说有两个名额,问我谁去比较合适。我就说全班就我们俩报了这个天

文班,还一直没有活动呢。"

我证实了自己的猜测——原来他是计划好了,却又不动声色,想到那张剪报,又问:"你知不知道你给我的物理思维导图里有一张流星雨的剪报?"

"嗯,我知道。"李理挠挠头,有些不好意思了。

我不需要再问什么了,即使他什么都不说,我想我的心里已经有了答案。

"筱雅,你为什么报那个天文班?我以为你会报英语戏剧或者辩论的。"李理仿佛是不经意地问。

"我……"我想说因为你,却终究没能说出口,"我想,我想看星星。"

然后,我又反问道:"那你呢?为什么报天文?"

"我……我想和你一起看星星。"李理若有所思,笑容干净,回答得直接又毫无掩饰。

"啊?"我不知道该说什么,只觉得心里被喜悦充盈,又羞赧到不想再说任何话来打搅这宝贵的时光。

于是望向窗外,我们复归沉默。

此时40人的大巴已经塞得满满的,都是和我们相似年龄的中学生,大家都表情兴奋,充满期待。

车辆开动,坐在前排导游身旁的朱老师就拿起了话筒:"同学们好,今天的活动是市教委组织的观星夏令营,由各个中学选派爱好天文的学生代表参加。"

物理老师朱不群年近不惑,身材微胖,板寸头分外精神。他教学勤奋,笔耕不辍,很年轻的时候就成了学校的物理学科带头人。而我最喜欢的是他憨态可掬的笑容,无论学生用多么刁钻的难题挑战他,他总能势如破竹地轻松化解,完了还举重若轻地笑笑,说放轻松,放轻松。

眼前的朱老师说到这里顿了顿,开始介绍流星雨的相关知识:"流星雨是在夜空中由许多流星从天空中一个所谓的辐射点发射出来的天文现象。这些流星是宇宙中被称为流星体的碎片,在平行的轨道上运行时以极高速度投射进地球大气层的流束。大部分的流星体比沙砾还要小,因此几乎所有的流星体会在大气层内被销毁,不会击中地球的表面;能够撞击到地球表面的碎片称为陨石。数量特别庞大或表现不寻常的流星雨会被称为'流星突出'或'流星暴',可能每小时出现的流星会超过1000颗。而我们今天看的可不是普通的流星雨,而是狮子座百年难得一遇的'流星暴'。"

话音未落,全车已经欢呼了起来。

朱老师介绍完,大巴司机应景地放起了F4的《流星雨》。

> 温柔的星空　应该让你感动
> 我在你身后　为你布置一片天空
> 不准你难过　替你摆平寂寞
> 梦想的重量　全部都交给我
> 牵你手　跟着我走
> 风再大又怎样　你有了我
> 再也不会迷路方向
> 伤感若太多　心丢给我保护
> 疲倦的烟火　我会替你都赶走

男生们渐渐开始跟着F4唱起了这首歌,有一个男生甚至兴奋地跑到前面去拿起话筒开始唱,唱得还不错。

而身旁的李理也望着前方，跟着轻轻哼唱，此时他的声音很小，不像罗门那么深情而富有磁性，甚至略有些沙哑。

　　灿烂的言语　只能点缀感情
　　如果我沉默　因为我真的爱你
　　陪你去看流星雨　落在这地球上
　　让你的泪落在我肩膀
　　要你相信我的爱　只肯为你勇敢
　　你会看见幸福的所在

　　我听着这首歌，想到那天在图书馆的相遇，想到李理问我的那个问题：相信宇宙有终极真理吗？完美统一的真理……

　　大巴在高速公路上飞速地行驶，鳞次栉比的高楼景象渐渐远去，呈现出一片乡村风光。近处，黄色与绿色间杂，组成斑驳的田野；远处，深黛色的山峦或浓或淡掩映在云雾中，零星的白色小楼插在山峦和田野当中，农人带着草帽在稻田里躬身作业，而前方山腰的野草坡上，群羊正安闲地躺卧在溪水边，星星点点的野百合散落在田垄……

　　"久在樊笼里，复得返自然。"

　　自从来到这个小城，我一直都被关在窄小的中学校园里，如果不是因为这次意外的天文活动，我可能从来没有觉察过自己所生活的这座山城原来是如此的美。

　　可是，我却一直因为求学而要离开，离开这片生养我的贫瘠土地。

　　父母出生于农村，因为恢复高考而进城，他们是家族中最早通过教育改变命运的人，所以从小他们就跟我说："好好读书啊,去市里念高中。"

等我到了市里念高中,他们又说:"好好读书啊,去省城,去北京。"

似乎我生存的目的就是为了离开家乡去省城,离开省城去北京,离开北京去国外……每一次生存地点的变换似乎都能带来一次阶层的跃迁。

大人们总说:"吃得苦中苦,方为人上人。"如今辛苦读书,似乎就是为了有一天成为人上人,这是我所追寻的吗?李理追寻的又是什么呢?

"筱雅,到了!"我正在愣神,突然听到李理的声音。

他已经帮我把放在行李架上的书包拿了下来,笑容灿烂地看着我。

我这才注意到大巴已经停了。

"大家在景区大门前集合,李理帮忙清点一下人数,我们一起上山,不要单独行动。"朱老师一边说,一边将人员名单交给了李理。李理冲我点点头,意思仿佛是让我等着他,就跑到了队伍的最前面开始清点人数。

六月,城里的天气已经十分炎热,但此刻进到山中却觉得出奇凉爽。大巴所在的停车场已经是锡安山的半山腰,群山环绕,郁郁葱葱的树木从山路两旁探出华盖,形成一个天然的绿色拱廊。一湾清溪从路边的山涧流出来,清浅见底,甚至可以见到小鱼在溪水间欢快地游憩。

我顺着溪水往山下望去,隐约可见城市北侧我们的高中校园,已经小得似乎只剩指甲盖那么大,不知道校园中的那些人正在做什么,而我的身侧,一株一人尚难以合抱的国槐却生长得亭亭如盖。

那边是书山题海的校园，这边却是新鲜旺盛的自然，我有一种从现实世界逃离到桃花源中的错觉，似乎这一切只是一场梦，但梦境又如此清晰，以至于我分不清是山脚下的校园更加虚幻，还是山间的自然更加虚幻："安知此树下，不有槐安国；安知此天地，不在槐根侧？"和李理一同逃脱的短暂兴奋过后，期中考试交完卷的那种虚空感又瞬间弥漫开来……

"筱雅。"我正想着这些，突然被一个男孩子的呼唤打断。

回头一看，眯缝着眼睛的笑容，瘦高个，白净利落的打扮，鸭舌帽，黑背包——竟然是罗门。我十分意外，惊讶得张大了嘴巴："啊，罗门，你怎么在这里？"

罗门冲我努努嘴，狡黠一笑，意思是让我往后看："没办法啊，美人求我带她来，恭敬不如从命。"

我这才注意到，罗门身后有一个白衣女孩，是林晓。

"我是来找何为的，他在山顶等你们。"林晓冲我嫣然一笑，山野中的百合花都失了颜色。

第三十九章
将我放在你心上如印记,带在你手臂上如戳记

"11:23,星等:-1,猎户座西南,飞向东面,速度中,有余迹,呈白色,持续4秒。——记录员李理"

第一颗流星划破天际之时,整个山顶都沸腾了。一束炫目光影从猎户座方向极速地划破墨黑的天幕,在尾部形成一个如满月一般明亮的光斑,流星悠长的尾迹仿佛新娘的白纱拖尾,华丽地在天一方摇摆,缓慢飘散开去……火流星!这是我此生第一次看到如此美丽、如此壮烈的景象,它像烟花,却比烟花更为灿烂,又像泪滴,却比泪滴更为悲壮——数亿年的等待,只为了此刻的相遇,而相遇过后就是湮灭——那来自宇宙深处的光芒是如此绚烂,又如此神圣,让我迷醉不已,恍惚中甚至差一点忘了许下自己的第一个愿望——何为一路顺风,前程似锦。

"我要转学了,筱雅,我要随父母移民去美国,手续都办

好了，高三去那边准备申请的事。可是如果你不想让我去，我就想办法留下来。"傍晚何为在山顶的露营地跟我道别的时候，山谷中的晚霞异常绚烂，将我俩的脸庞都镀上了一层红晕。我注意到他手臂上的那个黑色彩带编织的手环，手环上是两个白色的字母H.W，字母上仿佛还有一些斑驳的污迹。高一的时候，女生们有一段时间流行用装饰带编手环，我们上课时一边听课一边在手头不停地编。何为说让我给他编一个，要黑色底、白色字。我编得并不好，他还取笑我说手工好烂啊，却没想到他一直偷偷留着。于我而言，这个手环其实和我书桌里那数十个练手的手环并无二致，但何为……我想到高一时那个突然摆在我桌上的小球实验的模型，我想到他拍的那张我领奖的照片，我想到他送我的那本《香草山》到现在都没有打开过，我想到那个病后初见的红彤彤的苹果，我想到那瓶我没有收下的红花油，我想到葡萄廊架下那个独自伤神的大男孩……顿时泪如雨下。筱雅啊，何必给他希望呢？

"何为，你可以把那个手环还给我吗？"我说。

"为什么？"他疑惑。

"你有你的方向，我有我的，祝你一路顺风，前程似锦，何为。"我并不是对何为没有不舍，我只是觉得自己这样的纠缠不清，于他于我于林晓都太过残忍。而且美国，可能更适合他这样热情奔放的性格吧。我知道我不能再犹豫，不然我们俩都不会自由。

何为的光芒是如此耀眼，可惜在我的生命当中，终究只是流星。

"11:30，星等：-2，两颗交错，一颗从狮子座北，飞向东面，另一颗从狮子座南，飞向东面，速度中，有余迹，呈绿色，持续3秒。——记录员李理"

  第一颗流星的喧嚣过后,是屏息静待的沉默。整个山顶几乎静默了整整一分钟,大家似乎都被眼前的宇宙奇观深深震撼,只能用沉默来表达此刻在灵魂深处激荡的无言赞叹。而打破这近乎圣洁沉默的,是狮子座方向同时出现的两束流星,它们从狮子座的头部和尾部几乎同时出发,像两道锐利的剑在天空划出斜斜的十字,两颗流星的绿色尾迹纵横交错在一起,甚至还伴随着轻微的爆炸声,在宇宙间、山谷间纵横回响,仿佛一对情侣诉说着不尽的衷情。林晓和罗门都找到自己的幸福——我深吸一口气,许下了自己的第二个愿望。

  上山的路上,罗门告诉我,周日清晨,何为托周平把信放在了我的桌上,信的内容是,他父亲的公司赞助了教委这次观星夏令营的活动,他会在山顶的营地等我,要向我辞行。罗门先看到了这封信,却把它交给了林晓。

  "我看得出来,你心里没有何为,但这可能是林晓见到他的最后机会,我不想让她留这个遗憾。"罗门对我说,"李理说,喜欢就是要得到,爱却是付出,我想了想,自己应该试着真的爱一次,成全她。"

  看着远处林中正在向何为诉说着什么的林晓,我身旁的罗门突然冒出了这么一句莫名其妙的且与这个少年不羁的气质不太相符的话。我不知道后来何为和林晓告别时说了什么,只知道林晓哭得很伤心,用光了罗门带来的纸巾。

  我坐到她身边,把何为还给我的那个手环递给她,说:"留个纪念吧,林晓,美国其实也不远啊。"我不太懂得林晓的心,但又有点理解这个女孩。有的人,就是其他人再好,都无法被替代的,因为他与你初见时,已经在心里刻下了难以磨灭的印记。

她看着这个手环,却哭得更加厉害:"这个手环上的血渍就是那天留下的,他把我护在身后,用自己的手臂去挡他们。你没有经历过那种有一个人为了救你,差点死去的时刻,所以你不懂得。如果经历过,你就知道你此生只想为他而活。嗯,他只是去美国,我高考结束也可以去啊,我跟定他了,他往哪里去,我也往哪里去……"

"嗯,可以的,林晓,流星无法回头,人却可以自由追逐。我们来到世间,不就是为了追逐所爱吗?"我望着天幕中流星的印记,想着那个在黄昏的寂静山谷中哭得梨花带雨的美丽女子,心里默默地说。

"11:35,星等:-3,织女座南,飞向东面,速度快,持续1秒。——记录员李理"

"11:36,星等:-2,猎户座西,飞向南面,速度快,有余迹,持续2秒。——记录员李理"

"11:37,星等:-2,狮子座北,飞向南面,速度快,持续1秒。——记录员李理"

那两颗流星的绿色尾迹尚未飘散,又有数十颗流星从天空中各个角落飞快掠过,于天幕中织成了一张稀疏的光网,原本晴朗的月,在这群星闪耀的光芒中都瞬间黯然,刹那的芳华仿佛是燃尽了一生的能量。整个山谷的黑暗都被这些闪光的利剑刺透,巨石、青松、竹林、清泉,还有我们所躺卧的这片开满百合花的草坡,都在这流星燃起的光芒中一同闪烁,瞬间明亮如白昼。如果宇宙中有一双眼睛,此刻应该能看到在草坡上躺卧着的我们,罗门、我、何为、林晓,我们都没有说话,想着各自的心事。而李理,却在前面不远处的观星台,一丝不苟地帮助朱老师做记录,他那专注得仿佛时间静止的侧影,就像初中他给我写物理题时的样子,就像他坐在我的右边考试时的样子,就像他踢球时的样子,跑步时的样子,读书时的样子……愿筱雅和李理……我并没有想好我的第三个愿望。林晓和罗门在队伍中出现的时候,李理和我同样惊奇。但罗门告诉我们何为那封信的缘由,李理也就不再追问。可是整个上山的过程他都没有再和我说话,也再没有露出我们俩刚出发时那样心照不宣的笑容。直到山顶,何为冲我跑来的时候,他却安静地走开了。整个傍晚,我与何为在林中话别,他一直在帮朱老师搬器材,画星图,准备观测的材料,默默地,冷静地,不苟言笑地。我猜到他可能是误会了,可是我却又无心辩解,我的心就像眼前的星海一样,纵横交错,剪不断理还乱,是离愁。此情此景,李理啊李理,罗门都知道,你却不明白吗?

第四十章
我身睡卧，我心却醒

"01：31，星等：-1，从狮子座北，飞向东面，速度中，有余迹，呈红色，持续5秒。——记录员李理"

"01：31，星等：-2，从猎户座西，飞向东面，速度快，有余迹，呈绿色，持续1秒。——记录员李理"

"01：32，星等：-3，从天平座南，飞向东面，速度中，有余迹，呈白色，持续4秒。——记录员李理"

"01：33，星等：-1，从狮子座东，飞向北面，速度快，有余迹，呈绿色，持续3秒。——记录员李理"

"01：34，星等：-2，从狮子座北，飞向东面，速度中，有余迹，呈青色，持续2秒。——记录员李理"

凌晨1:30的时候，流星暴如约而至，几乎每一秒钟都有光束从天空的不同角度射出，东面、西面、南面、北面，触目所及,穹苍如盖,星陨如雨——有尾迹悠长飘散如云的,有如剑光一闪而没的,有隐约闪烁须弥而逝的,有红色、青色、白色、绿色——仿佛是梵·高关于星空的画卷,自然地在天幕中铺开,色彩回旋流转,笔触疯狂豪迈;又像是一曲由光影演奏的亨德尔的交响乐,提琴悠扬,长笛凄婉,铜管沉稳,鼓声高亢,波澜壮阔;又好似莎士比亚歌剧中的叙事长诗,沧海桑田,风云变幻,爱恨交织,令人物我两忘。在这宇宙的奇观之间,我突然觉得自己的那些惺惺儿女情是如此狭隘,如此卑微,人世间的种种忧虑又是如此微不足道,"寄蜉蝣于天地,渺沧海之一粟,哀吾生之须臾,羡长江之无穷"——世界之大,人生苦短,漫天星辰,筱雅又何苦执着于一人呢?

梦,明媚的清晨,绿色的草坪,白百合的花门。林晓头戴绿色橄榄叶编成的花环,玲珑有致的身材包裹在白色的拖尾婚纱里,捧着一束红玫瑰,笑容甜美,如仲夏夜的星星。清风朗日,唱诗班和声美妙,是《盟约》:

  我以永远的爱爱你 我以慈爱吸引你
  聘你永远归我为妻 永以慈爱诚实待你
  哦 我愿夺得主的心 用我注视的眼睛
  我的心如禁闭的井 新陈佳果存留为你
  …………

唱诗班的前面,那身着白色礼服,向外观看,皎洁如日头,威武如展开旌旗的男子是何为。而何为的两旁,是穿着银灰色西装,站立如同白玉石柱的李理和罗门。白色的地毯穿过花门一直铺展到白桦林深处,两旁的花引是牵着白纱的白玫瑰,盛放的花朵一直延伸到男子们的中间。白玫瑰的花瓣雨从两旁祝福的人群中倾洒下来，落在我们同样带着橄榄枝花冠的头上。我穿着及膝白纱裙，手里握着一枝毫无瑕疵的白百合，青绿的杆子鲜嫩到几乎要渗出水来，和身旁的陆得相视而笑，一起跟随着林晓向前缓缓走去，向我们的良人走去。

> 将我放在你的心上如印记
> 将我带在你手臂上如戳记
> 你的爱情坚贞　胜过死亡
> 众水不能熄灭　不能淹没

当我终于站到了李理的身侧，就悄悄凑到他的耳边："何为今天好帅，你被比下去了，为什么不穿白色西装呢？"

李理莞尔，接过我手里的那枝百合，将白色的花朵贴在我的脸前，微笑温柔如月亮，明亮如晨星："所罗门极荣华的时候，他所穿戴的，尚不如这花一朵呢。"

可惜是个梦。我不知道自己是什么时候睡着的，但当我再度清醒过来，天空已经复归平静，平静得仿佛是星辰的海洋，无风无浪，什么都没有发生过。我虽然已经完全清醒，却并没有起来。因为我听到山谷中传来蟋蟀、蝉鸣还有前方罗门和李理的私语。

罗门："他们都睡了，老大。"

李理："嗯。"

罗门："吃醋了？"

李理："有点难受。"

罗门："你也会这样啊？难受，就看看星星啊，看看就什么都好了。"

李理:"你不明白的。"

罗门:"话说,你还记得我父母离婚,你劝我的那次吗?我那时候真的觉得特别没有意思,用功读书又怎么样,考好的大学又怎么样,娶了美丽的妻子又怎么样,事业有成又怎么样,孩子很优秀又怎么样,人生一样不会幸福,就像我爸,呵呵。班头发现我所有的选择题都做错,找我谈了几次,讲了好多大道理,都没用,直到让我和你同桌。你真有办法,一大男人竟然拉我去操场看星星。那天晚上你说的话,我一辈子都忘不了。你就这样指着星空对我说:'你看一下牛郎星,它距离我们16光年,再看一下织女星,距离我们25光年。所以我们现在看到的牛郎星,其实是16年前的牛郎星,而我们看到的织女星,其实是25年前的织女星。反过来说,如果在牛郎星上看我们,看到的是16年前的我们;如果在织女星上看我们,看到的是25年前的我们。把我们每个人比作一颗星星的话,这颗星所反射的光束在宇宙当中就像是我们每个人从生到死的电影。命运其实为我们每个人,无论君王乞丐,无论贫穷富足,无论美貌丑陋,无论顺境逆境,都存储了一部以人生为主题的电影,并且随着广袤的宇宙一起存到永恒。所以日光之下,你当如何生活方能不负此生?!'醍醐灌顶,我第一次发现自己的人生可以活成一束光,有永恒价值的光。"

李理:"劝别人容易,轮到自己,真的没有那么容易。而且这世界上很多事情,成绩、财富、地位、名誉,通过努力都可以得到,可是唯独爱情,不是强求可以得来的,需要应许。"

罗门:"可是我觉得你冤枉筱雅了,她并不喜欢何为。"

李理:"是吗?我有时候觉得,她更适合何为,甚至是更适合你,英语课翻译诗的那次,我偶然回头看到她看你的眼神,就像她初中时看我一样。对于她来说,我可能就是诸多同桌中普通的一个，就像何为，就像你。"

罗门："开什么玩笑？！我都看得出来她整个人心里眼里都只有你。唉，早知道早上拿到那封信时，我就不给林晓，应该告诉你的。"

李理："呵呵，没事。我当然知道你重色轻友。"

罗门："老大，我卧底了这么久换你这句话，太不够意思了。"

李理："不管怎么说，谢谢你。谢谢你告诉我她在图书馆看《万物简史》，谢谢你帮我隐瞒观星夏令营的事，不过今天，看到她跟着何为离开的时候，我突然意识到我可能有点着急了。我不应该走到命运的前面，而应该继续等。我所有的好都应该留给我未来的妻子，但是我现在真的还不确定筱雅是不是，就不应该冒犯她……"

一阵风吹过松林，盖住了李理的声音。我的心随着他们的谈话起起伏伏，最后是冷到谷底——不确定？好吧，其实我也还不确定，李理。

此刻我躺卧在山峰间的青草地上，眼前是皎洁如练的银河，牛郎和织女星闪耀在这天河两侧，"盈盈一水间，脉脉不得语。"我望着这从数十光年之外穿越过来的灿烂星光，便回味起刚刚听到的那段话：把我们每个人比作一颗星星的话，这颗星所反射的光束在宇宙当中就像是我们每个人的电影。上帝其实为我们每个人，无论君王乞丐，无论贫穷富足，无论美貌丑陋，无论顺境逆境，都存储了一部关于人生的电影，并且随着广袤的宇宙一起存到永恒。所以日光之下，你当如何生活方能不负此生？！

第四十一章
关锁的园，禁闭的井

这是一个燥热的夏季，燥热到仿佛每一滴水滴到地面就会迅速湮灭，校门口的桂花树，花坛中的黄杨绿篱和串红，葡萄廊架的葡萄藤蔓，教学楼前面高大的挺直了脊背的水杉，宿舍楼后面的翠竹林，操场两侧悬挂着的连翘，以及操场黄土地上不太均匀的一簇一簇的狗尾草——校园里的所有植物，都在烈日的炎炎光芒下奄奄的，没有了生气。唯一生机勃勃的是树枝上的蝉，它一刻不停地"知了知了"地叫着，仿佛在反抗这个近乎疯狂的高二末的夏季。我们就在这样燥热的夏季中，告别辽阔的自然和宇宙，回到了方寸之间——如火如荼的高中校园。

罗门和林晓逃课去看流星雨且彻夜未归的事在学校掀起了轩然大波。学校终于发现了食堂背后那个铁门的秘密，将铁链收紧，永远地锁上了。所以那晚，预备逃出学校看流星雨的那些计划最终都没有实现。据以琳说，学校为了安全考虑，夜晚直接将女生宿舍和男生宿舍的大门都上了锁，以至于她们只能在宿舍里，隔着窗户观看了那场狮子座流星雨。而罗门和林晓两人因为旷课被通报批评，据说原本要记大过，林晓的父亲从中周旋才大事化小。

原计划延续到期末的素质教育实践月，也随着这场流星雨的风波戛然而止，罗门说这主要是因为省教委对于前段时间的检查结果很满意，提前撤场。班级和课程恢复了原有的设置，短暂的逃离之后我们又回到了理科实验班，所有的课外活动就像烈日下的水滴一样迅速湮灭了。

我们仿佛是一台戏，因为观众的消失而闭幕，演员飞快地卸妆完毕，甚至连舞台都被打扫干净，仿佛一切都没有改变过。

仿佛一切都没有改变过，除了少了一个何为。

我的同桌又变成了以琳，罗门的同桌又变成了李理。

仿佛一切都没有改变过，可是明明一切都改变了。

重新回到以琳身边的时候，看到她依然恬静的笑容，我突然压抑不住自己内心已经难以收拾的泛滥的孤单，小心翼翼地说："可以抱抱我吗？以琳。"

她没有说话，张开双臂，默默地把我抱在了怀里，如同久别重逢的姐妹。我这才意识到以琳比我高了半个头，她的怀抱温暖又踏实。我的眼泪流了下来，开始轻轻抽泣。

我忍不住凑到她的耳边："何为去美国了。李理说，他还不确定。"

以琳却笑了，拍着我的后背，淡淡地说："傻姑娘，他说得对，高考是确定的未来，而感情是不确定的未来。为什么要让一个不确定的未来去干扰确定的未来呢？你是一个人，不是一棵树啊,木棉树天生就长在橡树旁边。可是我们的生命中,还会有很多人来来往往。"

旁观者清。我擦干泪,就决定要将这份感情封存,不再触碰。明明可以自己奔跑的时候,为什么要以李理为目标呢?我要跑向确定的未来,哪怕那是没有李理的未来。

返回班级的第一堂课是班会课,实验班的班会课一贯都是黎不开老师的一言堂。可是这次班会课,他借来投影,给我们播放了一段视频,是清华和北大的招生宣传片。全班都鸦雀无声地默默观看着,观看着那些已经在教辅书封面上看过好多次的场景,镜头缓慢地划过北大东门、未名湖、博雅塔、图书馆……又划过清华西门、清华主楼、二校门、大礼堂……

我看到写着清华园三个字的白色的二校门前面,那条路两旁高耸入云的银杏树,银杏叶子黄了,在阳光下呈现出鲜亮而动人的颜色,这颜色衬托在北方高蓝清澈的天幕中,又星星点点地洒落在灰色的水泥路面上,形成一条斑驳绚丽的毯子,而三三两两的天之骄子,在这条仿佛是黄金铺就的辉煌跑道上,骑着自行车快速地穿过这如画的美景,径直奔向他们各自的未来……

这个地方我从来没有去过,可是不知道为什么,看到它们在眼前呈现的时候,我会觉得如此亲切,似乎它们早就随着漫长的求学岁月长在了我的心里一样。

播放完视频之后,班头掐掉投影,又用他那特有的没有平卷舌音的、波澜不惊的普通话开始絮絮叨叨地讲话:"大学生活挺美的吧?孩子们!我们高中成立于1984年,估计你们大部分同学是在这前后出生的。当时成立的目的,就是想将全市范围内所有的好学生集合起来,集中优势资源,为你们提供最好的教育。你们知道,咱们所在的这个地区,是湖北的山区,一共有七个县,其中两个是国家级贫困县。农村的孩子，你们的同龄人，甚至有70%连上高中的机会都没有。在我们学校成立以前，很多县城的孩子，在自己的县城念书，即使再努力也考不上中国最好的大学。但是有了这所高中，就为他们的命运打开一扇崭新的大门，让他们有机会去触碰教育金字塔顶尖的资源。虽然这扇大门依然很窄，对于寒门学子而言却是一个很难得的机会。

"我不是不知道你们喜欢素质教育，但是作为已经带班多年的班主任，我早就很无奈地认清了这个现实。你们生在湖北，不是在北京。咱们没有退路，没有玩着就能考大学的分数线，没有家族企业等着你们继承，没有钱砸你们去海外名校。你们只能靠自己去闯这扇来之不易的窄门。你们也许觉得我对你们太过严厉了，但其实我只是不想让你们后悔，也不想让我自己留遗憾。寒窗苦读了十二年，你们考过无数次试，做过无数的卷子，可是只有明年七月份那次考试对于你们每一个人的未来是有决定性价值的。那一次考试的分数和名次决定了明年的这个时候，你们会坐到哪一所大学的课堂里，现实地说，这所大学的名气虽然不能决定你未来的全部人生，但确实就是你未来人生的起点。

"不要跟我说什么教育不公平，没有什么是绝对公平的，你先遵守这个规则，在这个规则当中胜出，才有改变规则的可能性。应试教育并不适合所有人，但你们既然来到了这所重点中学，又来到了我的这个实验班，就说明你们每一个人都是能够适应这个规则的。我并不要求你们每个人最后都能上清华，上北大，但既然已经努力了十一年，为什么不在最后一年争取那个最好的结果？而高考，也许是你们人生中最后一次和全省的同龄人乃至全中国的同龄人竞争的机会，虽然你们胜出的概率并不一样,但是你们至少同样都有胜出的可能性。

"为了赢得这次竞争,我最后提醒你们,第一,高考是全方位的较量,所有的科目围成一个木桶,短板决定了你最终能达到的高度,所以一定不能有弱科;第二,高三最有效的学习方法就是勤奋,做题,改错,做题,改错,做题,改错,一定会有提高;第三,注意身体,合理休息,但是休息不是为了放松,而是为了更好地学习。

"最后我要说,我喜欢看足球,我常说足球的魅力是胜负难测,高考也是如此。努力不一定会赢,但是如果不努力,就一定会输。而努力了,即使没赢,至少不会后悔!另外,为了让大家能尽快收心,我已经跟学校申请让我们班和正在备战高考的高三年级,一起参加接下来的八校联考、省模考、省调考等模拟考试——同时给你们全体报名参加七月的高考,当作练兵。加油,孩子们!"

第四十二章
你回来，你回来，使我们得观看你

很快我们就明白了班头这番话意味着什么。因为我们高二剩下的一个月都在暗无天日的考试当中度过。而面对这一系列突如其来的一次接一次的考试，不知道为什么，我反而觉得自己心里异常平静，平静到仿佛是深井中的水，什么风都兴不起波澜。甚至我有一点隐隐约约的兴奋，考试挺好的，至少可以让我忘记一切，只有眼前，只有当下。说实话，此时此刻，哪怕仅仅是为了忘却，我都挺想要努力，何况那个未来近在咫尺，如此清晰可见，清晰到就像眼前的这份高考试卷一样。讲台上，老师默默地将牛皮纸袋上的封条撕开，取出其中折叠整齐的试卷，再传递到我手上的时候，我突然感到了一种不真实的兴奋。

难道这就是高考吗？十二年的努力，承载在这样一方窄小的卷子、有限的题目之上。那些化学方程式，那些三角函数，那些物理公式，那些英语单词，那些圆锥曲线，那些早起晚睡的日日夜夜……就是为了此刻，为了今日，为了班头所说的这道窄窄的门？

可是这犹豫只是瞬间的，填好名字，我立刻奋不顾身地跳进了这白色和黑色组成的海洋中，我的帆就是我的笔——只有先存活下去，才能到达彼岸。

第一堂是语文，我拿到卷子就先翻到最末的作文题。

北大山鹰社与五名登山队员因雪崩遇难后，引发了一场不同寻常的激烈辩论。更多的人对北大学生暑期冒险登山的行为持否定态度。对此一位北大学生说："每个人都有不同的价值观，我们喜欢登山是因为它使我们感到生活有意义，我们登山不是为了钱，而是为了心灵的自由，这是我们每个人的选择，与其他人无关。"

话题：心灵的自由

自从上回和罗门同桌，看过他的满分作文之后，我就意识到自己那些无病呻吟的周记对于提高我的作文成绩是毫无益处的。于是我跟嵇老师说我不要写周记了，我要开始练习高考作文。嵇老师笑了笑，给我递来了一沓厚厚的方格作文纸，叮嘱我说："以你的文字功底肯定没问题，记住，前后呼应，结尾点题，大格局，主旋律，妥妥满分。以后拿到卷子可以先看看作文题，构思时间能长一点。"从那以后，我就开始每周找一个题目来练习命题作文，渐渐地写到收放自如的程度，就暗暗苦笑，原来不仅仅是理科，连作文都可以刷题啊！所以此时在语文考场上，看到最后的方格作文纸竟然觉得异常亲切，仿佛是跑到了终点……

直到所有科目考完，我才意识到班头说得没错，考试确实是让人快速清醒的好办法，就像把一个发烧的人突然扔到冰冷的海水里，他所有的杂念都会瞬间消失，所思所想唯有当下，如何能够活下去的当下。

　　清醒过来的显然不仅仅是我——那些萌发中的爱情的小火苗也随着这盆考试的冷水被彻底浇灭。张齐又变成了那个热衷于和我对数学答案的张齐，而不是追在以琳身后和她对英语台词的男孩。达摩又变成了那个冷冷的不苟言笑的学年第一，而不是那个激烈地和雅典娜辩论的达摩。周平这次考了班级最后一名，甚至都不去踢球了，也不在草坪上对着陆得弹吉他唱歌了。罗门又变回了那个成天趴在桌上的睡神，而不再吟诗作赋，不再想他的林晓或者郝恬——据说郝恬给他写了回信，可是被班头扣下，交给了罗门的爸爸。而我，已经不再关心李理了。

　　女生们停止了卧聊，又回到了高一升高二刚刚组建实验班时那种沉寂的做题的状态。英语老师再也不讲诗了，又开始讲卷子；生物老师再也不讲性了，又开始讲卷子；物理老师再也不讲星星了，又开始讲卷子。

　　没有了星空，没有了戏剧，没有了辩论，没有了吉他，只有卷子，漫天飞舞的卷子——高二升高三在我们学校是没有暑假的，所以补课的第一天，我们就遭遇了那场漫天飞舞的卷子雨——高考结束之后，上一届毕业班高三的学生近乎疯狂地将堆积如山的试卷撕碎，从顶层教室走廊上空如雪片一般纷纷扬扬地洒落下来，这些破碎的纸屑飘洒了整整一个中午，教学楼下方的广场被"雪"结结实实地覆盖了好几层，近乎及膝。我们这群无辜的，因为前辈的毕业而自动晋级到高三的学生，趴在教室的走廊上，望着这场从天而至、突如其来的"六月雪"，不由得联想到语文课本里窦娥的冤情,又油然生出了一种自己行将英勇就义的悲壮感。

以琳望着纷飞的雪花,就莫名念出了黛玉的《葬花吟》:"花谢花飞飞满天,红消香断有谁怜。"

我望着一脸严肃的她,苦笑着接了句:"侬今葬花人笑痴,他年葬侬知是谁。"

张齐却忙在一旁感慨:"干吗这么早就把卷子撕了?分数还没出来呢,万一要复读不还得买,多费钱啊。"

立马被周平训了一顿:"有你这么乌鸦嘴的吗?"

楼下的行人看到这纷纷扬扬的"雪",均绕到一层的走廊,那里尚有遮蔽,不用暴露在乱糟糟的试卷碎屑之下。可是此时一个路过的黑衣男生,却莫名其妙地直接冲进了这场"雪"之中,一边任由这些白色"雪"花洒落在头上身上,一边声嘶力竭地呼喊:"莫听穿林打叶声,何妨吟啸且徐行。

竹杖芒鞋轻胜马,谁怕?一蓑烟雨任平生。

料峭春风吹酒醒,微冷,山头斜照却相迎。

回首向来萧瑟处,归去,也无风雨也无晴。"

苏轼的《定风波》。我望着这个黑衣黑裤的轻狂少年,油然生出一种被治愈的清爽,顿时觉得他潇洒得很。

"看到那个男生了吗?那是上届高三复读班的明光,他们年级的神人。"雅典娜指着那个吟诗的少年,赞叹说。

"嗯,明光还是上上届的高考状元呢,当年去了北大,不知道为什么今年年初从北大退学回来了,重新参加高考,也不知道他考得怎么样。"达摩接着说。

明光,明亮如晨光。我默默地记住了这个名字。很快我们就知道明光同学的高考成绩了,因为高三正式开学,发下来的本班

"高考排名表"中，第一名就是明光——这个传说中的神人成了我们的同班同学，他复读了。他考了660分，正好是今年清华的录取分数线，比第二名足足高了50分。第二名是李理和我，并列，610分，接下来是达摩、雅典娜、罗门，都刚刚过了600分。不知道为什么，拿到这个结果的时候，我又惊喜又有些懊恼，惊喜的是自己的排名，竟然超过了班级所有人，而懊恼的是我终于追上了李理，却是在我最不想要和他并排站在一起的时候。

可是此刻我望着排名表上那个最顶上的明光，却纳闷——已经考上了，为什么还要复读呢？

第四十三章
天起凉风，日影飞去

　　夏末秋初，天气已经有些寒凉，校门口主干道上桂花的香味又开始淡淡地清甜地弥漫在空气当中。在这凉风夹杂的清甜香味中，我们告别了原来的高二教室，搬到了教学楼顶层的高三年级。这并不是一个轻松的工程，光是把那些厚厚的教辅资料从原来的四层搬到六层，我就费了好大的力气。

　　最狼狈的是张齐，他从上一届高三那里讨要了许多据说颇为有用的教辅资料，一股脑从学校门口的小卖部搬了过来。

　　以琳觉得长发麻烦，难以打理，干脆剪了短发。

　　达摩甚至批发了一箱传说中的"红牛"放在教室，每天午后就来一罐。

　　雅典娜和陆得的妈妈都过来陪读了，她们俩搬出了宿舍，这样可以不受宿舍熄灯的限制，用更长的时间学习。

大家都用各自的方法来迎接这个不一样的秋天，这个属于我们的奋斗的季节。

此刻望着蓝色的门牌上高三(6)班的字样，不知道为什么，我的心里突然对这个传说中的黑色高三充满了期待。虽然明知会非常痛苦，但毕竟，我们已经站在了离梦想最近的地方。

换教室的第一天，班头就将高二我们拟好的那个高考目标分大榜重新整理，旁边加上这次我们高考的分数，又挂在了新班级的墙上。虽然这个榜上，我的名字仍然排在最后一个，但是此时的我已经完全可以坦然地面对了，甚至此刻那个排在最末的名次，反而像是我的荣耀。苦难是命运的礼物，那是对于胜利者而言的，只有胜者才能接受这个礼物。我之所以能如此坦然，其实就是因为我已经不再是那个倒数第一，而是年级第三，虽然610分与我理想的660分还相距甚远，但是我有信心，如果我能坚持努力的话，就一定可以做到。

就像李理说的一样，这世上知识、地位、财富、成就都是努力追求可以得来的，唯有爱情……啊，我为什么又想起李理了呢。不，我赌气地觉得660分的目标对我来说都是限制了，我为什么不能像李理一样考700分，甚至超过他呢？那样我就可以任意选择自己想去的城市、学校、专业。我不应该给自己的未来设任何限制，就像跑步一样，在比赛之前我觉得自己一定不可能得第一，只是尽力一搏，最后的结果却超乎想象。所以我不能够再逃避，班头说不能有弱科，哪怕是我不喜欢的英语，我也要多向以琳请教，想办法追上去。

况且我还仅仅只是年级第三，就在我们班还有一个把我甩了50分的明光，排名表上显示，明光除了语文不到90分之外，其他成绩，连英语都几乎是满分，包揽所有科目第一名，真是难以想象,好庆幸我还有整整一年的时间可以弥补这可怕的差距。

想到这儿,我就看了一眼教室最后一排的传奇一般的明光。其实我们还没搬到这个教室的时候,他就已经在那儿了。他坐在教室角落靠窗的座位,单人单桌,据张齐说他原来在复读班就这样,不与任何人同桌。他穿着黑色的帽衫,帽子始终戴在头上,头始终埋在书堆里,看不清楚他的样貌。他很沉默,几乎不说话。以琳说每天早上她早起晨读英语的时候,明光也在。周平说晚自习结束,明光还一直在学习,几乎不睡觉。班头让他介绍一下自己,他只是站起来,说了四个字"我是明光"后就坐下了。连班级中最为活跃的小胖子张齐,鼓起勇气去找他讨教学习方法,也吃了闭门羹。据说明光只回答了他一句:"多复读几次你就知道了。"他不苟言笑,似乎也从来不听课,只是埋头于自己手头的各类学习资料。以至于同学们都觉得他是一个异常神秘的人。开始的时候,每个人进入教室,都会往明光的角落好奇地看一眼,后来也就渐渐忘记了。长此以往,大家都习惯了角落里有这么一个人存在,习惯到仿佛他不曾存在。

从北大退学来复读,就仿佛是从天宫被贬落凡间,包揽除了语文外所有单科以及总分的年级第一,直接将我们这班学霸碾压成渣,实在是太容易让人有天生的距离感。所以这天傍晚,他主动找我聊天的时候,我才深感意外。其实他只是轻轻敲了敲我的桌子,说了三个字:"跟我来。"我就仿佛是中了什么魔法,站了起来,随他走到了教室外面。从班级里走出去,我看到周围同学的目光,充满了好奇,又有些讶异。我随明光走到了教室另一侧走廊的尽头,这里有一个小小的阳台的拐角,走廊上的人刚好没法看见我们。

远处是苍茫的笔架山,夕阳挂在远山之上,就像一个将要流油的咸鸭蛋黄，无精打采的，仿佛随时都会被黑暗的阴影吞噬。就在这个群山间的咸蛋黄的光芒里，他回头，塞给了我一张报纸，说："这是你写的吗？"

我接过来一看，确实是我写的那篇关于山鹰社的高考作文，据说得了满分，被嵇老师讨去，登在了校报上，我还没有看到过，也不知道明光是从哪里得来的。

鸢飞戾天

如山鹰折翅于旷渺的长天，如野马失蹄于广袤的草原。

五个年轻而鲜活的生命，在白雪皑皑的山巅，猝然而逝，含恨抑或是含笑？

滚滚而来的不仅是无情的雪崩，还有流言。

白雪埋葬了他们的身影，而流言淹没了他们的声音。

"青春的狂热。"他们说。

"不负责任的生命冒险。"他们说。

雪山无言，苍天可鉴。

那是五个怎样的青年啊，十二年的寒窗苦读，他们从亿万学子中脱颖而出，走进了未名湖畔的湖光塔影中。他们本可以在象牙塔中安静地构架自己的梦，在故纸堆中平和地寻找已逝的激情，可他们本是不甘于平淡的人儿，年轻的心怎能抗拒雪山的诱惑，久被压抑的青春终要放飞在蓝天。

层层选拔，勤勤训练，当少年的稚气化为青年的刚毅，当羸弱的书生变成意气风发的社员，他们五个成了最幸运的人，穿上钉鞋，背上行囊，带着家人的祝福与师友的期盼，他们踌躇满志，是山鹰，就要飞翔。

没有人能预知前面会有什么,但每个人都清楚一旦失败意味着什么。再坚强的血肉之躯也禁不起漫天的飞雪,再精密的计算也算不过险恶的自然。

没有人退却。

他们掌握最尖端的科技,可也有最自由的思想;他们肩负国家的使命,可也有自己的追求。当三点一线的校园生活再也拴不住他们羽翼渐丰的双翅,他们振翅而起,以一种独特的方式去完成自我超越与完善。

登山的人最热爱生命,因为热爱才用生命的探险去将生命充满。

丰富的知识让他们渴望人生的丰富,自由的北大让他们追求心灵的自由。

他们选择了雪山,不顾身后善意的劝阻与恶意的嘲讽。

然而圣洁的雪山变为冰冷的坟墓,年轻的生命定格在那花样的年纪。

多少人扼腕而叹。

于是鹰因惧怕风雨而被捆住双翼,船因怕触碰暗礁而被搁浅在沙滩。

为追求自由的死亡成为禁锢自由的借口,要长成不惧风雨的鹰怎能没有风雨的锤炼?!

他们是最优秀的青年,世人给了他们重担,是否也应给他们一片自由飞翔的天空?

因为热爱生命,所以不怕死亡,正如谭嗣同没有因贪生而放弃变法,鲁迅不会为怕死而扔掉笔杆,这群读着"我自横刀向天笑,去留肝胆两昆仑"的热血男儿,怎能没有"我以我血荐轩辕"的豪迈!五四精神几代传承,百年名校几度兴衰，正是因着青年们探索未知的勇气和征服高山的气概，我们的民族才永远蓬勃向上，我们的国家才永远昂扬向前。任何尝试都会有风险，但不能因为风险而拒绝尝试，更何况他们已经尽力把风险降到最低限。

"鸢飞戾天，鱼跃于渊。"是山鹰就该翱翔于旷渺的长天，是骏马就应奔腾于广袤的草原。

拨开厚重的乌云，还一方明净的天空，让这些年轻的心在草原上自由地放牧。

当山鹰社走出悲痛的阴影，当勇敢者再踏上勇敢的征途，相信雪山上那些为自由殉难的英魂，终会含笑而眠。

第四十四章
那时，我在他眼中像得平安的人

看到自己的文字被印成铅字，登载在报纸上，我有种莫名的兴奋，而伴随这种莫名兴奋的却是一种奇妙的陌生感，陌生得仿佛不是我写的。后来我发现，自从我开始练习高考的命题作文，我对于自己的文字就有了这种特殊的陌生感，仿佛这些华丽的篇章都是从面条机里碾压出来的精致的面条，足以果腹，了无生趣，却又让此刻对于分数无比饥饿的我乐此不疲。

"嗯。"我点点头，想到明光的语文只有90分，而我这次考了接近140分，心里多少有些得意，难道明光要像张齐一样，问我语文怎么学的吗？那我也得好好问他英语怎么学才行。

"遇难的五个人里面，有一个是我当年的同学，他是我在北大念书时最好的哥们。"明光淡淡地说。他这个谈话的开场无比凝重，让我原本还比较轻松的心情瞬间低沉了，真没想到。此时我才看清楚明光的面庞，虽然他依然戴着黑色的帽子，但是他的侧影轮廓分明，鼻子如同鹰勾，黑色的眼睛深陷在脸庞里，明亮又哀伤。

"我当时在高考的考场上看到这个题目，满脑子都是他的脸，他爬山的样子，他笑的样子。所以我的作文一个字都没有写。"明光接着说。

"啊？！"我不知道如何表达自己内心的震惊，他说的一切显然都超出了我的认知，甚至我为自己刚才的得意感到羞耻。原来他是因为没有写作文……对我而言这个题目和我练习过的许多个题目并无二致，我习惯性地用大而无当的典故和华丽的排比来构写整个文章，我去揣测阅卷老师喜欢什么样的文字，也自然而然地循着套路得到了满分。可是我又多少能理解明光此时内心深处的悲哀，死去的那个人是身边活生生的人还是远方不太相干的人，带给人的悲伤是截然不同的。

"我刚考上北大那年，一下子失去了人生目标，你知道的，18岁以前，人生目标就是高考。当时我又学了一个自己不爱的专业，很颓废。期末挂了很多科，被劝退。辅导员劝我退学那天，我在未名湖边坐了一整晚，三次走进去又三次退出来。后来是他在湖边找到了我，扇了我一耳光，跟我说男人不要意气用事，大不了从头再来嘛，想想自己的父母呢。"明光说到这里，顿了顿，眼角有星光闪烁，"我确实是想到父母才放弃了轻生的想法，回来复读了。可是没想到没过多久，就接到了他的死讯。他是独生子，他的父母在告别会上哭得真是撕心裂肺。那一刻我特别感谢他当年在湖边拉住了我，不然我的父母真的不知道会怎么样。但是他自己却……老天爷太不够意思了，那么阳光那么健康那么积极的一个人！他曾经跟我说去爬雪山吧？下来的时候你就会觉得所有的困难都微不足道，能活着就太幸福。"

明光说话的时候，我感到一种别样的压抑，压抑得我几乎没有办法呼吸。所以他转头看向我，我却完全没有勇气承受他悲哀的目光，默默地低下了头，好像自己是犯了错的孩子。

"筱雅，你的文章写得不错，就是太理想化太幼稚了，他怎么可能含笑而眠呢？他还有自己的老父老母，他还有许多梦想，他还有未曾爬过的山，他才只有20岁！你不知道，他多么热爱生活，要是能够不死，他一定愿意永远活着。"明光说到这里，声音越来越大，越来越激动，让我有一些害怕，"复读的半年，我就觉得自己一直都像在爬雪山，爬到几乎要窒息，但是我没有办法，我只能不停地往上爬。等我终于到了山顶，却没有想到自己会遇到一道这样的作文题，让我趴在考场上哭得跟狗一样。其实考完语文，我就决定再复读一年，可是我仍然坚持考完了后面的科目，因为我不知道不考试我还能做什么！"

"可是你仍然考上了啊！"我疑惑。

"我只是刚刚够线，选不了自己喜欢的专业，又不接受任何调剂，我宁肯再过一年高三，也不想在同一个地方栽倒第二次。人生这么宝贵，如果不能按照自己想要的方式生活，那还不如死了的好。"明光说到这里，突然把腿抬起来，一脚迈上了走廊的栏杆。

"啊，不要！"我意识到他似乎是要轻生，忍不住惊呼一声，伸手去拽他。

"你干什么呢，明光？"我正惊魂未定，突然听到了李理的声音，再回头，他已经站在了我和明光的中间，一边拽住明光一边看着我。我不知道他是什么时候过来的，虽然我心里仍然想和他保持距离，可是此刻，不知道为什么我的身体却下意识地靠近了李理，顿时觉得自己好没有出息。

明光仍然挣脱了我们，坐到了走廊栏杆的平台上，然后伸出手，看着我们俩："呵呵，别担心，死过一次的人是不会再自杀的，我只是想吹吹风，这里风景很好，你们也要上来吗？既然不知道自己哪一天会死，那么每一天都要活得自由。"

我满腹疑云地抬头看向这个仅仅大我三岁却仿佛已经经历过许多场人生的奇怪少年，迟疑着。李理却已经爬上平台，坐到了明光身旁。

"筱雅，班头让我来叫你去他办公室一趟，你先过去吧。"李理看着我，认真地说。

"可是……"我看着眼前的状况，有些犹豫。

"放心，这儿有我呢，你快去吧。"李理的目光坚定又充满平和，我纷乱的思绪在他这样温柔的目光中一下子平静下来。

"嗯。"我点点头，默默地离开。

教师办公室完全是另一个世界，班头笑容可掬地看着我，说："筱雅，这次考试考得不错，作文写得也很好。学校评选高三年级的优秀学生，我报了你和李理两个人。马上就是高三学生动员大会，我希望你能作为高三年级的优秀学生代表在会上讲话。"

我有些意外，说："其实李理更优秀，我只是偶尔考得好而已，还是李理讲吧。"

班头就笑了，说："你们俩还真逗，刚才我找李理来着，他说你文章写得好，推荐你讲。这次安排了两个人发言，你和李理。别推辞了，你的进步很大，正好可以鼓励一下高三的同学们。"

"嗯，那好吧。"我心里仍然惦记着平台上的两位，就胡乱地点点头,匆匆回去。

一出办公室,我就忍不住抬头望向平台的方向,却意外地看到两个少年,坐在平台上,一黑一白,俯仰交错,相谈甚欢的样子仿佛久别重逢的老友。

我想到罗门在流星雨那天晚上的话,不由得笑了:"李理啊李理,你是问题少年拯救者吗?大白天的难道又带明光去看星星了?"更神奇的是,晚自习的时候,李理和罗门一起搬到了最后一排,和明光坐在一桌。

今天是语文晚自习,嵇老师照旧安静地坐在前面读书,他也清楚语文自习大部分时间大家在做各科的习题,少有人做语文练习的,通常也不会有人问问题。可是今天,李理却莫名其妙地跑到讲台上,和他讨论了许久,不知道是什么事情。而我想到班头下午布置的任务,就摊开作文纸,想准备准备动员大会上的发言稿,但一看到作文纸,就想起下午明光的那些话,一时心绪烦乱,觉得人生的境遇何其复杂,即使考上好的大学,就有平安和幸福吗?所以竟然一个字都写不出来。

正在郁闷的时候,后桌的张齐突然戳我,眯缝着眼睛,笑嘻嘻地说:"筱雅,有信。"说话间就给我递来了一个数学草稿纸做成的简易信封,里头厚厚的,似乎有一沓什么。

我纳闷:"哪儿来的?"

张齐努努嘴,指向教室角落明光和李理的方向,不怀好意地笑着说:"估计是情书。"

第四十五章
他们爱你是理所当然的

我并没有理会张齐,接过这个简易的信封,就拆开。

迎面看到的是李理的字迹,我原本平静如镜的心又泛起了涟漪。

  筱雅:

    班头看了我写的发言稿,不太满意。

    刚才我也给嵇老师看了一下,他建议我请你帮忙改改。

    麻烦了,谢谢。

                李理

原来是这样。

我心说,我自己都不知道怎么写呢,哪有心思帮你改?

可是看到这张字条，我禁不住想起上一次看李理的文字还是在初中偶然的机会读到他的日记。

所谓偶然，貌似是我和舒文打赌，舒文输了，她帮我偷过来看的，那时年纪小不懂事，只是觉得新奇又有趣。

李理的日记文字朴实，内容无非就是少年的流水账和小小的生活感悟。

还记得有一篇他写自己穿了一条打补丁的裤子来上课，以至于被同学们嘲笑，回去向母亲哭诉。他母亲却说，别人看人，看外貌，我们不能这样，要看人的内心。若是内心清洁，衣服破了不算什么。

他就在日记中写：人看人是看外貌，却不愿看人的内心，愿我不要这样。

当时我和舒文还觉得好笑，男孩子也会哭啊？毕竟我们俩都算是衣食无忧的孩子，没遇到过类似的情形。可是后来年岁渐长，越觉得他那种对父母的顺服和推己及人的自省是多么可贵。

这么想来，真是好久没有读过李理的文章了。

终于还是打开了这篇讲稿，并不长，字句也简洁。

各位同学、老师，下午好！

我是李理，来自高三(6)班。我出生在湖北偏僻山村，在农村读完小学，那个小学三个班，一个老师。因为县里的一中开办第一届初中部，通过语数联赛，我得以进入县里最好的初中。我进入初中没多久，我的小学就关闭了。我有一多半的小学同学没有读完初中就已经辍学，在家务农或在外打工。我所在的重点初中有三个班，一半学生是考试进入，一半学生是县城里达官显贵之后。我知道这个机会来之不易,所以初中我更加勤奋读书,通过中考进入这所市重点中学。在我进入重点高中之后,我的初中就关闭了。我们中一部分人继续读高中,另一部分人辍学,在县城继承自己父辈的职业。

  黎老师说,我们这所重点中学成立于1984年,在此之前,这个地区的孩子其实没有一所好的中学,而1984,恰恰是我出生的年份。我很感谢我的小学、我的初中、我的高中,它们共同造就了今天的我。如果不是有学校有考试这种选拔制度,我这个出生于农村的孩子,也许永远都没有接触优质教育资源的可能。所以此刻,站在离高考最近的地方,回想自己的求学历程,仿佛就是过完了一个桥,这个桥就会塌掉,命运之手的奇妙计划,一方面让我觉得步步惊心,另一方面让我觉得这一切的幸运实非偶然,非常感恩。

  我父母所在的年代就没有高考,他们没读完初中就辍学,只能在家务农。后来辗转开始经商,也屡屡碰壁,常常后悔自己读书太少。他们深知"读书是孩子唯一的出路",所以他们从来不打牌,每天吃完饭收拾完碗筷,就招呼我和妹妹坐在家里的四方餐桌和长凳上,每人发一本书,看谁坐得久。我母亲没有什么文化,因为读《圣经》认识字,我幼年时她就喜欢给我读《圣经》,我印象最深的是传道书中的一个问题:天下一生当行何事为美?

  我从小就很喜欢物理,探索万物之理。宇宙浩瀚无穷,地球却刚好处在那个能产生生命的位置,让我生出无限好奇。短暂人生在浩瀚宇宙间,当行何事为美?初中时,我偶然读到保罗·科艾略的《牧羊少年奇幻之旅》,就很喜欢。这本书是一个寓言,讲述一个牧羊少年跟随天命,历尽

第四十五章 他们爱你是理所当然的 / 243

艰辛去埃及追寻宝藏的过程。故事里说每个人都有自己从天而来的使命，但是有些人在庸常的生活中丧失了这天命，只有少数的勇敢者会领受呼召开始追寻。天命的追寻并非一帆风顺，常常始于新手的幸运，终于远征者的坚持。而我即将成人，就越来越相信我们如同牧羊少年一样，离开自己家乡来到这里的每一个人都非庸常，其实都已经有了"新手的幸运"，为了让我们得以追寻自己人生在世的使命。追求天命的过程并不平坦，我也常常陷入低谷，但我知道只有竭力追寻的坚持才能到达终点，所以只要我们还奔跑在路上，这就是最美的人生。

读完李理的这篇讲稿，我只觉得心里异常温暖。

往事如昨历历在目，《牧羊少年奇幻之旅》不就是那本我们年少时一起读过的书吗？

薄薄的一册寓言故事，我看了觉得有趣，就推荐给他看，本来不怎么爱看闲书的他那次也看得津津有味。我还记得他说他最喜欢其中的那个少年，不甘于平庸，不顾一切，充满为了天命冒险的信念。我说我喜欢沙漠女子法蒂玛。少年遇到他命定的那个沙漠女子的时候，一度都想为了这个女子放弃梦想，在沙漠的绿洲里安享余生。但是女子跟他说，沙漠中的女子是不会阻止自己的男人追寻梦想的。法蒂玛选择了鼓励和等待。不过，如果我是法蒂玛，我想和少年一起走，一起追寻天命。

12岁到18岁，6年，一样的初中，一样的高中，李理说他特别幸运，筱雅又何尝不是呢？想到这里，我突然有些理解李理那天说的不确定了，他只知道自己的人生有更重要的使命，却不知道我是否愿意如沙漠女子一般等待，甚至更不知我能否与他一路同行。我愿意，无论是分别时的等待，还是相聚时的同行。谁说这不是一封情书呢？这不就是我想要的爱情吗？

我又回头看了一遍这篇讲稿，就明白了李理为什么对罗门和明光都那么有办法，他总是能带你跳出自己人生的局限，让你看到更大更广阔的世界。很多事我视为理所当然，他却视为值得感恩的幸运。当我还在纠结分数、排名的时候，他已经在追寻人生的意义了。所以他并不争，却天下莫能与之争。难怪他们都理所当然地喜爱他，愿意和他亲近……

"真的是情书吗，看得这么入神？给我看看吧。"以琳估计是看到我出神的样子，好奇地凑过来。

"啊？"我的思绪被猝不及防地打断，"没什么，就是李理在高考动员大会上的发言稿，他想请我修饰修饰。"

我想着反正是公开的讲稿，便递给以琳，说："我觉得写得挺好的，但据说班头不太满意，我也不知道该怎么改。"

以琳默默读完，笑着说："谈了好多人生，却没怎么讲高考呢。毕竟是个高考的动员大会，还是得紧扣主题，打打鸡血吧。天命再美好，也得先过了眼前这关啊。"

嗯，我默默思忖，觉得以琳说的对，便为他这篇稿子续写了一个结尾。

第四十六章
我的良人白而且红,超乎万人之上

　　动员大会在学校的大礼堂举行,大礼堂位于行政楼和教学楼中间,就是上次高二开学典礼时清华、北大学生回来演讲的地方。
　　一样的组合,一样的布置,一样黑压压的观众席和光芒万丈的讲台,只是此时,讲台上的那一位变成了李理。
　　相比前面校领导和老师例行公事一般的发言,李理的讲话虽然语调平实,但却真诚又激动人心。

　　各位同学、老师,下午好!
　　我是李理,来自高三(6)班。
　　……
　　千里之行,始于足下。

此时此刻，对于在座的同学们而言，带着自己人生的使命和亲人的期望，我们已经站到了离梦想最近的地方。

高考就是这道使命之门，我们交出的答卷则是打开这扇门的钥匙。

如果我们能够成功迈过明年七月的这扇门，

立志从医者，就可以去医科大学学习医学；

立志为师者，就可以去师范大学学习育人；

立志经商者，就可以去顶尖商学院学习经商之道；

立志工程者，就可以去学习各类工程、各类设计；

立志科学者，就可以去学习探索各种宇宙的奥秘。

……

明年七月，愿我们都能拿着录取通知书打开自己的使命之门。

明年七月，愿我们都能青春无悔！

李理念完这篇发言稿的时候，全场掌声雷动。

我看到台下的老师和校长都向他投去了赞许的目光。而讲台上的他却微笑地望着我，意思仿佛是，该你了，筱雅。

我迎着他的微笑，匆匆地拿着自己的讲稿向讲台跑去，迈上台阶的时候，却因为台阶太高一个趔趄，差点跌倒——李理扶住了我，耳边传来他轻声的耳语："小心。"

他把话筒递给我，说："加油，筱雅。放心，我会给你当托的。"

我看着他诚挚的目光，就觉得心里异常平安，颔首感谢，略一定神，就接过了他的话筒，站到讲台上，鼓起勇气，开始了自己的发言：

大家好！我是李理的同班同学，筱雅。李理讲了一个关于天命的故事，我想讲一个关于梦想的故事。

记得去年秋天，理科实验班分班后的第一次期中考试，我还是倒数第一。班头找我谈话，问我要不要转到文科班，我倔强地说，我不，我想上清华建筑系。当时我自己都觉得好笑，倒数第一，清华建筑。怎么可能？大家知道我们上上届也有一个叫以诺的学姐考上了清华建筑系，她们去年回学校演讲的时候，也是在这个大礼堂里。当时她在台上，我在台下。那时嵇老师跟我说，以诺能，我也能。我望着台上的灯火辉煌，却在台下哭得泣不成声。

我当时觉得自己和梦想的距离就是天与地之间的距离。

但是，哭过之后，我也想到了那本《牧羊少年奇幻之旅》，印象最深的，是牧羊少年出发之时，遇到撒冷之王麦基洗德，撒冷之王告诉他："当你就是想做一件事，多困难也不在乎的时候，全宇宙都会一起来帮助你。"我当时就倔强地想，我就是想上清华建筑系，多困难，我都不在乎。

高二是我迄今为止求学生涯里最勤奋最刻苦最难忘的一年，这一年里我跑了最长的距离，完成了最多的习题，订正了无数的错误，甚至写了最多的文字，我挑战了许多陌生的领域，做到了许多我原来以为自己根本做不到的事情。而一年后的如今，我已经不再是倒数第一，而是年级第三；我已经不再怀疑，而是清晰地看到了自己的梦想。

此刻，我还没有实现自己的梦想。我原来也想，自己是不是有足够的勇气在大家面前宣告。但是我之所以讲述这个冗长的故事，就是想告诉大家没有什么是不可能的。只要你愿意梦想，而且足够坚定。

　　此刻，我们眼前距离最终的高考只有一个学年，不管如今的你处在什么位置，你是不是还记得自己的梦想？你是不是仍然保有希望？你是不是愿意宣告出来自己那个埋藏心底的渴望。如果你还记得，那么我邀请你，和我一起勇敢地说出自己的梦想：我想上清华建筑系，多困难，我都不在乎。

"我想上清华物理系，多困难，我都不在乎。"我话音刚落，李理就喊了出来。我看他卖力的样子就想，这托可找得真好啊。

"我想上清华数学系，多困难，我都不在乎。"明光继续。

"我想上北大电子系，多困难，我都不在乎。"罗门继续。

"我想上清华计算机系，多困难，我都不在乎。"达摩说。

"我想上复旦英语系。"这是以琳。

"我想上清华经济系。"这是雅典娜。

"我想上北大医学院。"这是陆得。

…………

全场的声音陆陆续续地响了起来，最后混成一片愿望的海洋。

大家都纷纷地向周围的人宣告自己的梦想，宣告自己医生、律师、教师、工程师、科学家的梦想。在群情激昂的氛围中，好像没有一个人觉得不好意思，而是诚实地、认真地面对自己内心的渴望，仿佛在对未来的自己做一个庄重的承诺。

我看着台下穿着蓝色校服、风华正茂、列队齐整的少年，就觉得青春真好，什么都不必惧怕。既然一个小梦想和一个大梦想都需要通过努力才能达到，那么为什么我们不给自己一个大大的梦想呢？

动员会结束，下台的时候，以琳向我竖起了两个大大的拇指，说："真的很受鼓舞，筱雅，谢谢你分享你的经历。逆境中的坚持往往最打动人心。"

而李理则穿过人群来到我们面前，脸庞黑里透红，洋溢着难以掩饰的兴奋："筱雅，你今天讲得真好。你也记得《牧羊少年奇幻之旅》啊。"

我微笑着回应："嗯，是啊，你忘了是我们一起看的吗？"

说完我又觉得不好意思了，便补了一句："你讲得更好，真诚又感人。"

"都是你改的讲稿好，那天我把改完的讲稿拿给班头看，他看完沉吟半天说，就这最后一段写得最好。我心说，敢情就是筱雅写的那段好啊。"李理学着班头的口气，摸着"胡子"，慢条斯理地说。

李理学班头的语气学得还真像，我被他滑稽的模样逗笑了，听到这拐弯抹角的夸奖又有些害羞，便低下头，羞红了脸："唉，班头其实就是想鼓励一下大家嘛。不过我大话说出去了，不知道最后高考完的结果如何，其实还挺忐忑的。行百里者半九十，毕竟离清华建筑系，还差了好几十里。"

"别急，有我呢，一起啊。"李理眼神澄澈，目光坚定。

"别急，有我呢，一起啊。"罗门不知什么时候，从李理身后探出头来，谄媚地学了一句。

李理正要回头去揍罗门，明光竟然也跑来凑热闹："别急，有我呢，一起啊，好感人啊。"

原本冷冷的明光也会开玩笑了，我这才注意到他戴着帽子，原来他剃了个光头，明晃晃的，有些滑稽，便忍不住伸手出去，问："明光，你什么时候剃光头的啊？我可以摸摸吗？"

"No，No，No，女施主不得无礼。"明光慌忙挡住了我的手。

"话说，圣僧带我们一起晨读英语吧，我看每天早晨你都在操场晨读，好卖力的样子。我一直很好奇，你怎么能连英语都能考满分呢？呵呵……"我身旁的以琳笑着，仿佛是说出了一个积攒了好久的困惑。

"呵呵，好啊。确实是有秘诀的，欲练此功，必先……"

明光正要说，已经被罗门和李理按倒在地，他们两个大笑着说："圣僧，让我们来帮你一把。"

我和以琳望着他们三个的滑稽模样，在这少年人青春热情的气息中，笑得直不起腰来。

欢乐的开端，会有美好的结局吗？高三，会是什么样子的呢？

第四十七章
他说话的时候，我神不守舍

那天以后，我们5个人的高三就从每天5点钟的操场晨读开始。我生性懒散，尤其是临近冬天，南方的天气越发潮湿寒冷，就更加眷恋温暖的被窝，不愿意爬出来。可是一想到早起就能见到李理，又有一种别样的力量，内心的火热仿佛比被窝还要温暖。不过能促使我早起的最重要的因素显然并不是李理，而是每天把我从被窝里拽起来的以琳。"筱雅，懒猪，起床啦！"早晨叫我起床的时候，以琳就一改往日温柔的模样，变得凶神恶煞起来。对于晨读，以琳总是比我更加积极，看得出来，她是真心喜欢英语。况且明光这个大神的存在，显然给原来在英语领域独孤求败的以琳带来了不少刺激。

当然我们很快都知道了明光英语考满分的秘诀，我们在读英语课本的时候，他在背托福单词！按明光的话说，英语考试就是要降维打击，考完了GRE（美国研究生入学考试）再考托福就很简单，考完托福考六级就很简单，考完六级做高考卷就像高中生做小学数学一样，不得满分都很难。冰冻三尺，非一日之寒，这秘诀我们知道了也没用，还真是普通人学不来的。不过我们的眼界也因此被打开，不再局限于课本上的单词和课文，尤其是本来基础很好的以琳，很快就背完了六级单词，开始挑战更高难度。

她背完了六级，就跟我感慨："也是，像明光这种英语水平已经在六级以上同学，再让他回来学高考英语，确实很无聊啊。难怪明光一直在准备托福和GRE，他说等他考上清华数学系了，就得开始准备出国的事，要把复读荒废的这两年时间补回来。"可能也正因为如此，神一般的明光，反而比我们更加勤奋。往往我们俩手忙脚乱洗漱完毕，穿戴好到操场的时候，明光、罗门和李理都在那里了。据说他们宿舍，扮演闹钟角色的是明光。罗门说明光更狠，直接掀被子那种。

操场晨光熹微，我们操练着课本里李雷和韩梅梅的对话，互相考英语单词，一起调笑明光的光头，觉得冷了就去操场跑两圈，在这个秋末凌厉的寒风中，同学们的关系反而更加亲密了。不知道为什么，我原来并不那么喜欢英语，和大家在一起，也觉得它变得有趣了。有共同的目标并为之努力，很容易就生出同路而行的惺惺相惜。

毕竟是高三，我们告别好不容易牺牲睡眠时间换来的美妙自由的清晨，就必须去拥抱白天和夜晚密不透风的各类考试。而面对这日复一日的考试和排名，每个人的遭遇又是如此不同。明光是最稳定的一个，每次考试，他都是毫无悬念的碾压级的年级第一，甩第二名李理或者达摩几十分的那种，大家都觉得，今年他要考上任何大学，都绝无问题。可是谁知道呢？就像去年一样，一万次胜利也抵不过最后一次的失败,谁知道最后的结果会怎么样。毕竟我们四个都没有过失败的经历,但是明光不一样,他已经承受了太多,就总觉得自己再也承受不起任何失败。

"知我者谓我心忧,不知我者谓我何求。"在尚不确定的未来面前,即使是强者如明光,也常常忧虑。我看到他仍然常常去平台那里坐着吹风,而他的光头渐渐长出来的头发,竟然多半是花白的。

除了第一之外,前五名的常客是李理、达摩、雅典娜和罗门,又因为李理、罗门、明光三个人总是形影不离,所以张齐总叫他们三剑客。不过三剑客也有吵架的时候,缘由是自从李理和罗门不听明光的劝告,准备参加物理竞赛,近来排名出人意料地跌到了二十开外。

这天晨读完毕,早操还未开始,明光劝他们俩放弃竞赛,专注高考。

"不要做无用功了,竞赛并不是我们学校的优势科目,历来湖北省的国家一等奖都被黄冈中学和华师一附中这种超级中学占据。他们都是从高一开始专攻竞赛,就冲着保送这条路走。你们现在开始弄,充其量得个国家三等奖,保送不了清北,只会占用复习的精力,影响最后的高考,何必呢?"明光说这话的时候,一脸看透世情的冷静。

"可是真的是太无聊了,高三已经没有任何新课程,枯燥乏味的一轮、二轮、三轮复习,都是机械劳动。我并不指望竞赛得奖,就是想多学点新东西。况且竞赛马上就完了,还有下学期呢,来得及。"李理回答得干脆利落,对于高考,他虽然在意,却似乎并没有那么功利。

"嗯,李理。我跟你一起,糟心的高考太磨人了。我也没想着一定要上清北,我就是忍不了无聊。如果不是有你们,这高三我根本就待不下去。总之不管能考上什么学校,我都不想再来一次了……"罗门说。

罗门的话仿佛是刺到了明光,明光神色一变。以至于即使李理制止他继续说下去,但明光已经有些生气了,连早操都没有做就回了教室。

我没有说什么,我总觉得李理说什么都是对的,因为他做什么都能做到,可惜我不是。自从上次考了年级第三之后,我就再也没有进入过前五,甚至进入高三之后连着好几次月考,无论题目简单还是难,我都是第15名,好像无论我怎么努力,都没有办法突破这个瓶颈。此刻我已经有些后悔在众人面前许下那个清华建筑系的豪言壮志了,第15名,630分,这种不温不火的分数和名次虽然不差,但绝对是考不上清华的。梦想离我那么近,但在我们中间,就是有一种无形的阻隔,让我永远都没法到达。多困难,我都不在乎,可是我真的很在乎结果。我甚至宁肯自己像罗门和李理那样大起大落,至少让我看到是有可能的,而在这样不上不下的煎熬当中,我有时候信心满满,觉得自己好像什么都能够做到,有时候又充满了怀疑和忧虑。

是的,更多时候都是在怀疑和忧虑。我深深地怀疑,怀疑不是所有的付出都会有收获,不是所有努力都会有结果。我深深地忧虑,忧虑自己的将来,没有清华,也没有李理。我觉得自己再也找不回来高二时那种一点一点接近目标的感觉,似乎到了一定程度之后,一切的方法对于成绩的提升都不再奏效。可我一旦松懈,成绩下滑的效果又立竿见影。

事实上,到了高三,我看到以琳,我看到张齐,我看到雅典娜,我看到达摩,我看到几乎所有人都是这样的,一边努力,一边怀疑，一边相信，一边忧虑，一边自暴自弃，一边从头开始。我就在这样近乎病态的挣扎状态中，迎来了自己的17岁。

早上妈妈给宿舍打来电话，祝我生日快乐的时候，我突然很想回家，很想念我的父母。我记得在家的时候，以往每一年的生日，妈妈都会煨一锅香浓的排骨藕汤，然后煮一碗面条，里面加一个荷包蛋。自从我外出念书，我就再也没有过生日了，应该是说，再也没有人给我过生日了。仿佛我是一夜之间长大了，不再需要过生日的孩子，也好，愿我永远都只有14岁，离家时的14岁吧。

这天因为接妈妈的电话，我没有和以琳他们一起去晨读。而早操完毕，来到教室的时候，我却意外发现教室后面高考目标分排行榜上原来贴着的"好好学习，天天向上"这几个字被盖住了，红纸上用黑色的毛笔写着："生日快乐，天天快乐！"如果班头看到，肯定是会发火的。我一眼就认出来是罗门的字，难道……怎么会呢？并没有人知道今天是我的生日，自然也不会有人为我庆祝。可是尽管这么想，我心里又总有隐隐约约的渴望——万一有人记得？

早自习是嵇老师的语文，他一贯松散，看到了也只是一笑置之。而周日上午又是考试，监考老师并不是本班的，也并没有多说什么。一直到上午考完，李理才来揭晓谜底："筱雅、以琳，一起去吃蛋糕吧，今天是明光的20岁生日。"

"原来如此，"我神不守舍地想，"你一定不知道今天也是我的生日吧，李理。"

第四十八章
他带我入筵宴所,以爱为旗在我以上

我和以琳随李理一起走出了教室,穿过花坛,走过桂花大道,直至出了校门——周日下午,按照惯例我们是可以出门放风的。李理带我们俩一直走到了希望桥,走进桥下的希望放映厅,再到传说中的顶楼天台。门一打开,我就看到了天台上的明光、罗门、张齐、达摩、周平、雅典娜、陆得……几乎全班同学都在啊。

"生日快乐,天天快乐,筱雅。"李理转头望我,满脸笑容。

"生日快乐,寿星来啦!雅哥,生日快乐。"同学们一同应声。

"啊,你不是说是明光的生日吗?"我纳闷了,同时又有些欢喜。

"哈哈,是我的生日啊,我没想到咱们俩是同一天呢,真是缘妙不可言啊……"李理还没回答,明光已经凑了过来,笑得一脸灿烂。

"哎呀,干什么呢,朋友妻不可欺啊。"明光还没说完,就被罗门暴力打断,罗门完了又谄媚地看着我说,"嫂子好。"

话音未落,已经被李理蒙住了嘴巴。自从上次动员会的演讲过后,明光和罗门就总是拿我和李理开涮,李理每次都会制止他们,我却不说话。开始开玩笑,看来他们三个又和好如初了。

"生日快乐,蛋糕来啦。"一个男生举着蛋糕进来,黑红黑红的脸,竟然是胡刀。

"罗门本来是提议给明光庆祝一下生日的,你知道最近他们闹矛盾呢。我出来找场子,正好遇到胡刀,他说也是你的生日,就多叫了几个同学一起,庆祝庆祝。"李理教训完罗门,看我依旧迷惑的样子,就微笑着解释。

"胡刀,真的是你啊。"我看着眼前穿着便服的胡刀,似乎比上次见到时有些微微发福,看来日子过得不错。

"是啊,筱雅。上次一别,还一直没有见过你。你生日特别,我一直记着。"胡刀边笑着回答拆开蛋糕,招呼大家过来。

是啊,我的生日是12月9日,知道的都不容易忘记。那年"一二·九",我们小学排大合唱,我是主持人,胡刀是鼓乐队的号手,我傻乎乎地说今天是我10岁生日,他不知道从哪折了一枝假的玫瑰花来献花,小孩子真单纯啊。

"我们先吃蛋糕吧,筱雅和明光,许个愿。"李理张罗着。

"永远17岁。"我想了想说。

"那我永远20岁,比你大点。"明光摸着自己的光头说。

"我可不要,那岂不是要一直念高三。"张齐嘟囔着。

"你傻啊,人家是说青春永驻的意思!"达摩拍了拍张齐的大头。

"哈哈,这个好,为我们的17岁和明光的20岁干杯吧。"雅典娜提议大家举起手中的饮料杯。

"干杯。"大家一起响应。蜡烛熄灭,生日快乐的歌声响起。

平常都是宿舍、食堂、教室三点一线的生活,好久都没有和同学们这样欢聚过了,当他们脱掉校服,换上自己平日衣服,我才惊觉这些平日埋首学习的同学是如此可爱。而看到忙前忙后的胡刀,想到再过半年大家就要天各一方,又生出许多离别的愁绪来。念书久了,总觉得考上大学才是天堂,焉知此刻不是呢?我想到这里,就走到胡刀的身边,心想不知下次见面是什么时候。

"胡刀,你这些年怎么样?"

"初中没念完,我去了北京、广州、上海、杭州流浪,期间给人当小兵,也做一些小生意。想玩的,想吃的,刺激的,可以说都见过了,觉得没劲。做梦老梦见读小学的时候,那会儿总是和老师作对,把她气得够呛。现在想起来,老师挺好的。你也挺好的,老是劝我写作业。我妈都没劝过我写作业。"说到这儿,胡刀苦笑了一下,打开了一听青岛啤酒。他凑过来的时候,我闻到了一股很浓重的烟火味。不一样了,我们都不一样了。

我无奈地笑了笑,自嘲说:"你不嫌我烦啊,小学的暑假,我读到薛宝钗劝贾宝玉念书的时候,就想起那个追在你后面要作业的系着红领巾的小姑娘,觉得自己真傻。"

"还真不烦,幸好你长得不难看。"胡刀也笑了,有些轻佻,"亲戚在这儿开个放映厅,让我回来帮忙,我听说是开在学校旁边,就回来了,我还蛮喜欢和学生打交道的,单纯又安全。

虽然挣得少一点，但其实挣得多我也花得多，存不住钱，一样的。"他喝了一口酒，接着说。

"其实，你也才17，如果想，也可以回来读书的。"我说出这话，又觉得自己"薛宝钗"。

"回不去了，野惯了，受不了拘束。我弟就比我好，他初中没毕业也想出来跟我混，我就把他带到工地去搬了一个月砖，专门挑最累的体力活给他干，他就怂了，死活要回去念书，呵呵。现在也在读高中呢，学费都是我挣的。"胡刀说到这儿，语气中已经有些自豪了，"还是应该什么年龄干什么，其实我出来这几年也见过不少初中没毕业出来做生意的大老板，钱挣得真是不少，但他们都后悔念书少了，以后怎么弥补也补不回这个缺憾。我已经没辙了，就不想让我弟弟留遗憾。"胡刀看着我，神情有些黯然。

"嗯，你真是个好哥哥。"我不知道应该说什么，默默应和。

"蛮羡慕你们这些孩子的，应该都生在好家庭，不用操心生活，忧虑的无非就是考个好大学和一般大学的区别而已。而我们这种孩子，父亲吃喝嫖赌，母亲离家出走，自己从烂泥里爬到干地上已经很费劲了。不说了，都过去了，我一喝酒就多话。生日快乐。"胡刀突然打住，举起了酒杯，"我去给你们张罗吃的去。"

"谢谢你，胡刀。看到你很开心。"我也举起了手里的饮料。

"对了，看得出来，那个李理蛮喜欢你的，蛋糕是他挑的，他说你喜欢蓝色。这哥们不错，办事很靠谱。我混迹江湖多年，看人还是很准的。"胡刀走之前，回头又补了一句。

"嗯。"我低头，不太好意思地笑了。

是吗？李理爱我，我也似乎是知道的，可是将来的事，谁知道呢？看着胡刀的背影，我又想，相比胡刀，我所忧虑的无非是考个好大学和一般大学的区别而已，很多人的起点其实已经是好多人没有办法企及的终点了，只是我们活在自己的象牙塔中，自寻烦恼。

"筱雅，生日快乐，你们刚才在聊什么？"李理过来，递给我一块蛋糕。

"没什么，胡刀跟我讲了自己这几年的经历，挺传奇的。生活不易，同样17岁，他还要供弟弟读书。"我回答。

从天台往下看，白色的居民楼顶层袅袅炊烟升起，寻常夫妻在院子里招呼孩子吃饭，背着书包的学生们在希望桥上穿行，电动车、汽车、自行车在桥下的马路上川流不息，不远处的校园掩映在绿树当中，就像是一块纯净的桃花源，围墙将我们和大千世界隔离开来。

"李理，你以后想做什么？"我想到胡刀最后的话，突然又想起什么，忍不住问道。

"不知道，想做个幸福的普通人。"李理趴在天台的栏杆上，同样望着眼前的繁华世界，不假思索地回答。

"幸福的普通人？"我疑惑，这并不像我所知的李理，我以为他会回答做一个物理学家或是别的什么，总之，不会是一个这样的答案。

"嗯，真的。是不是好没出息啊？我确实没有想过以后要有多大的成就，只是尽力做好眼前的事，能过寻常日子，做一些有意思的事，对社会有价值，就够了。"李理接着说，"对了，看你最近总是不太开心的样子，这是给你的生日礼物。"

他说着，递给我一个盒子，用蓝色的彩纸包裹，非常精致。

"蛋糕是他挑的，他说你喜欢蓝色。"我想起了胡刀的话。

"还有这个。"李理的神色似乎有些迟疑，仿佛是下了很大决心才将手头的信件递给我，"是你的信，班头让我给你的。"

我接过来一看，就明白了李理迟疑的原因，这封信来自美国。

第四十九章
我的佳偶在女子中,好像百合花在荆棘内

看到那个瓷娃娃,我就想到了筱雅。

买下来,却不知道怎么才能送给她。

她忧伤的样子,好像荆棘内的百合花。

最近罗门和明光老开我们的玩笑,我倒是无所谓,只是怕困扰她。

——李理日记　12月1日　雨

晚上回到教室上自习的时候,班头已经在了。他指着教室后面"生日快乐,天天快乐!"几个字,怒气冲冲地吼道:"谁干的?揭下来!"

"我。"后排的明光、罗门、李理不约而同地站了起来,同声说。我有些胆怯,就没有吭声。

班头看到是他们三个,神色缓和许多,转头看向李理:"李理,你是班长,也跟着一起胡闹。"高三刚一开学,李理就被大家推选为班长。

"是我写的。"罗门的声音,满不在乎的样子。

"是我请罗门写的,我贴上去的。"李理诚恳地补充,我暗想这个少年人真是倔强得很。

"是我的生日。"明光接着说,"班头,不是我说啊,原来贴的'好好学习、天天向上'那几个字也太小儿科了,早就应该换换了。"得,三剑客凑齐了。

"原来如此,生日快乐,明光。不过班级后头也不能天天贴着'生日快乐,天天快乐'啊。"班头显然是被这三个活宝气着了,但他对于明光,向来是没什么办法的,来去踱步,没有说话。

"班头,明光说得对,不如我们换两句班训贴上去吧。"李理说。

"也行,但是开头必须是生日的生,和天天的天。想不出来就站着自习吧。"班头接过了这个台阶。生天?汗,看你们怎么逃出生天吧!

我回头看到三剑客抓耳挠腮的模样,便也开始想。天还好说,天道酬勤就蛮好,还是班头总念叨的,他应该会喜欢,只是这个"生"字……"生年不满百,常怀千岁忧。""生于忧患,死于安乐。"生机勃勃、生龙活虎、生生不息……我迅速地将脑子里所有"生"字开头的成语和诗句都过了一遍,就有了主意,匆匆写好纸条,托张齐传递给李理。

"黎老师,想好了。"没过多久就传来李理的声音,"生开头的是生无所息,出自《列子》。'子贡倦于学,谓仲尼曰:"愿有所息。"仲尼曰:"生无所息。"'意思是生命不息,奋斗不止。天开头的是天道酬勤。生无所息，天道酬勤。"

"生无所息，天道酬勤。还不错，明光和罗门，坐下吧。李理和罗门，你们明天写好再给我贴上。"班头满意地笑了，接着，又想起什么，"李理，跟我来一趟办公室。"说完就领着李理出了教室。

李理走出教室，路过我的时候，还隔着窗户望着我，微微欠身作了个揖，笑嘻嘻感激的模样。我却想，班头估计是看李理是班长，把他单独拎出去训一顿吧，毕竟罗门闲云野鹤，明光鹤立鸡群，只有李理……他却也这么高兴，真是挺大条的，不知道为什么每天都能这么没来由地高兴。

这么想着，我就想起了课桌里李理的礼物，也不知道是什么，趁着班头不在，拿出来看看也好。拆开纸盒，里面是一个蓝色的瓷娃娃，头上有个小孔，似乎是个小小的存钱罐。还有一沓蓝色的便笺和白色的卡片。卡片上写着："看你最近状态不好，笑得少，送你一个忧虑娃娃。把你的忧虑都写在即时贴上放进去。过一段时间再拿出来看看，就会发现大部分忧虑其实都没必要，不妨一试？"

我觉得有趣，便拿起了这个瓷娃娃，看到娃娃哭丧着脸，脑门上有一个不大不小刚好能塞进一枚硬币的口，写着忧虑娃娃四个字。而倒过来，哭脸却变成了笑脸，屁股上是一个存钱罐一样的圆形小胶垫，应该就是拆开取忧虑用的。蓝色便笺的每一页右下角都有一行小字，写着：不要为明天忧虑，因为明天自有明天的忧虑。

我不禁被这个娃娃逗乐了，想到下午胡刀说的话——"李理挺喜欢你的。"看到这个忧虑娃娃，前段时间的阴霾顿时烟消云散，觉得17岁的自己有的都是快乐和满足，似乎没有什么忧虑可以塞到这个娃娃里了。略一迟疑，还是打开蓝色便笺，写了一个小纸条：我忧虑李理会挨批。对折叠好塞进了忧虑娃娃的肚子里。纸条塞进去的那一刻，似乎真的有将忧虑卸下、身心轻松的感觉。于是定下心来，开始做功课。

打开桌子，却又见到了李理下午给我的那封美国来信。正要拆开，但想到李理迟疑的眼神，我就将这封信插在了书堆里，拿出了一本《英语阅读理解》。《英语阅读理解》《数学模拟卷》《王后雄重难点手册》《物理高考冲刺》还有蓝色的忧虑便笺——高三的时间就在这些试卷和资料当中一页一页地翻过。

忧虑娃娃确实有趣，我后来整理自己塞进去的忧虑纸条，就发现这些忧虑要么确实不会发生，要么即使发生了再回头看看却并没有当时想得那么严重。我的大部分忧虑都是关于考试的，担心某一次考试考不好，担心自己哪个知识点还没有弄清楚，而在高三这样密集的考试当中，其实某一次的成绩真的没有那么重要，快速地会被另一次盖过。甚至有时候我看到自己当时的忧虑，都会觉得，自己怎么这么幼稚啊。所以在这样一天一天将忧虑写在便笺上放进忧虑娃娃的过程当中，我的心渐渐平静下来，开始不为明天忧虑，而是专注于眼前，做好手头的事。尽人事，听天命。对于学业，我能把握的唯有自己的努力，至于未来，就交给未来的筱雅去忧虑吧。

而我的另一部分不会发生的忧虑都是关于李理的。我忧虑他会被班头批评的那次，班头非但没有批评他，而且跟他说了竞选省三好学生的事——全校只有唯一一个名额，可以获得10分的高考加分。我帮他修改完竞选事迹，然后又忧虑李理会不会选不上，结果他几乎全票通过。选上了之后我又忧虑李理竞赛会影响高考，结果竞赛结束后，他很快追了上来，高三上学期期末的成绩几乎和明光不相上下。

然后就传来了李理竞赛得奖可以保送复旦的消息。李理获得了物理竞赛的国家三等奖，罗门获得了化学竞赛的国家三等奖，虽然没法保送清北，但却可以保送复旦或者浙大，班头让他们俩好好考虑一下，是继续高考，还是选择保送。后来又说复旦和浙大的老师专程来面试了李理和罗门，据说面试结果不错，肯定能录取。再后来又说保送复旦需要参考高三下学期开学一模的成绩，如果能在全省的前一千名，就可以随意挑选专业。保送浙大则可以任选专业，不用参考任何成绩了。我们学校是湖北的老八校之一，通常前一百名都能排进全省的前一千，所以对于李理来说，除非不参加考试，否则应该是闭着眼睛都能考进的。明光说复旦的物理系，几乎是仅次于清北的，而且考完一模就能逃离重复训练的高三，对于李理来说确实是不错的选择。

可是——我呢？唉，果然是明天自有明天的忧虑。

第五十章
你的良人转向何处去了

  父母都劝我直接保送,毕竟稳妥。
  我只是想学物理,清华物理固然好,复旦物理确实也有足够的吸引力。
  可是筱雅,一直想去清华,想去北京。
——李理日记　2月14日　雪

  罗门很快就做出了选择,他决定保送浙大电子系,据说浙大让他任选专业,甚至不用参考高三其他任何考试的成绩。所以睡神罗门一下子成了全班最清闲的人,他不再参加我们的晨读,也可以肆无忌惮地不上早晚自习,不用课本的伪装就直接把古龙的小说摆到课桌上看,后来甚至请了三天假没有来上课。大家都以为他再也不会回来上课的时候,他又回来了。回来的时候还一本正经地说："同学们，我想死你们了！"据他自己说是泡了三天游戏厅，实在是觉得无聊，毕竟只有跟我们这群还处在水深火热的高三狗相处，才能体现他这种保送生的优越性。明光说罗门像极了刚考上大学的他，卸下高考这个重担，就一下失去了人生的方向。

相比之下，这场保送风波的另一个主角李理，却似乎没有任何改变。他依然早起和我们一起晨读，依然一丝不苟地上课，依然帮着物理老师往黑板上抄写物理习题，依然做着各种名目的试卷。他依然是那个踏踏实实的李理，仿佛任何事情都没有发生，仿佛他从来没有得过什么国家三等奖，也没有保送这件事情。

明光说，李理并没有做决定，先考完一模再说吧。但我却忍不住着急了，李理，你会如何选择呢？若是你选择复旦物理系，我似乎也可以去同济建筑系的，按照我现在的成绩，去同济至少比去清华胜算大很多。而复旦物理，虽然和清华物理略有差距，但复旦毕竟也是国内响当当的名校。

高考的时候如果我真的能考上清华建筑，我会为了李理选择去同济吗？我不知道。自己一直追求的理想和爱情之间，如何抉择，实在是两难的境地。若是李理放弃这次保送，他应该也有挺大的概率能考上清华物理系的，但我能考上清华建筑的可能性却近乎渺茫。

我一边铺排所有这些可能，一边觉得无论如何选择，似乎我们的前途都是如此渺茫，如此不确定。就如以琳所说，高考是确定的未来，李理是不确定的未来。况且我这些筹划完全是一厢情愿的，我甚至不知道，李理在他的诸多选项里面有没有一个我。他说他要考清华物理系，是因为他本来就想上清华物理系，绝对不是因为我。可是越想，我就越绝望，他的选项里面自然是没有我的，怎么会有我呢？他是李理啊。

当时我劝他一起留在县一中念书的时候，他那么笃定地拒绝我。如今又有什么区别呢？他寻他的前途，我寻我的前途，若是我们的方向并不一致，那么注定就是要擦肩而过吧。"思君令人老，岁月忽已晚。"蓝色的忧虑娃娃里又重新塞满了我的忧虑，在这样充沛的不确定当中，我忧虑李理选择了保送，又忧虑李理没有选择保送，我忧虑自己能考上清华，又忧虑自己考不上清华……

只是，很快我就知道李理说的是对的，很多忧虑都没有必要。因为计划永远赶不上变化。在更大的危机面前，原来的所有忧虑都显得微不足道。就像对于大人而言，小孩子的忧虑微不足道一样。这年春天，比一模考试来得更快的，是非典。

我得知非典的消息最早来自我的父母，他们在县里的医院工作。妈妈给我打电话时说："最近有一种恶性的呼吸道传染病，死亡率特别高，由港粤发源，在全国蔓延，仅仅通过空气就能传播。我和你爸爸最近可能会被派去异地支援，不能经常给你打电话或是来看你了。高考在即，你要注意身体，不要随便出校门，好好在学校复习。"

开始我以为母亲又危言耸听了，不过是春天常常爆发的流感而已，但很快我就知道自己错了，这次的"流感"太不一样了。校门开始封闭，即使是周日下午也不再能够自由出入，走读的学生被勒令要么在家复习要么住校，陆得和雅典娜又搬回了宿舍。谣言四起，小城里的盐、板蓝根、温度计、口罩都被疯抢。每天进入班级之前，班头都守在门口给我们每个人测量体温，弄得人心惶惶。体温计已经断货，学校的这批据说还是罗门在市医院上班的妈妈走了特殊途径帮学校争取的。

毕竟通过空气传播这事太可怕，仿佛到处都是疑似病例，到处都是能杀人于无形的病毒。所以为了稳定军心，晚自习的新闻联播时段，班头就会打开电视，播报一部分疫情信息。基本上都是哪里哪里发现了新的疑似病例，新增死亡人数之类。然后终于湖北也出现了疑似病例，开始有人死亡，甚至有医护人员殉职的消息。终于在这所仿佛是监狱一样的学校里，我们谈论的话题不再仅仅局限于即将到来的高考，而是不知道什么时候会到来的死亡。

隔壁班传来有人因为发烧被隔离的消息，安静的自习时间里，每一声微弱的咳嗽都开始让人胆战心惊。我们这一代人的生活太过安逸了，父母遇到过饥荒，我们没有遇到过；爷爷奶奶遇到过战争，我们也没有遇到过；所以这次遇到瘟疫，就仿佛世界末日，如临大敌。

我望着教室后面新贴到墙上的班训"生无所息，天道酬勤"，就想，是啊，活着多好，活着才能奋斗不止呢。

除死生，无大事，如果不是非典，我们还以为高考就是天大的事。空气里弥漫着死亡的恐慌和消毒水的味道，每天清晨5点至6点，教室都会被清空，都会有身穿白衣白裤的工作人员背着白色的消毒水罐走进教室，朝各个角落喷洒。所有的试卷、作业、课本、教辅书都浓浓地镀上了一层消毒水的味道。

我并不介意这种味道，我从小在医院长大，对于这种味道熟悉而亲切，只是在这种味道中，我开始不担忧自己或是李理的前程，无论复旦、同济还是清华，甚至是武大、华科，只要彼此安好，都是很好的选择。但是我的父母，却不知道怎么样了，从那次给我打电话之后，就再也没有他们的消息。每次看到新闻联播里那些忙忙碌碌的医护人员，我就仿佛看到了父母的影子。我想妈妈,想爸爸,想家。

  这天晚自习结束,轮到我和以琳值日。以琳晚上一直说头疼,我就让她先回去了,我自己留下来打扫卫生。漆黑的夜晚,突然风雨大作,闪电划破长空,春雷滚滚而来。狂风吹得教室门和窗户不停地扇动,偌大的教室,空荡荡的,只剩下我一个人,我望着这场突如其来的暴雨,就有些害怕。于是将教室门的链条带上,反锁了起来。还是觉得害怕,干脆搬了个凳子垫脚,把教室上方的电视打开,然后调到最大声音,一边看着本地新闻,一边默默地清扫着地板。"在非典这场战役当中,市疾控中心诸多医护人员昼夜奋战在临床一线……"此时一则隔离病房的新闻映入了我的眼帘,即使隔着电视,即使她穿着防护服,戴着口罩,即使只是一个忙碌的侧脸,我也能看出来——那是我的妈妈。我一惊,手头的扫帚掉到地上,完全愣住。

  "砰砰砰!"正在这时,教室前面突然传来拍门的急切声音:"筱雅,快开门,我来拿体温计,明光好像发烧了。"——尽管还没有看见他,但我也马上知道了,门外叩门的是李理。

第五十一章
我的良人从门孔里伸进手来,我就因他动了心

　　父母坚持让我接受保送,我不想让他们伤心,可是又不甘心。
　　我默想,我祈祷,想知道最好的安排。
——李理日记　3月15日　雨

　　我慌忙去开门,门却已经卡住了,估计是反锁的链子用得少,加之李理着急,用力推门,末端就干脆彻底嵌进了锈蚀的卡槽里,怎么也动不了。我竭尽全力去推,还是没有推开。
　　"打不开,怎么办?我……我直接从门缝里先把体温计给你吧。"我见李理着急的模样,便先去拿了体温计,从链子撑开的门缝里递给他,有些语无伦次。
　　"筱雅别急,我试试。一会儿你也得出去。"他把手从门缝

里伸进来,试图反手打开链子,仍然没有成功。

"卡死了,筱雅,你把门旁边这扇窗打开,我好用力一点。还有,讲台下的工具台里有一个金属的小矬子,是物理实验用过的,你帮我拿过来。"李理收回了手,接着说。我慌忙按他说的做,将旁边的窗户打开——窗户上有铁护栏,窄窄的最多能伸一只手臂过来——然后在工具台里找到小矬子递给他。这时我才看到李理手上、脸上都是雨水,短发湿湿地贴在脑门上,水滴顺着脸颊流下,挂在下巴上,整个人就像刚从水里捞出来一样。

"你没拿伞啊?冷吗?"我问。

"嗯,雨一下就大了,没来得及。"李理从窗户一侧将半个身子伸了进来,把小矬子插进卡槽的缝隙,用力一撬,"啊!"

"砰"的一声,门的链子弹了出来。矬子却插进了李理的手里,眼见着温热的血混着雨水往下滴。我打开门,情急之下就拉过他的手,看到虎口那里划破了一个大口子,红红的伤痕一直延伸到手腕,血从其中成股地渗出来。

"好严重,我给你包一下吧。"我一边说,一边把刚才放体温计的药箱拿了过来,拿出一卷纱布想给他包上。我暗暗自责,都怪我不好,为什么要锁门呢?

"没事,小伤,怪我笨手笨脚的。我得赶紧回宿舍。"李理望着我,收回了手,从药箱里胡乱拿了一块纱布按住虎口,就拿了体温计转头预备走。

"李理……我有伞,一起回去吧。"我望着走廊外越下越大的雨,大声叫住他,锁好门就追了过去,踮起脚给他撑伞。

"嗯,谢谢你。"他笑了,"姐姐,我的头都快碰到伞面了,还是我来撑吧。"他说完,就用右手接过了我的伞,纱布掉了下来,就着路灯的光亮,我看到血没有止住,还在不停地渗出来。

"你换左手撑伞。好好包一下,右手伤了怎么写字?"我一边说,一边把他的右手找过来,拿出兜里的那卷纱布,边和他一起走边慢慢地帮他把伤口缠裹起来。

"为什么锁门啊?"李理看来是任我摆弄,有些尴尬,问道。

"我……我一个人值日,听到打雷了,有点怕。"虽然很冷,但我立刻觉得自己的脸在发烧,纱布已经缠到末端,绑了一个小小的蝴蝶结,就慢慢把他的手放下。

"以琳不是应该跟你一起吗?"他问。

"嗯,她头疼,我让她先回宿舍。"我回答。

"啊,她不发烧吧?"平素沉着的李理,此刻语气当中都有一些惊慌,"明光也是头疼,回宿舍躺下,我就发现他发烧了,还说胡话。"

"啊,以琳貌似今天黄昏还和明光一起去见了以诺。"我想起来了什么。

"啊,糟了,以诺刚从北京回来的,那里可是危险区。"李理说到这儿,我们已经到了男生宿舍门口,他便说,"你不方便进去,在门口等我一会儿,测完明光的体温,咱们再去看看以琳。"

"嗯。"我重重地点头。

此时又响起一声炸雷,李理仿佛是想起了什么,站住回头,冲着我在风雨声中喊了一句:"别怕,有我呢。"然后才匆匆离开。不知道为什么,此刻看到李理的背影,我觉得特别踏实,没有刚才那么慌乱。

没过多久,李理和罗门一起跑了出来:"明光发高烧了,罗门去找黎老师,咱们先去看看以琳吧。口罩,你戴上。"李理一边说,一边递给我一个蓝色的口罩。

以琳也发烧了,罗门也终于叫来了黎老师,我们手忙脚乱地把明光和以琳扶到了车里。

"我先送他们去市疾控中心,你们几个赶紧回宿舍吧。"黎老师说。

"黎老师,我也觉得头疼,想一起去医院看看行吗?"我其实并没有头疼,但是我想到电视里的情景,就很想随他们一起去看看妈妈,便下意识地瞎说了一通。

"我也一起去,黎老师。"我话音未落,李理又接上,"我……我的手今天被桎子划伤了,最好能打个破伤风针。"

"你们,唉,不知道明天一模吗?"黎老师着急了,但又没有办法,"上车吧。"

一番折腾,我、李理、明光、以琳一同坐上了车,开向市疾控中心。雨越下越大,雨刷左右摇动也驱赶不了眼前的雨雾,李理随明光和以琳坐在了后座,明光一直在不停地说话,说什么我也听不清,李理则在安抚他。班头一直在唉声叹气,不停地说不要耽误高考才好。而我坐在副驾驶上,想到班头刚才的话,心里就不停地自责:如果不是因为我锁上门,李理就不会受伤,如果不受伤,他就没有必要和我们一起去医院,万一他要是生病……

胡思乱想之间,已经到医院了,此时是深夜11点,急诊大厅里灯火通明,惨白的灯光下坐满了各种病人,都戴着蓝色或白色的口罩,腋下夹着温度计,表情凝重,坐等命运的决裁。明光和以琳一下车就被护士拉走了。

"这俩病人是你们送来的吗?家属呢?"护士问黎老师。

"是我的学生。父母都在农村,没电话,一时半会联系不上。有啥事就找我吧。"黎老师回答。

"学生，这俩也是吗？没发烧吧？"护士阿姨又指着我们问，然后就塞给了我们俩体温计。我使劲地看着这个护士，想问她认不认识我妈妈，又不敢开口。

"是同学。他们俩没事吧？"李理问道。

"还不知道，同班同学一起发烧，多吓人啊。得化验了才知道，至少隔离14天。要没事还好，要确诊了……"护士说到这顿了顿，又问，"谁发现他俩发烧的，多久了？"

"我。"我和李理几乎同时回答。

"就今晚开始。"李理接着说。

"体温量好了。"我将体温计递了过去，李理也紧随其后。

"还好，你们没发烧。你们俩和他们同宿舍吗？"她问。

"嗯。"李理回答，我也点了点头。

"那今晚就先别走了，先隔离观察一下看发不发热。"护士说。

"可是他们明天一模考试。"班头着急了。

"考试重要还是命重要啊？你们俩跟我来。要是你俩今晚发烧，回头你们全班同学都得隔离。"护士的语气不容置疑。

我们无奈，看了看班头，只得随着护士走。她脚步很快，领着我们走上楼，又跨过一个透明帘，然后拐进了一间白色的屋子，打开灯，我才发现这间屋子没有窗户，没有床位，只有胡乱摆放的桌椅，看着像个杂物间。

"隔离病房不够，你们俩是同源的，先在这里等等吧。我去张罗一下。"她说完，就准备离开。

"同源，同一个污染源吗？"我们俩面面相觑，难道要在这儿待一晚上？

"阿姨，你认识艾月吗？她是我妈妈，她有没有在这里啊？"在护士离开之前，我终于问了出来。

第五十二章
领他入我母亲的家，到怀我者的内室

  小屋里的灯光照着她的侧影，美极了。做什么好呢？还是做题吧。

——李理日记　3月30日　雨

  "哦，艾月，好像是有这个名字。"护士阿姨沉吟一会儿，语气缓和许多，末了说，"我回头帮你问问吧。"然后才匆匆地转头离开。
  "筱雅，所以你并没有头疼？只是想来找你妈妈？"李理问。
  "嗯。"我回头，望着这个密不透风的房间，委屈得几乎哭出来。
  "那我就放心了，我还以为你真的生病了。"李理说到这

儿，可能是注意到我的表情，顿住，离开我，走到桌子旁边，拖出椅子坐下，接着说，"别急，既来之则安之。你相不相信，所有发生到我们身上的事都是最好的安排？"他突然话锋一转，语气中甚至有些欢欣，桌上的台灯照映着他的侧影，眉目分明。

"不知道。"我心里沮丧得很，想着明光和以琳，想着妈妈，想着被隔离在小黑屋的我和李理，实在不知道什么叫最好的安排。

"你看金庸小说里男主角掉下悬崖，一般都会得到一本武林秘籍，练成绝世神功。"李理望着我，笑嘻嘻地接着说。绝世神功，我苦笑着没有说话，亏他到这时候还笑得出来。

"话说，我小时候有一次考试没考好，非常郁闷，一路很沮丧地低着头回家，你猜发生了什么？"他又说。

"什么呀？"我忍不住问。

"我捡到钱了啊，哈哈！"李理笑了，夸张地手舞足蹈。

我看到他财迷般的表情，终于也绷不住笑了，有些埋怨地说："你不担心明光吗？还有心情开玩笑。"

"老实说，送他来医院之前我还挺着急的，但来了，我就不担心了，因为我的担心无济于事啊，我也不能让他好起来。不要为明天忧虑，因为明天自有明天的忧虑。"李理说到这儿停了一下，过一会儿又很坚定地说，"而且我觉得他和以琳都会没事的。"

"是吗？"我看到李理坦然的表情，不知道为什么放松了许多，他说的是对的，此时此刻，担心也无济于事。

"嗯，明光最近其实状态特别差，整晚整晚睡不着。他太在意高考了，除了和高考有关的事之外一律都不做。你想，他念了三遍高三，知识和熟练度都没有任何问题，高考对于他来说其实就是考心理。但对一件事情的结果太执着，有时候反而会阻止你到达。所以这场病，对他来说，虽然会耽误复习的时间，却未必是坏事，至少能好好睡觉。"李理回答。

对一件事情的结果太执着，唉，说的不就是我吗？我又突然想起了什么："你手还疼吗？刚才也没有让人给你打破伤风针啊，我记得要一天之内打的。"

"没事，皮外伤，镊子是不锈钢的，应该不打紧，刚才忙忘了。"他摆摆手，不在意的样子，末了又冲我笑笑，"你包得挺好的。"

我看着他打着白色绷带的手，就想，也许他根本不用来医院的。

"也不知道要等多久，闲着也是闲着，不如先找找这个山洞里有没有秘籍。"李理说着，就开始在桌子附近装模作样地侦查了起来。看他认真的样子，我也仿佛觉得自己是和段誉掉到了一个山洞里，没有了最初的紧张和沮丧，反而开始有几分新奇。

"真的有啊！"他仿佛发现了什么新大陆似的，惊呼一声。

"什么呀？"我好奇地凑到桌前。

"有纸和笔啊！"他说。

"哦，就这啊？"我心说。

"呵呵，还有这个。"他一边说，一边从怀里掏出一本什么，我就着灯光定睛一看，是一本数学竞赛的教程。

只见他神秘一笑："我随手带出来的。"

"数学竞赛，你不是做物理竞赛的吗？而且都考完了。"我诧异。

"唉，罗门自从保送完回来上课，闲着无聊就老考我数学竞赛题，炫耀啊，哈哈。你知道三轮复习就是炒回锅肉，很无聊的,所以我有空的时候也陪他做着玩,权当调剂,挺有意思的。"李理挠挠头。

他说到罗门,我才想起来保送的事,便着急起来:"这下糟了,明天一模,你参加不了,就没法保送,物理竞赛也白弄了。"

"我本来也不想去复旦。参加竞赛本来也不是为了保送。"他淡淡地说。

"啊,为什么?多好的学校啊!"我有些替他遗憾。

"你要是能做出这道题,我告诉你,呵呵。"他卖了个关子,翻开书,指着一道解析几何题。晕,都什么时候了,他还有这心情。

"我下午刚做的,解法特别巧妙,不如试试呗?"他神秘兮兮。我认真地看着他的眼睛,就仿佛看到了小时候那个给我递来物理题的男孩,"这个解法很妙,忍不住找人分享。"——一晃三年了,少年真是一点都没有变啊。

我笑了,定下心来,细细看了一眼这道题。只是还没等我动笔,门就开了,一个穿着防护服、戴着防护眼镜和口罩的人走了进来,问道:"筱雅,真是你吗?"

我冲进了她的怀里,紧紧抱住她,顿时觉得之前的沮丧烟消云散,只是喃喃哭着说:"妈妈,妈妈,我终于找到你了。"

"你没事吧,没发烧吧?怎么回事啊,你不是在学校吗?听同事说你被隔离了,吓死我了……"妈妈抱着我一直在不停地说话,我完全插不进嘴,"这会儿太晚了,这里没法休息,你跟我来,病房确实比较紧张,还好原来的值班室空着,还可以用,你再慢慢和我说吧。"妈妈带着我就准备往外走,她拽得那么紧,仿佛一松开我就会逃走似的。

"妈妈，我还有个同学和我一起隔离。我们因为同宿舍同学生病了才被隔离的，我们俩都没有发烧。"我想到还在身后的李理，生怕妈妈就这么拽我离开，慌忙说。

"阿姨好，我叫李理。"李理这时才上前，我看到他的眼神里闪过少见的紧张和羞涩。

"哦，李理，常听筱雅提起你呢。"妈妈上下打量了一下他，然后说，"你和我们一起过来吧。"隔离区的值班室在走廊尽头，分成两个小小的单间，各有一张窄窄的床和书桌。

妈妈让我先洗漱，就把李理安顿在了隔壁那间，回到了我这里跟我说："我们只能一起挤挤了，乖女儿。"

"嗯。"我点点头，心里满是欢喜，却又忍不住问，"妈妈，我们要被隔离多少天？"

"得看你那两个同学化验的结果，目前我们这儿还没有出现过疑似病例，我估计问题不大。所有的样本都要送到省里去化验，估计来去至少三天吧。哦，对了，你爸现在就在省疾控中心呢。要是他们俩确诊不是，照理说你们应该就能回去。"妈妈一边说，一边将身上厚厚的防护服卸下来，"你是不是担心学习啊？没事，这几天你跟我一起住，就当放假。"

"知道啦，爸爸还好吧？"我说。

"还好，据说他们那现在也都没有确诊的病例呢。不过这事说不准。你们小孩子就不用操心了。快睡吧。"妈妈微笑着看着我，钻进了我的被窝。我的心里踏实下来，依偎在母亲的怀里，她的手搂住我的肩膀，久违的温暖又安全的感觉弥漫开来。

想起李理的话："一切都是最好的安排。"也许真的是这样吧，如果明光和以琳都没有事的话。

第五十三章
只有这一个是她母亲所独生的,是生养她者所爱的

> 阿姨说筱雅娇生惯养,不会做家务,我却想:那可好,没人跟我抢。
> 可是她是怎么想的呢?那封美国来信,又写了什么?
> 我如果不说,她怎么知道我的心意?
> ——李理日记 4月1日 晴

这天晚上,我睡得分外香甜,又不像在宿舍时有闹钟的骚扰,所以早晨起来的时候已经日上三竿。

妈妈不知道什么时候就去工作了,只剩我一个人在宿舍,阳光透过百叶窗帘朦朦胧胧地照进来,将白色的被子、枕头、家具,通通镀上了一层奇妙的金色。我懒懒地赖在床上,看到妈妈

的外套还挂在一旁,昨晚发生的事历历在目,怎么在电视里看到妈妈,怎么看到李理来敲门,怎么就来了疾控中心,怎么和李理一起被隔离,怎么找到妈妈,就像做梦一样。

"筱雅,还没起床呢?"正想着妈妈,妈妈就进来了,"我看隔壁你同学可是早就起来读书了,你这个懒糯糯啊!"糯糯是我们家乡方言"小猪"的意思,妈妈每次说我懒的时候就带这两个字。

"上午黎老师来过了,给你们送了学习资料和一模考试的试卷,说让你俩在医院互相批改,自己记录一下成绩,模拟考全省排名,对以后报考志愿还是挺有价值的。

"资料,早上你没醒,我就先给你同学了,你一会儿起床了,自己去找他拿啊。

"黎老师真是挺辛苦,这么忙还惦记着你们。你那个同学也真是蛮懂事的,还特地叮嘱我跟黎老师说,自己也没什么事,就不要通知父母了,免得父母担心。你要什么时候这么懂事,我就省心咯。

"我先去忙了。你换上床头的病号服啊。哦,对了,还有早餐,你们两个分了吃。

"还有,乖乖待在房间里,尽量别出去,还是安全些。每隔3小时要监测1次体温,会有人来问的。

"早点起床,别懒了,懒糯糯。"

妈妈交代完这些,就匆匆离开,她总是那么干练,说起话来,完全没有我插话的机会。

以往在家听她这么唠叨的时候,我还常常觉得啰唆,可是此刻,妈妈说的每一句话我都好喜欢好受用。这个陌生医院里小小的隔离病房,因为妈妈的存在,于我而言就有了家一般的感觉。

何况，隔壁还住着李理。

妈妈一走，我就洗漱完毕，穿好衣服，又仔细看了一下镜中的自己——红蓝相间条纹的病号服有些大，套在我窄窄的身体上并不合适，披肩的长发乱糟糟的，显得憔悴又颓废。我略略思忖，就找了一个发圈，将头发编成发辫搭在右侧，看了一下不满意，又拆开，直接将辫子编在了脑后，还是觉得奇怪，又拆开，最后终于绑了个高高的马尾，果然精神许多。

这才拿着妈妈留下的早餐，来到隔壁门前。

门并没有关，虚掩着。透过门缝，我看到李理坐在书桌旁，同样换上了病号服，正握笔演算着什么，他脊背挺直，沉浸其中的模样仿佛一座静默的雕塑，让人不忍惊扰。

我迟疑片刻，想到早餐快凉了，就轻轻敲门，叫了声："李理。"

他竟然没有动，我轻手轻脚地进去，看到他的屋子里，床铺、桌子都收拾得整整齐齐，想到自己房间里被子还是乱糟糟的，唉，可千万不要带他去我的房间。

我走到他身后，认真看了看他手头正在做的，貌似就是模考试卷，但看看字迹，又觉得有些不对，仔细一看，才发现他用的是左手，哦，看来右手真的是受伤了。

我离他这么近，近到可以看清他写出来的每一个字，他竟然还没有发现我，终于我鼓起勇气用力拍了一下他的肩膀，叫了声："李理！"

"啊！"他吓了一跳，转过头来。看到是我，笑了，说，"吓人啊，你。"

"叫你半天了也没答应啊，先停会儿吧，有早餐。"我挥了挥手中的馒头，说。

"哦，对不起啊。"他忙不迭地说抱歉，接过我递过去的早餐，又端详了我半天，"你今天有点不太一样。"

"哪有！"我羞赧地摇头，想岔开话题，"我刚看到你用左手写字。"

"嗯，右手还是有点疼。"他举起还扎着绷带的右手，示意了一下。

"拆开看看吧，我刚看到那间房里有碘酒，可以换一下药。"我说完，又觉得抱歉，"对不起啊，都怪我锁门。"

"你都说了好几遍对不起了，不碍事的，早上阿姨来已经给换过了，还给我打了破伤风针。你妈妈人真好，她还跟我说了你的好多糗事。"李理一脸神秘，笑嘻嘻地说。

"什么啊？"我着急了。

"不告诉你，昨天那道题，你肯定还没做出来吧。做出来再说，呵呵。"他又卖了个关子。

"算了，我也不想知道，把一模卷子给我吧，我也回去考试了。"我心里急切得很，憋红了脸，但又不便明说。

"逗你玩的，你还认真了。"他估计是见我恼了，忙说，"我早上起来看厕所马桶坏了，修了一下，顺手打扫了卫生。阿姨就夸我，说像我干活这么利落的小伙不多。然后跟我说，你是家里的独生女，特别懒，大小姐十指不沾阳春水，扫帚倒了都不扶，以后估计很难嫁出去。"他说到这里，头扬起来，一副得意的模样。

"啊？"我登时脸红到了脖子根，恨不得立刻找个地方藏起来，一边埋怨妈妈怎么能这么和李理说呢，一边气恼地说，"快把试卷给我吧，没时间跟你贫嘴了。"

"别，别生气啊。你妈说的，又不是我说的。"李理陪笑，把资料递给我，又异常认真地看着我，"筱雅，你昨天不是问我为什么不想去复旦吗？"

我拿过资料，就扭过脸去，不再看他："现在不想知道了。"一边说一边气急败坏地往门口走。

"因为你想去清华，我不想因为我的选择而限制你的选择。"身后的李理脱口而出。

我走出门的那刻，他又加了一句："当然，我也并不确定我是不是你的选择。"后面这句话，他说得很轻很轻，怅然若失。

我心中一动，回头说："你是！"然后就红着脸，抱着卷子跑开。

回到房间，关上门，我背靠在门板上，心里仍然怦怦直跳，却被喜悦塞得满满的，想着自己之前因为他保送复旦的种种纠结以及他的话："我不想因为我的选择而限制你的选择。"——原来他想的跟我一样啊。

发现自己被暗恋的人同样地恋慕着，并且还为彼此筹划着将来，还有什么是比这更美的事？

"筱雅，你没拿早餐。"身后传来李理的敲门声。

我望着被子还散乱着的房间，不好意思开门，只得说："我刚刚已经吃过，开始做卷子了。一会儿做完，你帮我改吧。"

"还有，刚才你说的是真的吗？我是？"他话语里仍有迟疑。

"嗯，你是！我想过，如果你保送复旦，我高考就考同济建筑系。你往哪里去，我也往哪里去。"我仰脸回答。

"好，那我也回去做卷子了。"隔着门板，我都能感觉到李理话语里的欢欣。

"嗯。"我点点头，我要更加努力，不负你的选择。

一整天，我们俩都在闷头做着模考的试卷，中饭和晚饭是妈妈送来的，也吃得匆匆。

　　早晨谈话过后，我们俩比之前更加拘谨，都没有怎么再说话，所说的也都是关于学习。

　　第二天，我和李理都做完了一模的试卷。交换批改的时候，他把我做错的题好好地跟我讲了一遍。

　　我终于会做了他说的那道竞赛题，解法确实很巧妙。

　　虽然是在医院里，但他在身边，我因此觉得自己心里更加安定，原来那些忧虑都无影无踪，烟消云散。

　　我甚至不再那么纠结结果，只是分外珍惜眼前的每一分每一秒，似乎时间这样一点一滴地经过，自然会通向那个美好的结果——一生有你的结果。

第五十四章
我的佳偶,你全然美丽,毫无瑕疵

知道她的心真好。

她把头发披散着,也挺好看的。

她把头发扎起来,也挺好看的。

她怎么样,我好像都喜欢;看她丢三落四的,我就想照顾她;看她笨手笨脚的样子,我就想帮助她。

——李理日记 4月7日 晴

七天后,知道以琳和明光只是普通的流感而不是非典的时候,我和李理都松了一口气。

妈妈说他们俩都退烧了,只是还有反复,所以保守起见,还需要留在医院多观察一段时间,但是我们俩已经解除嫌疑,可以返校了。

将要离开医院，我甚至觉得有点恋恋不舍，我舍不得妈妈，也舍不得和李理朝夕相处、耳鬓厮磨的生活，在学校可没法这样了。

"到学校，好好照顾自己，高考不要太在意，尽力了就行。其实武汉的学校也挺好的，妈妈还舍不得你走太远呢。"宿舍里，妈妈一边帮我收着东西一边跟我说。

"不过你是不是喜欢李理？"她突然问。

"你怎么知道？"我说出这话才意识到我这样反问不就等于承认了嘛。

"呵呵，妈妈也是从学生时候过来的，每次回来都看你们俩凑在一起，就想起自己年轻的时候。"妈妈接着说。

"这几天，我都看着呢，小伙子挺好，有礼貌、细心，会照顾人，也上进。我还跟明光聊天来着，他知道是你们俩送他来医院，挺感动的，就跟我说他是复读生，原来所在的那个复读班，竞争特别激烈，班里的同学看他是从北大回来参加高考的，都排挤他，人和人之间关系很冷漠。但刚来你们班复读，和李理同宿舍，李理看他从不去提开水，用冷水洗脚，就每天一声不吭地帮他打开水。打了一个多月，他才跟李理说谢谢。"妈妈赞许地说。

哦，原来是这样，一个月，我想起来难怪那天在平台上，明光一下子就和李理熟络了，仿佛是老朋友。

明光外表冷冷的，内心挺需要朋友的，所以只要谁真心对他好，他就真心以待。

"我女儿的眼光还不错。"妈妈说到这儿，冲我笑了笑。

我却无地自容，撒娇说："那你还跟他说我懒，不做家务。"

"哈哈,原来你知道了。恋爱的时候可以挑自己好的一面给人家看,但以后朝夕相处时好的不好的都要看见的。他要是真心待你,就要能接受你的不好。再说你本来就懒,被子都不叠。以后嫁出去,我都担心祸害人家,还是丑话说在前头的好。"妈妈笑道。

"妈妈!"我又羞又恼,跑去捶妈妈。

"呵呵,你长大了,总有一天要离开我们的。自己的事,自己看好了。不过要注意分寸啊,毕竟马上就要高考了。你们还小,高考完了要是还能在一起,才有可能啊。"妈妈把收拾好的包递给我,我看到她的眼睛里也是满满的不舍和爱意。

"嗯,知道了,妈妈。"我默默点头。

"回去吧,不过,我相信我的女儿,做什么都能做好。"在医院门口,分别时,妈妈又加了一句。

我和李理返校的时候,一模刚出成绩,校门口的大榜上,年级第一是雅典娜,第二是达摩。没有李理,没有我,没有明光和以琳。

"错过一模和复旦,你真的不后悔吗?"我问李理。

"不后悔,如果你想去上海,我高考也能考上复旦物理系。如果你想去北京,我高考也能考上清华物理系。如果你想去其他地方,我陪你去。"李理仰起脸,一副少年的小傲娇。

"吹牛!"我笑了,"不过我信了,说话算话啊。"

"嗯,走着瞧。"李理点点头,朝班级走去。突然又回头问我,"何为给你写信说什么了?"

"啊,我还没看。有事吗?"我没料到他会问这个。

"没事,回班吧。"

"嗯。"我上前一步,跟上了他。

我原来还有点担心被隔离,同学们会不会有顾虑,可是一回到教室就知道自己的担心是多么多余。

罗门冲过来把李理抱了起来,说:"老大,终于回来啦!你们走那天晚上我一晚上没睡着,真担心是非典。还好都不是,虚惊一场。"

雅典娜则拉着我的手,左看右看:"哎呀,太好啦!回来啦!你太勇敢了,当时以琳发烧,我都吓坏了。"

张齐则有些失落,撇着嘴说:"以琳还没回来啊?我想她了。"

"是啊,明光也没回,我还有好多问题想问他呢。"达摩说。

"李理回来了,庆祝一下,咱傍晚开场球吧?"周平说。

"筱雅,以琳和明光他们什么时候能回来啊?"陆得问。

…………

大家七嘴八舌的问候瞬间淹没了我们,我和李理一边回答着各种问候,一边跟他们解释明光和以琳在医院吃得好,睡得香,还能做模拟题。

等我回到座位第一节课已经开始,我这才发现我和以琳的桌子上都是各种问候的便条和小零食:

"加油,快回来。"

"想你们了。"

"我为你们祈祷了,快快好起来。"

…………

想到同学们刚才的笑容,顿时觉得好温暖。看着她们的字迹,想到和她们只有短短几个月朝夕相处的时间了,真是每一天都格外珍贵。

收拾好桌上的礼物，就看到这些礼物下面是一封信，来自美国。"啊，又来了？"我心说。本想收起来，却想起李理的问话："何为的信写了什么？"莫非他是吃醋了？我顿时生出了好奇心，将原来夹在课本里未开封的另一封信也拿了出来，一齐拆开看。

第一封里是一张明信片，自由女神举着火炬。背后是何为的字：

  筱雅：

    十七岁生日快乐！

    最近怎么样？我成绩可不太好，留学顾问说肯定申请不到什么好大学。所以我就申请了两所世界二流大学，清华大学和北京大学。本来只想申请清华的，但看到北大就在清华隔壁，所以顺便申请了。

    总是忘不了，希望能再见到你。

啊，在美国申请清华、北大，亏他想得出来！我无语了，接着看另一封信。是两张照片，分别是北大光华管理学院和清华经管学院的录取通知书。照片背面写着：

  筱雅：

    手心手背都是肉。
    你说我去哪个比较好？
    你会去哪里呢？
    不管怎么说，想看到你幸福。

羡慕嫉妒恨，此时隔着照片我都到想到大洋彼岸那个"罗纳尔多"嘚瑟的神情，有些人就是天生坐在食物链的顶端，能成功得轻轻松松。

我把这两封信塞回了桌子，心想不要给李理看到才好，不然他该误会了。想到这里，我忍不住回头去看最后一桌的李理。心里默默想："你会去哪里呢？我们会去哪里呢？"

第五十五章
这是我的良人，这是我的朋友

　　站在她身后，低头闻到她头发的香味，想到她说的："你往哪里去，我也往哪里去。"我就确定地知道，我想娶她做我的妻子。

——李理日记　5月15日　晴

　　以琳和明光在医院待了足足月余，他们返校的时候，已经是拍毕业合影的时候。学校在操场上搭了一个台子，错落着站上去，刚好能容下一个60人的班级。从上午开始，按照顺序，高三（1）班先拍照，直到高三（12）班。早自习和第一节课的课间，第一个班开始拍照，我们就都挤在走廊上看。站位的规则是比较随意的，老师和校长坐在最前，女生站在中间，男生们排在最后三排。老师和校长都很快坐好，过一会儿女生也站定，只是男生们熙熙攘攘地互相推搡着，一时半会儿都不成形。

"李理，你给他们排一下，一会儿咱们班可不能这样。"班头吩咐李理。

"Yes，Sir！"李理应下。

"以琳，我跟李理说了，一会儿拍合影的时候我站你后面啊。"课间张齐戳着以琳的背说。

"为什么呀？"以琳不解。

"喏，你看看周平他们在干什么？"张齐指着教室另一侧，原来一堆男生都拥挤在角落里比赛掰手腕。我们站起来，看到正在比的是罗门和周平，达摩是裁判。罗门本来很白的，此时憋红了脸，本来就瘦的手臂上青筋暴起。而周平手臂粗壮，咬住下唇，一副志在必得的模样。

"加油，罗门。"

"加油，周平。"

…………

罗门输了，不服，又要换左手再来一次。男生们稀稀拉拉在一旁起哄。

"他们都在干什么呢？"平时我们班的男生都是埋头做题，难得见到他们摩拳擦掌这么血性的样子，我疑惑地问道。

"他们都想一会儿合影的时候站在陆得后面，李理就让他们摆擂台啦，谁赢谁上。"张齐说。呵呵，原来如此。

"以琳，我一会儿站你后面，说定了。这样把他们抠了，就是咱俩的合影。"张齐笑得诡媚，脑门明晃晃的。三轮复习之后张齐越发胖了，头发又掉了很多，但他的成绩确实进步非凡，模拟考一度考进了前十名。不得不说，张齐笨鸟先飞的题海模式还挺适应目前这种日趋简单且只考细心的命题方式，他已经几乎把所有题型都练到了条件反射的程度，各轮模考中都时不时能遇到原题。所以再也没有人叫他张三十了，他有了个新的外号——"张秃瓢"。

"才不要，谁稀罕和你合影啊，头顶有个灯泡，逆光。"以琳每次拒绝张齐的时候都是笑嘻嘻的，又不留情面。这次从医院回来，她整个人都清减许多，笑起来小梨涡越发深了。

"雅哥，你帮我求求情，下午我给你买吃的。"张齐碰了软钉子，开始转向我。

"呵呵，落花有意，流水无情，这我可帮不了你。"我歪头看着以琳，猜想以琳应该是愿意明光站在她的身后吧。自从她和明光从医院回来，以琳看明光的眼神就多了一份淡淡的羞涩。我很熟悉这种淡淡的羞涩的眼神，像极了我看李理的眼神，同时我也敏感地发现明光看以琳的时候并没有那份欢喜。我已经懵懂地知道，男孩子看到自己喜欢的女孩子，眼睛是什么样子的，就是那种眼中有光的样子，那光亮得像太阳，又温柔如同月亮，就是李理每次看我的样子。

临近高考，大家有了即将离别的情绪，男生女生之间那层压抑着的爱慕就渐渐冒出泡泡来。早餐后、自习前，走廊里总有三三两两、成双成对的男女同学，离开一丈远，有一搭没一搭地互诉衷肠，班头一来就迅速散去。以至于黎老师天天都在班级强调高考第一，不要早恋，站好最后一班岗，还让班长李理多盯着点。所以我和李理在班级里，除了偶尔探讨问题外，依然很少说话，甚至由于明光和以琳的缺席，我们也没有继续早操前的晨读。至少在班头看来，我们并不是什么恋人，最多只是朋友，正常得不能再正常的朋友。

但我每次看到李理看我的眼睛，看到他眼睛里的欢喜，我就很安心很安心。"两情若是久长时，又岂在朝朝暮暮。"从医院回来之后，我的成绩再也不是以前的一马平川，开始波澜壮阔，有时候很好，有时候也很不好。可是奇妙的，我的心情开始并不单纯地随着这些成绩起伏，开始变得平静。并不是我不在意成绩，我依然在意，依然很努力，但是我不再一边努力一边焦虑。

我开始相信李理说的——一切都是最好的安排，相信我做好自己应当做的事，无论结果如何，都有命运的美意。我有点诧异自己这样的变化，我的环境并没有改变，甚至成绩也没有突出地提升，我记得上个学期，我成绩异常稳定的时候我都没有享有过这样的平静——带着淡淡喜悦的平静。我还在做着之前一样的事情——同样是在做题，同样是在听课，同样是在考试，只是因着和他的约定，我却觉得我不是一个人在做题，在听课，在考试。

雅典娜那天问我："你怎么从医院回来好像变了一个人似的，以前常常愁眉苦脸的，现在不论考得好考得差，总是那么高兴的样子。是不是和李理密室隔离擦出火花了？"

我笑而不语，反问她："你和达摩怎么样了？"

她仰头笑出了声，笑声清脆得像甜苏打饼："听了你的啊，我约他清华园见，见不着就散了。你没看他跟打了鸡血似的，天天喝红牛，你们呢？"

"我们？我们不见不散，无论是不是清华。"我低下头，笑了。

男生们上午如火如荼的比赛终究还是分出了结果，最后的合影里，周平如愿以偿，站在了陆得身后，罗门愤愤不平地被挤在了队伍的顶端。张齐则真的挤到了以琳的身后，不过他太胖了，以至于看起来好像前面有两个女生，以琳和雅典娜。害得一旁瘦小单薄的达摩使劲往雅典娜的身后凑，差点把队伍给挤歪，让大家笑成一团。

只是有些意外，我发现站在我身后的并不是李理，而是明光。和以琳的清减相比，明光在医院明显养好了。他的皮肤变得白里透红，光光的脑门也长出了头发，不是原来那种花白的头发，而是青黑色的头发，理成了一个很精神的板寸。他一回来就和以琳一起请我和李理吃饭，不住地向我们道谢："谢谢你们送我去医院，还害得你们被隔离，真是太抱歉了。刚到医院，我特别焦虑，就像要死了一样。我原来觉得我从北大退学回来，一定要考上清华才能证明自己。但是在非典那段时间，在医院，我想了很多，我想自己会不会死。死了之后，会怎么样？我第一次意识到自己那么不想死，我还有好多事情都没有做。我想好好学数学，我想好了，以后我想当个数学老师，能帮助别人的数学老师。这么想，我就觉得今年考上什么大学都无所谓，我不想再蹉跎光阴了。只要能学数学，我都去读。我原来整夜整夜睡不着，但是在医院里，我竟然睡得特别好，真的。我自己都没想到。谢谢你们。"

李理说得没错，生病对于明光来说并不是坏事，身体软弱，心反而得了医治。对于高考，最好的心态，莫过于全力以赴，却又举重若轻。我正想着这些，前面整肃队伍的李理就大喊："大家看镜头，一会儿我喊一、二、三，等我归队就一起喊班训啊。"然后就飞快地冲我跑了过来，阳光中奔跑的少年，就像风中的香柏树。他过来的时候，明光往上站了一阶，李理就顺势站到了我的身后——原来明光是给他占的位置。

我们拍照的时候是正午，日头明亮得如同青春。"晒不晒？我侧侧身给你挡太阳。"身后的他低头轻声说。我侧脸，歪头看他，轻轻摇头，欢欢喜喜。

"大家一起笑，喊班训啊。一、二、三，生无所息，天道酬勤！"李理大声喊，我们也跟着一起喊。

"生无所息，天道酬勤！"谁也想不到，提前到六月的高考就在这群少年人的呼喊中，用出人意料的方式到来了。

第五十六章
要给我们擒拿狐狸，就是毁坏葡萄园的小狐狸

高考那天，黎老师一早就约好所有的同学都在桂花大道旁边教师家属院里集合。我到得很早，可是我到的时候看到所有老师都已经到了。小院里的石榴树热热闹闹地挂满了红硕的花朵，黎老师、嵇老师、路老师、倪老师、朱老师、陈老师——都穿着红色的耐克T恤，胸前一个大大的对勾，笑盈盈站成一排。他们热烈的样子让我觉得这好像是一个特殊的节日。

朱老师还在自己脸上用红色的签字笔写了两个字"审题"，看到他的同学都笑了。

"再检查一遍准考证带了没有，一定不要忘了涂答题卡，卷子发下后先写名字。"

"遇到难题别慌，数学压轴题可能是倒数第二题，做不出来就先跳过去。"

"达摩，你还背啥诗呢？这几天好好休息，轻装上阵就行了。"

"雅典娜，你橡皮带了吗？高考阅卷答题卡是机读的，可不能画，要擦干净。"

"李理，你手好了吧，右手写字还是趁手一点。"

"雅哥，你别上来就写作文，回头前面的题时间不够用了。"

"张齐，你别写太快，字写好一点，我阅卷能认识你的字，其他老师还真不一定能认识。"

"以琳……"

老师们絮絮叨叨地嘱咐着各种各样的细节，更多的是鼓励。"你们是我从教以来带过的最优秀的一届学生，肯定能考好的，我相信你们。"快进考场之前，黎老师最后还在说。

其实对于高考，老师们的压力并不逊于我们。直到高考将近，他们还在各地搜罗高考模拟卷，试图洞悉命题组的思路和规律。大家都一致觉得，今年高考和去年一样，会比较基础和全面，考验学生的细致、扎实与熟练。为了让大家有信心，后期的考试越来越简单，很多都是北京的卷子，全班同学几乎都在650分以上，明光、达摩他们甚至考了700多分。就像黎老师说的一样，大家都信心满满地觉得，肯定能考好的，肯定能。

老师们唠叨的时候，我和李理藏在队伍的后排。他一件一件地帮我理文具，2B铅笔、橡皮、尺子、中性笔，还有准考证。我说我都理过了，他说再看一遍吧。

"你的手真的没事了吧？"我轻轻问他。

"你看啊，好着呢。"他张开手，伸到我眼前。伤口已经愈合，只是手心里仍然有一道长长的痕迹，"写字给你看。"

他从路边捡了一根树枝，在沙地上一笔一画地写着："清华园见。"然后在树影斑斓间抬头,给我一个绚烂的笑。我也笑了,心想,李理,清华对我来说真的好难,但周边有那么多所大学呢,只要我能考上其中一所,我们还是能清华园见吧。

我想无论结果如何,我都不会后悔,也没有遗憾,因为我已经尽力了,即使考不上清华,我也清清楚楚地知道,自己未来会有很好的人生。

"考完我们一起估分,一起报志愿。"他说。

"嗯,一言为定。"我看着他弯弯的眼睛,在晨光里充满了希冀。

终于来了,我们的高考。

第五十七章
我问他们,看见我心所爱的没有

父亲把我的志愿改成了北京大学,我并不知道。
筱雅,但我没有忘记我们的约定。

——李理日记　6月20日　雨

整个高三的暑假我都常常梦到高考数学考试时的情景。
我从来没有想过高考考场是这样的。
数学考到一半的时候,我就听到教室前排角落里断断续续地有人在叹气,后来开始有人在哭,就是那种一个人压抑在喉咙中的绝望呜咽,再后来慢慢地演变成整片整片的压抑不住的哽咽声。
监考老师好多次想维护纪律,都维护不住。
因为这些孩子们没有做别的,还是在努力地继续做着卷子,只是边做边哭。

我知道大家为什么哭，做完前面的选择题我就知道，这次考试不同于以往我经历的任何一次考试，太难了，真的是太难了，我的整个高中生涯，做过无数张试卷，从来没有碰到过这么多这么难的题。

虽然数学一直是我的弱项，但在考试之前，经过三轮复习，我觉得自己已经颇有信心，即使不像达摩、雅典娜、李理、明光这种常常考满分的大神，也基本能考到130分以上。

可是这次，选择题第一题我就没有十足的把握，第二题一半靠蒙，第三题还是蒙……

所有在高考前对于数学的时间规划都被打乱，时间已经过半，我几乎肯定地知道，我绝对做不完这张卷子。

我记得上一次遇到这种情况还是高二期中考试考倒数第一那次，也是不会，真的不会，做完第一道大题我就慌了神，完全被自己的忧虑埋住，以至于下面的题都做不下去。

此时此刻，我又清晰地回忆起考场上那种久违的绝望的心情，我发现自己的手开始控制不住地发抖，同时听到"咚咚"的心跳声。

我仿佛瞬间体会到明光说他当时在高考考场上看到那道无法下笔的作文题时的心情，就是那种命运在最关键的时刻跟自己开了天大的玩笑的感觉。

考砸、落榜、复读——这一系列我从来没有想过的词瞬间占据了我的脑海，让我的头脑一片空白，泪水几乎要夺眶而出。

十二年间经历过的无数次考试，似乎就是为了迎接这一场荒诞的捉弄。

难道这就是我的高考吗？

"筱雅，你相不相信，所有发生到我们身上的事都是最好的安排？"

不知道为什么，这句话突然就出现在我的脑海里。

小屋昏暗的灯光中，他的笑容温暖如春日，话语里仿佛带着出人意料的魔力，将我的心绪一寸一寸地抚平……

我深深呼吸，干脆放下手中的笔，把整个试卷翻了过来，勉强自己快速浏览了一遍后面的题目，赫然发现最后一道大题就是李理在医院中教过我的数学竞赛的原题。

怎么可能，高考遇到数学奥赛的题！

我不太相信自己的眼睛，又仔细看了一遍。

"先做出来这道题，我再告诉你。"李理的脸庞历历在目。

"我不想去复旦，因为我不想因为我的选择而限制你的选择。"

"我教你吧。"

他用左手一笔一画地教我那道题的情景一点一滴地浮现在眼前……

我不知道我最终是怎么完成这次考试的，虽然最后还是剩了好多大题没写，但是仍然尽量把每一道自己会做的题都做完了，包括他教会我的一切。

交卷的时候，教室中压抑着的哭声变成了号啕大哭。

我却在这一片号啕大哭的人群中迫不及待地去找寻李理，我想问他，为什么就是想教我那道题？

可是我怎么也找不到他，我只看到以琳在哭，雅典娜在哭，张齐也在哭。

那个在斑斓阳光下写下"清华园见"的李理，我却没有找到他。

我却没有找到他。

我问他们："看到李理没有？"

他们都摇头。

哭泣着摇头。

我的关于高考的梦每每都停留在这一刻就突然惊醒。

我不知道为什么我总是会梦到自己在那一刻就找不到李理。

事实是，当时他就在院子里等着我，衬衣洁白，笑容干净，如同天使，和黎老师一起不停地安慰周围低落无比的同学，他安慰张齐，安慰明光，安慰达摩，跟他们说大家的题都一样难，没事的，高考还没有结束呢，今天才300分，明天还有450分呢，重头戏是明天的英语和理综。

我也学着他的样子，安慰身边已经哭成泪人的以琳、雅典娜、陆得。

我还记得李理对明光说："会好的，一切都会好起来的。"

会好的，一切都会好起来的。

李理说得没错，后来真的好起来了，同学们以为的世界末日，确实并没有想象的那么糟糕。

甚至对于班里的大部分人来说，都还好，很好很好。

李理并没有失约，他从不失约。

他答应我一起估分一起报志愿。

考完后，我们真的一起估分，我语文、英语好，他数学、理综好，我们俩估出来的总分几乎一模一样。

我问他："当时在医院里，你为什么一定要我学会那道竞赛题？"

他说："我不知道，但我心里就是莫名其妙地有一个声音，让我教会你。"

他说:"你记不记得,《牧羊少年奇幻之旅》里的撒冷之王说过,当你就是想做一件事,多困难,你都不在乎的时候,全宇宙都会一起来帮助你。"

我笑了,也许我真的有那么幸运吧,幸运到我的将来,有清华,也有李理。

我帮他涂他的志愿卡,清华大学物理学;他帮我涂我的志愿卡,清华大学建筑学。

填到第二志愿的时候,他填的华科,我填的武大。

我们无奈地相视而笑,我就把他的志愿表抢过来,改成了武大,跟他说:"珞珈山的樱花美啊,万一我考不上清华,去武大也挺好。"

他轻轻捂住我的嘴,说:"我们都会考上的,放心。"

我们俩的每一个志愿都是一样的大学,他念他的物理,我念我的建筑,然后一起把彼此的志愿表交给班头。

我竟然真的考上了,电话查询分数的那一刻,知道最后的分数和估分一模一样,我就抱着妈妈,高兴地跳了起来。

然后就传来了李理落榜的消息。

是的,我考上了清华,他却没有。

在高中门口的大红榜上,李理被北京大学国际政治系录取了。

为什么?明明是我帮他填的志愿表,填的明明是清华物理系。

北京大学?李理说清华园见,他怎么会去北大呢?

国际政治?李理那么喜欢物理,他怎么会去念政治呢?

我不知道为什么会是这样的结果,我想过千万种结果,每一种都是关于我考不上怎么办,就是没有想到这一种。

但看到这个结果，我就知道他一定不会去念政治的，我还记得他说，他就是想学物理，不管是清华，还是复旦。

我认识的那个李理，宁肯复读，也不会去学政治的。

就像明光宁肯复读也要学数学一样。

后来我听说李理改了志愿表。

后来我听说李理是被调剂到国际政治系的。

后来我听说李理已经去了武汉的一所高中复读，那所高中给了几万块的巨额奖学金。

这些都是明光跟我说的，李理都没有告诉我。

我用记忆中的那个号码往他家打电话，却是一个空号。

没有人能联系到他，他就好像消失了一样。

我不介意他去哪里，也不介意他没有上清华，也不介意他复读，可是他为什么不告诉我呢？

哪怕是第二志愿武汉大学也很好啊，张齐考上武汉大学，不也开开心心去了吗？

而且即使高考没考好，还可以考研究生啊，以琳是我们班考得最不好的了，她只去了中南财经，她虽然好遗憾，却也说还有一次机会呢，本科毕业还是可以去上海的高校念研究生。

他们也考得不好啊，可是并没有消失，李理。

第五十八章
我要起来，游行城中，寻找我心所爱的

我一边看雨一边想你。

想起那个雨夜你踮起脚给我打伞。

何为最后选了清华经管，因为经管学院就在建筑学院的对面，你知道吗？筱雅。

——李理日记 7月20日 雨

领录取通知书那天，我遇到了达摩和雅典娜。

他们肩并肩走在桂花大道上，达摩穿着蓝色的格子衬衫，雅典娜穿着红色的连衣裙，那么和谐，那么美。

达摩考了全市第二名，去了他最想去的清华大学计算机系。

雅典娜考得不算好，去了水利系。

"李理如果不是因为太喜欢物理，他应该也不会去复读

吧？我也不喜欢水利系，但是我也没有非要学的专业，就先上着呗。"她看到我一个人，就拍拍我的肩膀，安慰我说。

"只要是清华，无所谓什么系吧。达摩约我不见不散呢。"她望着身边的达摩，少女的娇羞浮在脸上，比玫瑰还香甜。

黎老师看到达摩和雅典娜手牵手去领通知书，笑得嘴都合不拢，说："搞半天原来你俩是一对啊。行，到了大学，想怎么谈恋爱就怎么谈啊，我也鞭长莫及了。祝你们幸福！"

只是经过了一次考试，两天，我们的人生仿佛都不一样了，截然不同。

"谢谢老师成全，以后结婚，再请你喝酒。"达摩一边给黎老师作揖，一边笑得志得意满。

"谁要和你结婚啊，你别得了便宜就卖乖！"雅典娜甩开了达摩的手，去揪他耳朵。

"老婆大人饶命！"达摩开始大叫。

黎老师摇摇头，笑得更欢了："真是一对璧人啊。"

我没有问黎老师李理哪儿去了，既然他不说，我就不问吧。

毕业典礼那天，李理并没有参加。

父母送给我的毕业礼物是一个诺基亚手机，事实上几乎所有同学的毕业礼物都是一个手机。

所以大家都在互相交换手机号码，好像这样能让我们分开得慢一点，再慢一点。

我拿着手机，想给他发个短信，我无数次地打出这行字："你去哪里了，李理？"可是该往哪个手机号上发？

明光是这次高考的状元，考上了清华大学数学系，他作为学生代表在毕业典礼上致辞。

看得出来他特别高兴，这几乎是我见到他以来，他最高兴的一次。

他所有的表情都舒展开来，眼睛明亮如晨光，脊梁也变得挺直。

讲台上的他将自己的经历娓娓道来，如何考上北大，如何被迫退学，如何高考落榜，如何重新开始——是的，这一切的辗转因着有一个美好的结局都仿佛镶上了金边，变成了他的人生财富。

他是应该高兴的，事实上我觉得我也应该高兴。为什么不高兴呢？我以全市第三的成绩考上了清华大学建筑系，语文还是全市第一，高考几乎是我整个高中生涯中考得最好的一次，最好的大学，心仪的专业，我实现了自己的所有梦想，就像明光一样，但我为什么就是不高兴呢？

我甚至有点自责，好像我的幸运占用了李理的幸运。

明光讲完，顿了顿，将话筒从架子上拿了下来，站到舞台中央，冲罗门打了个响指。

罗门抱着吉他跳上台，和弦响起，明光的歌声响彻了整个礼堂，是刘德华的《今天》：

> 走过岁月我才发现世界多不完美
> 成功或失败都有一些错觉
> 沧海有多广　江湖有多深
> 局中人才了解
> 生命开始　情不情愿总要过完一生
> 交出一片心　不怕被你误解
> 谁没受过伤　谁没流过泪
> 何必要躲在黑暗里　自苦又自怜

我不断失望　不断希望
苦　自己尝
笑　与你分享
如今站在台上　也难免心慌
如果要飞得高　就该把地平线忘掉
等了好久终于等到今天
梦了好久终于把梦实现
前途漫漫任我闯
幸亏还有你在身旁
…………

听他唱到"幸亏还有你在身旁"这几个字的时候，我没办法抑制自己的感情，决堤的泪模糊了双眼。

我突然觉得没有了李理，自己的成功是没有意义的，等了好久终于等到今天，可是他却不在身边。

站在我的前面的周平和陆得，十指相扣，幸福的模样。

他们俩一起考上了复旦，周平是电子系，陆得是医学院。

我好羡慕他们，甚至好后悔当时没有劝李理保送复旦，那样我们现在可能还在一起。

此时我才明白，我真正想要的，也许并不是什么清华建筑系，而是漫漫余生的相知相惜。

台上，明光开始哭，我不知道他为什么哭，我觉得应该是高兴的泪吧。

台下，我也开始哭，他们也不知道我为什么哭，他们应该觉得我也是高兴的泪吧。

没有人知道，没有人知道，没有人知道。

毕业典礼之后，就是一连串的饭局，大家互相请吃饭，我们组团去各自家乡的风景名胜游荡，每一次同学聚会我都会参加，因为我总是存着一丝希冀，李理有可能会出现，但是最终，他都没有出现。

同学们仿佛一夜之间长大了，男生们开始抽烟，开始喝酒，喝得烂醉，喝醉了就去找心爱的女生表白。

张齐喝醉了，去拉以琳的手，说："以琳，以后都在武汉念书，我们谈恋爱，好不好？"

以琳冲他摆手，他又去找陆得，被周平打了一顿，他又去找雅典娜，被达摩打了一顿……

罗门拍着他的头问他："胖子，你到底喜欢谁？"他说："都喜欢过，都很喜欢，我们班的每一个女生，我都很喜欢，尤其喜欢以琳。"

罗门也喝醉了，说："那咱俩一样，全校女生我都喜欢过，都很喜欢，尤其喜欢林晓，可是她去北京了，她不跟我去杭州。"

林晓高考考了全市文科第二名，去了人民大学念金融，因为人大离清华近。

我把何为的信都给了林晓，他的最后一封信寄的是照片，他抱着吉他坐在清华经管学院门口的照片。

我从来没有想到过这样的结局。

我们都考上了大学，心仪的或不心仪的，只有李理选择了复读。

看着同学们东倒西歪的样子，我就开始出神，出神地想那些球赛，那些考试，那些数学笔记，那些操场上的运动会，那些一起回家的日子，那些动员会上的发言稿，那些会心的微笑，那些穿越半个教室传递的纸条……那些我们共同经过的日子，那些含着笑带着泪的仓促青春。

我这才发现一离开学校，我们之间联络的途径竟是如此狭窄，原来在一个教室的时候，哪怕我没有看到他，我也知道自己想找他的时候随时都能找到。

早上或晚上，他总在我身边，那时阳光明媚，世界完美，那时少年意气风发，所向披靡。

可是现在，按照官方口径，我们终于可以自由恋爱了的现在，我反而找不到他了。

那个教我做物理题的李理，那个掰开苹果的李理，那个有很多武林秘籍的李理，那个总有办法的李理，那个奔跑着的李理，那个要探寻宇宙终极真理的李理，那个带我一起看星星的李理，那个相信一切都是最好安排的李理，那个我爱着他，他也爱着我的李理，我却找不到了。

不，我爱着他，可他爱的也许一直都只是物理吧。

"相恨不如潮有信，相思始知海非深。"

这就是结局吗？

第五十九章
歌中的雅歌

复读的日子，白天还好，忙忙碌碌，但到了晚上，每一夜都长如一年。

我原来不理解明光为什么睡不着，没想到如今竟然轮到了我。

十二年间我只知念书，父母从不让我过问家里的经济状况。

如果父亲告诉我，北大招生组因为今年学校所有尖子生都报清华，若有人能报北大的话，可以根据家庭状况给予学费全免的特别助学金，我估计也会同样改报北大物理系。

毕竟北大就在清华的对面，离她也不远。

我不能埋怨父亲，尤其那天看到父亲自责的模样，仿佛又苍老了很多。

母亲生病不能劳累，妹妹还要念书，所有的担子都在他身上，家里负债累累，这些年也不知道他是怎么过来的。

我已经长大，又是家中的长子，早就应当帮他分担。

说到底还是我自己没有考好，才会被调剂到政治系。

估分的误差都在数学，就是因为临交卷看到最后一题就满脑子都是筱雅，以至于最后填错了答题纸，我不知道。

复读也好，这所学校给的复读奖学金足够我大学的学费，明年我一样可以考上清华物理系，就像今年的明光。

我只是不知道该怎么面对筱雅，也不知道她会怎么想，她找不到我会不会着急？

我想起初三那年暑假，那时我不知道她会不会去市里的中学念书。

每天背着苹果在街上走的时候，我都走得很慢，祈祷能够遇见她。

好不容易有一次看到一个穿着白色连衣裙的背影，就飞奔上前，却发现不是她。

后来她和舒文来到摊前，我又紧张到什么话都没有问出口。

所以高一报到那天，看到校门口的分班表上，我发现自己的名字前面就是她的名字，开心极了，以为我们注定能在一起的。

她此时在做什么呢？她找不到我的时候，也会在街道上找我吗？

应该不会吧，毕竟何为又回来了。

我从来没有问过她是什么时候爱上我的，是不是因为何为离开了。

自从高一她和何为同桌，就对我特别冷淡，几乎没有跟我说过一句话。

　　她是何为的足球宝贝，何为每次邀我们踢球，她都会来看，帮他买水。

　　何为跟我说他们俩早自习常常对诗，我才想起来我们俩以前坐一桌的时候都没有对过诗，她读诗的时候，我都在做物理题，好傻。

　　她生病，我给她买了一个苹果，正要送给她，却看到何为买了一箱苹果。

　　那天我和何为站在窗前，正好看到她穿着白色连衣裙在葡萄园中读书，侧影倒映在湖水里，就像谷中的百合花。

　　何为说，想买本书送她，却不知道买什么书好。

　　我就想起来校门口的书店角落里看到的那本《香草山》，里面的爱情美好如《圣经》中的《雅歌》。哦，她也叫雅哥，我说她应该会喜欢的。

　　明光告诉我，何为通过申请去了清华念经管学院的时候，我心里憋闷到几乎没法呼吸，想起那夜在山顶看流星雨的情景。

　　相恨始知潮有信，相思始知海非深。

　　明年，我依然会去清华园。

　　只是明年，清华园中的筱雅，还会是我的筱雅吗？

　　我不明白，这难道就是最好的安排吗？

——李理日记　8月10日　雨

　　离开湖北去清华之前，整理行装的时候，我意外地发现了那本《香草山》，何为送的《香草山》。

我打开书，一张照片掉落出来。

还是那张我站在主席台上领奖的照片，只是这一次，我的眼里都是藏在校长后面的那个挺拔少年——是李理。

我看到照片中的他在看着照片中的我，浅笑盈盈，满眼都是我，眼中有欢喜的光，那光亮得像太阳，又温柔如月亮。

我为这欢喜的目光心中一惊——难道那时他就爱我吗？

我从来没有问过李理是从什么时候开始喜欢我的，是像我一样，14岁那年，把桌子拼在一起，接过那道物理题的时候吗？

我还从来都没有问过他。

不过这些都不重要了吧，如果两个人最终不能在一起，那些共同经历过的、再多的美好，都是徒增伤感的回忆而已。

李理之于我，也许就像大卫之于舒文一样，就是年少时的梦吧。

我是高考之后才知道舒文爱大卫的，舒文估分很高，几乎可以上所有的大学，她托我问大卫报的是什么志愿。

舒文藏得真深。

我还是第一次看到平时说话大大咧咧的舒文那么羞涩。

"求你了，老大，帮我问问嘛。他是我小学的同桌，后来没想到中学还能和他同班。只是最后你、李理、大卫，你们都去了市重点，只有我一个人留在一中。我原来以为我忘记他了，可是高一暑假偶然在大街上碰到他，我竟然惊慌失措地躲到了旁边的巷子里，就那样看着他从我身边慢慢走过。你知道我这三年学得多努力啊，就是想和他考去同一个城市。也许，也许我们还有可能在一起呢。求你了，好老大，求你了。"舒文撒起娇来，红晕在她那仿若白玉兰花瓣般的脸庞上鲜嫩得不可方物。

我最终还是帮她去问了隔壁班的大卫。

第五十九章　歌中的雅歌

大卫是我们初中和高一的同班同学，后来我和李理去了重点班，就和他联系得少了。

我之前一直没怎么注意过大卫，这次却因着舒文对他的喜欢，忍不住多看了他几眼。

身材不高，脸庞黝黑，大眼睛深邃机灵，红格子衬衣整洁干净，并没有什么特别。短暂的寒暄过后，我装作不经意地问他报了什么学校。

"我报的北京理工大学。"说起话来倒是如洪钟一般响亮。

舒文放下心来，报了她一直想去的北京大学。

"你那么痴心干吗？我看他也就是个一般男生啊？"我纳闷地问舒文。

"你不懂，他是我喜欢的第一个人。我也没觉得李理有多好啊，你还不是神魂颠倒？"她却反过来取笑我。喜欢的第一个人，难怪当年的常江、黄禾那么优秀，她都不动心。

我无言以对，不过想到以后我、李理、舒文、大卫，又能相聚在同一个城市，就觉得很是欢喜。

只是没想到最后，这欢喜也落空了。

舒文考了全市文科第一，还是比北大的分数线低了两分，她去了珞珈山。她没有告诉大卫，曾经有一个女孩子默默地爱过他，很多年，很多年。

最后竟然是我和大卫去了北京。

李理却复读。

"你不懂，他是我喜欢的第一个人。"

造化弄人，天若有情天亦老。

大家都觉得我考上清华应该很高兴吧，却只有舒文懂得。

因为她知道，他是我喜欢的第一个人。

我考上了我想考上的学校,她没考上她想考上的学校,但其实我们的结局是一样的。

拿到高考结果的时候,我们俩一起笑一起哭,一起去桥头的KTV开了一个小包间,一遍一遍地唱那首张艾嘉的《爱的代价》。

还记得年少时的梦吗

像朵永远不凋零的花

陪我经过那风吹雨打

看世事无常 看沧桑变化

那些为爱所付出的代价

是永远都难忘的啊

所有真心的痴心的话

永在我心中

虽然已没有她

走吧 走吧 人总要学着自己长大

走吧 走吧 人生难免经历苦痛挣扎

走吧 走吧 为自己的心找一个家

也曾伤心流泪

也曾黯然心碎

这是爱的代价

也许我偶尔还是会想他

偶尔难免会惦记着他

就当他是个老朋友啊

也让我心疼

也让我牵挂

只是我心中不再有火花
让往事都随风去吧
所有真心的、痴心的话
都在我心中
虽然已没有他

第六十章
爱情，众水不能熄灭，大水也不能淹没

感恩。

今天偶然碰到清华师兄，他跟我说，北京大学大一结束，只要学业优秀是可以申请转系的。

他劝我，与其复读一年高三浪费时间，不如去北大好好念一年文科，同时选修物理系的课，准备转系考试，也算得上文理兼修，比准备高考可有趣多了。

一语惊醒梦中人，我兴奋极了，把他抱起来转了一圈。

筱雅，我立刻就来北京报到，不管你怎么想，我要你知道我的心。

——李理日记 8月15日 晴

八月，正是水木清华荷塘中莲叶盛开的时节。

"曲曲折折的荷塘上面,弥望的是田田的叶子。叶子出水很高,像亭亭的舞女的裙……"

我斜倚在水木清华工字厅旁的自清亭里,望着眼前无边水面莲叶田田的盛景,就想起来高中语文课本中读到的朱先生的《荷塘月色》。

"这座莲池东岸的单檐四角方亭,青瓦绿柱,原来叫作迤东亭,是清代皇家园林熙春园(后改称清华园)留下的一座亭。1978年8月,为了纪念著名的爱国学者、散文家朱自清先生(1898—1948年)逝世30周年,才改名叫'自清亭'。"以诺学姐指着这座亭子,给我介绍道。

我一入校,同系长我两级的以诺就热情地来招呼我,带我买自行车,带我逛校园。

"看到你,我就想到我妹妹以琳,好亲切。"她拉着我的手说,"学建筑挺辛苦的,不过也很有意思,慢慢地你就知道了,有事就找我。"

"嗯。"我点点头,看着眼前穿着粉红连衣裙、亭亭如莲的学姐,就想起了嵇老师,想起那句"以诺能,你也能"。

真是恍如隔世。

我暗暗地给自己打气:"筱雅,不要消沉。"

"你还记得嵇老师吗?"我问以诺。

"当然记得啊,我还记得那时候他在班级里给我们念朱自清的《背影》。然后跟我们讲大家都说朱自清是因为拒领美国救济粮,贫病交加饿死的,才不是。那时候的大学教授收入丰厚,朱自清在自己的日记里还写贪食呢,本是病死的。过了一会儿,他又叹气,说,早些死未必是坏事,再过十几年,看看老舍,看看熊十力,看看傅雷,朱先生如果在,也未必能过得了那一劫。

唉，嵇老师真敢说啊，他是不是也经常给你们念余杰的《火与冰》？"以诺学嵇老师的口气倒是惟妙惟肖，末了又问我。

"是啊，我们都很喜欢他。"我连连回答。

"嗯，这么真诚的老师不多见。我后来在北京的教会碰到余杰了，周末可以带你见见。"以诺附和说，"我们赶紧走吧，一会儿传说中的骨灰级大师兄在荷园请大家吃饭，比你足足高了十届，这个大师兄很久没参加迎新，破天荒地非要请你们这届吃饭，咱们别耽误了。"

我点点头，跟上了以诺，又默默想着自己的心事。

来北京的时候，我的箱子里只带了一本书，就是那本何为送的余杰的《香草山》，暑假期间，我流着泪读了一遍又一遍。

我没有想到《火与冰》中那个激昂文字、快意恩仇的余杰，会是《香草山》中缱绻温柔的廷生。

这本书是他和宁萱恋爱期间的通信和日记集，一本七分真实、三分虚构的爱情自传体小说，讲述关于家庭、生活、世界、信仰的种种。

我爱极了书中廷生和宁萱那种超越现实，彼此扶持，毫无保留又充满理想主义光辉的爱情，那是我在世界上没有见过也没有听说过的爱情，却是我想要的爱情，灵魂深处的彼此深刻理解的爱情，足以胜过现实世界的一切黑暗、沮丧和不公的爱情。

读到后来，看到书中那些描写燕园的美好句子，我甚至开始有点向往隔壁的那个燕园，那座水塔，那艘石舫，未名湖中那条廷生在冬天的冰面上拥抱过的石鱼——燕园应该也很美吧，要是李理……

那本书的最后，宁萱抛弃一切，拖着一个小箱子只身来到北京，投奔自己的爱情。

第六十章　爱情，众水不能熄灭，大水也不能淹没　／　325

我同样拖着一个箱子来到北京,却是投奔谁呢?

快三个月过去了,一想起李理,我的心里还是很疼,就好像胸口突然被砸了一块大石,憋闷到无法呼吸——不知道他好不好。

"筱雅!"我正想着,几乎快要落泪,双肩就被人从背后用力地拍了一下,打断了我的思绪。

"何为!"眼前的何为好像又长高了很多,皮肤晒得黝黑,明黄的紧身T恤绷着紧张结实的肌肉,甚至留了小胡子,已经有些成人的模样了,只是动作仍然像少年一样夸张。不知道为什么,我觉得他的眼睛里似乎有沉沉的心事,看我的时候,炽热又节制,欲说还休。

故人相见,分外唏嘘,我勉强自己笑了笑。

"快来,都等你们呢!"雅典娜和达摩闻讯就出来招呼我们。

"筱雅,我跟你说,我们那个水利系的大师兄真是太有才了,已经出了好几本诗集,快笑死我们了。他说他当时报清华就是因为清华名字好听,报水利系就是因为觉得清华叫水木清华,肯定水利系最好,而且水利嘛,他以为就是游山玩水很浪漫的系啊,哈哈。"雅典娜拉着我急匆匆地走,边走边兴奋地描述。

"到啦,到啦,大师兄,这就是我同班同学筱雅。"包厢中,四十几人济济一堂,雅典娜忙不迭地把我介绍给其中一个长发男子。

"筱雅你好!早就听说你了,我是艾飞,飞翔的飞。"师兄比我约高半头,长发及肩,戴着黑框眼镜,眉目清秀,笑意盈盈地望着我,眼睛里仿佛有浩瀚的星辰。

"师兄好。"我礼貌回答,有些疑惑地问,"你……你是水利系的吗?"毕竟他自带气场的模样,实在让人觉得不像典型的清华工科男生。

"呵呵,是啊,因为喜欢文学,我又念了编辑出版学的双学位,还念了现当代文学硕士,在清华待了第十年了。人生那么短,当然要做自己喜欢做的事,爱最值得爱的人。"他笑着,就将旁边一个长发垂顺的白净女子揽在怀里,说,"介绍一下,这是我的女朋友车可,刚撇下一切跟我来北京。"

原来如此,我正要和眼前的女子打招呼,却见艾飞师兄突然在大庭广众之下在这女子跟前单膝跪地,柔声告白:"车可,今天我就当着师弟师妹的面,跟你求婚,我什么都没有,你愿意嫁给我吗?"

旁边师兄师姐们顿时掌声雷动,口哨声四起:"好样的,艾飞!"

"我愿意。"女子白皙的脸变得绯红,羞涩地答应。

"恭喜!恭喜!恭喜艾飞抱得美人归!"大家纷纷庆贺。

艾飞站起来望着车可,整个人都兴奋得好像要飞起来。

"大家落座,今天是个好日子,我请客,一会儿还有一个神秘的保留节目呢。"短暂的热闹过后,师兄招呼我们坐下,又冲着我说,"筱雅,你过来,坐我这边。"

我迟疑着坐了过去。

艾飞就顿了顿,示意大家安静,然后说:"我给大家讲个奇遇,车可是武汉一所中学的老师,我暑假去看她,正好看到她们学校有一个穿着咱们学校校服的男生。他们学校校服是红色的,他一个人是蓝色的,跟大家都不一样。我就好奇,过去跟他聊,发现他是今年考上北大去复读的……"

"他在哪儿?"我忍不住打断师兄,觉得自己的声音都在颤抖。

"我把他带到北京来了，他有一首歌要送给你。"艾飞看着我，欣慰地笑。

是真的，我没有做梦，那个穿着白色衬衫的牧羊少年，从人群中走出来，抱着一把吉他。

"筱雅，吉他可是我借给李理的，我知道你爱的是他，我问了他，他也爱你，你一定要幸福。"耳边传来何为轻轻的声音。

和弦响起，李理盈满了笑，满眼都是我，眼中有欢喜的光，那光亮得像太阳，又温柔如月亮，唱出那首歌——《注定》：

经过多少的路　你我之间变化无数
在情感的国度　我只为你赴
纵然你身边陌生的脸　扰乱我们的脚步
我不在乎　追逐你的全部
走过多少迷雾　问我到底何时觉悟
在情感的世界　我只为你哭
多少次你我面临末路　你说这是最初的错误
淌泪的心　只愿为你付出
难道注定这是我们要走的路
所有的苦痛让我为你背负
我的心为你停驻　被你俘虏
只怪自己为你执迷不悟
难道注定这是我们要走的路
可不可以让你把我看清楚
别让我永远追逐　不再孤独
陪你渡过一生的路　最真的幸福

难道注定这是我们要走的路
所有的苦痛让我为你背负
我的心为你停驻　被你俘虏
只怪自己为你执迷不悟
难道注定这是我们要走的路
可不可以让你把我看清楚
别让我永远追逐　不再孤独
陪你度过一生的路　最真的幸福

良人哪，我愿你来！